한국어의 시간

* 이 도서의 국립중앙도서관 출판시도서목록(CIP)은 서지정보유통지원시스템 홈페이지(http://seoji.nl.go.kr)와 국가자료공동목록시스템(http://www.nl.go.kr/kolisnet)에서 이용하실 수 있습니다.
(CIP제어번호: CIP2016018494)

한국어의
시간

윤후명 소설

은행나무

차례

하얀 배

카자흐스탄 — 알마아타, 우즈베키스탄 — 타슈켄트, 키르기
스스탄 — 비슈켁, 타지키스탄 — 두샨베.

키르기스스탄 — 비슈켁, 타지키스탄 — 두샨베.

나는 사이프러스나무 아래 녹슨 철제의자에 걸터앉아 중학
교 때 지리 시간을 떠올리며 낯선 나라와 그 수도의 이름들을
무슨 암호를 외듯 몇 번이고 되뇌어보았다. 중앙아시아의 네
나라와 그 수도들. 물론 이들 가운데 카자흐스탄 — 알마아타와
우즈베키스탄 — 타슈켄트는 어느덧 알 만한 사람들에게 영판
어렵지만은 않은 이름들이 되어 있다곤 하지만, 키르기스스탄
— 비슈켁, 타지키스탄 — 두샨베는 아직도 도무지 생소한 이름
이 아닐 수 없는 것이다. 비슈켁? 두샨베?

그리고 사람 이름 류다. 나는 그 '여자 이름'에 류다를 찾아 갔던 것을 잊지 못하고 있는 것이다. 그곳의 우리 동포들은 초가을의 며칠 동안을 '여자 이름'이라고 일컫고 있었다.

가만있자, 이야기를 어디서부터 시작해야 한다?

그렇다. 한 그루 나무가 있다.

얼마 전에 세검정으로 새로이 거처를 옮기고 보니 옆집과의 경계에 속한 축대 밑 땅에 침엽수 한 그루가 제법 튼실하게 자라고 있었고, 그 밑에는 누군가가 쓰다가 버리고 간 철제의자까지 놓여 있었다. 그때부터 나는 거기 앉아 있는 시간을 홀로 즐기게 되었다. 그리고 그 나라들과 거기서 만난 사람들에 대해 이것저것 생각해보곤 했던 것이다.

그 침엽수가 바로 사이프러스나무라는 걸 안 것은 그러기 얼마 뒤였다. 옆집에 드나들며 일하는 정원사에게 물어본 결과, 향나무 종류기는 한데 그냥 '따끔이'라고 부르는 향나무하고는 달리 편백나무에 가까운 종류로 흔히 사이프러스라고 부른다는 것이었다. 그는 또 '따끔이'는 예전과는 달리 이제는 값이 안 나가는데 저 나무는 아직도 그래도 그보다는 값이 나간다고도 친절하게 알려주었다.

"아, 사이프러스!"

나는 나무를 새삼스레 쳐다보았다. 그게 그 나무인 줄 몰랐던 때부터 나는 그 이름을 알고 있었다. 뿐만 아니라 그것이 프랑스말로 시프레였음도 머릿속에 되살아났다. 그것은 외국 화가들의 그림에 많이 등장하는 나무기도 했던 것이다.

아니, 외국 화가들의 그림에 나오는 사이프러스 혹은 시프레가 아니다. 지난가을 어느 날, 먼 나라로 가서 다가갔던 것도 한 그루 그 나무였음을 나는 회상하고 있는 것이었다. 그 나무는 내게 무슨 특별한 의미처럼 다가왔었다. 그곳이 나무가 그리 많지 않은 중앙아시아 고원의 초원지대라서 더욱 그랬을 것이었다. 그곳을 초원지대라고 부르는 것은 지리학에서의 용어지만, 그렇다고 해서 어딜 가나 풀이 무성하다고 상상해서는 안 된다. 낙타가시풀이라 불리는 검불 같은 풀이 듬성듬성 바람에 나부끼는, 차라리 사막에 가까운 광야가 넓게 넓게 펼쳐져 있기도 한 것이다. 카자흐스탄의 그런 광야에는 마치 싸락눈이 뿌려진 것처럼 소금이 깔려 있었다.

내가 그곳에 가게 된 것은 다음에 소개하는 한 편의 글 때문이었다. 알다시피 소련이 무너지고 나서 중앙아시아에 살고 있는 우리 동포들의 실상이 알려지게 되었고, 또 서로 간에 오가는 길까지 트인 것은 예전에는 상상조차 할 수 없었던 일이었다. 그런 어느 날 카자흐스탄의 수도 알마아타의 한국교육원을 통해 한 편의 글이 전해져 왔던 것이다. 한국교육원은 소련이 무너지자마자 그곳에 들어가서 동포들에게 모국의 말과 글을 비롯하여 역사와 문화까지 가르치고 있다고 했다. 내게 다음의 글을 보내면서, 자신을 '담당자'라고 한 사람은 자기가 약간 손을 보았다고 솔직하게 밝히며 평을 부탁한다고 했고, 또 가능하면 한국의 발표 기관에 실을 수 있으면 좋겠다고 했다. 이제 그 글을 소개한다.

한국말 배우는 아이

아이는 소년입니다. 한국말을 못합니다. 아니, 한국말이란 요즘에야 그렇게들 부르는 거지 예전에는 한국말이라고 하지 않았습니다. 한국말이 아니라 고려말입니다. 어떤 사람은 조선말이라고도 했습니다. 그렇지만 요새는 고려니 조선이니 하는 이름 대신에 한국이라고 새로 듣습니다.

고려니 조선이니 한국이니 하는 것은 다 같은 곳이라고 했습니다. 할아버지의 고향이 있는 곳, 그 나라가 바로 한국이라고 했습니다. 그러니까 소년도 한국 사람이라고 했습니다. 예전에는 고려 사람이라고 했지만 그건 모두 같은 나라라는 것입니다.

"점점 고려말을 쓰지 않으니 걱정이야."

소년의 아버지는 늘 걱정하면서 소년에게 말을 배워주려고 애씁니다.

"안녕하십니까, 해봐."

그러면 소년은 간신히 따라해봅니다.

"안녕…… 하십…… 니까……"

꽤 어렵기는 해도 못 따라할 것은 없습니다.

"아침, 저녁, 밤, 해봐."

"아…… 침……"

"저녁."

"저…… 녁……"

"밤."

"밤……"

나이 많은 어른들이 고려말, 아니 한국말을 쓰는 걸 들어왔기 때문에 낯설지만은 않습니다.

그러나 며칠 전에 한국에서 어떤 사람이 와서 아버지와 함께 만났을 때는 아버지로부터 배운 한국말이 그만 입안에서 얼어붙었는지 나오지를 않았습니다. "안녕하십니까 해야지"

하고 아버지가 앞서서 말하는데도 머리만 꾸벅 숙였던 것입니다. 그런 소년을 본 어른들은 허허 웃으면서도 어딘지 안타까운 모양이었습니다.

"알아듣기는 하는데 저럽니다."

아버지는 말했습니다.

어른들은 곧 보드카를 한 잔씩 따라놓고 이런저런 살아가는 이야기를 합니다. 그 살아가는 이야기들이란 여간 답답한 것이 아닙니다. 타지키스탄에서는 전쟁이 일어나 많은 사람들이 죽고 다치고, 한국 사람들은 많이들 더 안전한 이웃 나라로 빠져나왔다고 합니다. 우즈베키스탄에서도 몇몇 한국 사람들은 새로운 터전을 찾아 떠나려고 하고 있다고도 했습니다.

"그러니 여기 카자흐도 어떻게 될지 모르겠군요.

"그렇다고 어디 달리 갈 곳도 없습니다."

어른들의 이야기를 듣고 있으면 마음이 무겁습니다. 소년의 할아버지는 일찍이 한국 땅을 떠나 사할린으로 블라디보스토크로 다니다가 결국 중앙아시아 땅으로 강제로 실려 왔다고 했습니다.

"너희들은 꼭 고향 땅에 가봐야 한다. 거기는 여기완 달라. 마을 바로 앞에 내가 흐르고 뒷동산이 있고 어디나 무척 아름답다."

할아버지는 그렇게 말하고 지난해에 세상을 떠났습니다. 한국하고 길이 열려 사람들이 오가기 시작할 무렵이었습니다.

중앙아시아의 천산 밑으로는 카자흐스탄, 우즈베키스탄, 키르기스스탄, 타지키스탄이라는 네 나라가 있습니다. 천산의 높은 봉우리에는 한여름에도 눈이 하얗게 쌓여 있습니다. 그 모양은 매우 아름답다고 사람들은 말합니다. 그런데 할아버지는 고향 땅이 여기완 다르다고, 무척 아름답다고 했으니 그곳은 어떤 곳일까요?

언젠가 학교에서 돌아오자마자 어른들과 함께 시내 바깥으로 갔었습니다. 시내를 벗어나기만 하면 거기서부터는 끝없는 들판이었습니다. 사람들은 야생 양귀비꽃이 페르시아 융단처럼 깔려 있는 들판을 바라보며 걸었습니다. 야생 양귀비꽃이 활짝 핀 들판 너머로는 또 낙타가시풀이 자라는 사막 같은 들판이 끝 간 데 모르게 이어집니다. 그리로 가고 나면 시베리아 땅이라고 했습니다. 아닌 게 아니라 중앙아시아 땅은 아름답다기보다 무섭다고 해야 하겠습니다.

그런데 무얼 하러 그곳엘 갔었느냐고요? 그것은 감자를 캐기 위해서였습니다. 그 들판 옆에 너른 밭이 있었고, 거기에는 트락토르(트랙터)로 캔 다음에 땅속에 남아 있는 감자가 꽤 많았기 때문입니다.

사람들은 감자를 반자루씩이나 캐어 무겁다고 하면서도 즐거운 표정이었습니다. 세상도 험한데 먹을 것마저 떨어지면 어쩌겠느냐고들 말했습니다.

"저리로 가면 시베리아가 되고 거기서 더 가면 원동 땅, 거기까지 가면 고향은 다 가는 건데……"

한 아주머니가 들판을 바라보며 한숨을 쉬었습니다.

"말이야 쉽지요. 거기가 얼마나 멀다고."

"그래도 저 애들은 쉽게 가겠지요."

소년의 어머니가 소년을 가리키며 말했습니다. 소년도 왠지 그렇게 믿고 싶었습니다.

"그러자면 고려말을 잘해야지."

소년의 어머니는 소년을 바라보았습니다. 벌써부터 아버지가 몇 번씩 했던 말이라 소년도 잘 알고 있었습니다. 소년이 생각해도 그것은 너무도 맞는 말입니다. 자기 고향에 가서 말도 못한다면 그게 어떻게 자기 고향이라고 하겠습니까.

그래서 소년은 어른들이 다른 말을 하는 사이에 멀리 들판 쪽을 향하여 속삭이듯 입을 열어봅니다.

"안녕…… 하십니까……"

물론 그 말은 다른 사람은 듣지 못합니다. 그렇지만 근처에 있는 풀잎이며 벌레들에게는 들렸을 것입니다. 소년은 그것을 믿습니다. 비록 등 뒤에 있는 어른들은 못 들었을지 몰라도 앞의 들판의 것들은 분명히 들었을 것입니다.

빨갛게 활짝 피어 있는 야생 양귀비꽃들도 들었을 것입니다. 파릇파릇한 낙타가시풀들도 들었을 것입니다. 양고기를 굽는 데 쓰는 삭사울나무도 들었을 것입니다. 그 나무 밑의 사막쥐도 들었을 것입니다. 커다란 까마귀들도 들었을 것입니다.

"안녕…… 하십니까……"

소년은 이상하게 힘이 솟는 것을 느낍니다. 아름답기 그지없는 진짜 고향이 눈에 보이는 것 같습니다.

다음 날 소년은 동물원이 있고 놀이터가 있는 고리키 고원으로 갔다가 거기서 장미꽃을 꺾고 있는 아주머니 몇을 만났습니다. 그 아주머니들은 공원의 장미꽃을 살짝 꺾어다가 시장에 갔다 파는 것이었습니다. 그래서 그 아름답던 공원은 어느새 볼품이 없어져 있었습니다. 아버지는 말했습니다.

"세상에서 꽃밭이 다 버려지면 우린 여길 떠나야 한다. 사람들이 꽃밭을 짓밟는 건 그다음에 다른 사람들을 짓밟을 마음이다.”

어른들은 머리를 맞대고 어디로 떠날까를 생각하는 눈치였습니다. 그렇지만 무슨 뾰족한 수가 없는 모양이었습니다. 민족이라는 말이 여러 번 어른들의 입에 올랐습니다. 소련이라는 이름도, 레닌과 스탈린이라는 이름도 입에 올랐습니다. 다시 러시아, 블라디보스토크, 사할린이라는 이름도. 그러나 어느 곳도 지금은 험하기만 하다고 했습니다.

“그러니 지금 할 일이라곤 우리 모두 우리 민족 말을 잘 배우는 수밖에 없군. 그런 수밖에 없다.”

아버지는 마지막으로 그렇게 말했습니다. 소년은 그 말이 가슴에 우즈베키스탄 사람들의 칼처럼 겨누어지는 듯했습니다.

소년은 학교를 마치기가 바쁘게 시내 바깥쪽으로 발걸음을 옮겼습니다. 책가방 속에는 빵 하나가 든든하게 들어 있었습니다.

천산에서 흘러내린 얼음물이 내를 이루어 사막의 호수를 향해 흘러가는 곳에 이르러 소년은 멀리 동쪽을 향하고 있습니다. 그 길로 더 나아가면 지난해 할아버지가 동쪽으로 고향이 될 수 있는 대로 가까운 곳에 묻어달라고 해서 새로이 묘지를 쓴 곳이 나옵니다. 그리고 얼마 전과 다름없이 그곳에도 야생 양귀비 꽃밭이 페르시아 융단처럼 펼쳐져 있었습니다. 삭사울 나무 대신 커다란 전나무들이 우거진 숲 속에는 까마귀들이 언제나처럼 두릿두릿 걷고 있었습니다. 그곳에는 들고양이들 도 휙휙 지나다닙니다.

소년은 멀리 중앙아시아의 들판을 바라보며 무엇인가 깊은 생각에 잠깁니다. 그러다가 그 동쪽 들판을 향해 외쳤습니다.

"안녕하십니까! 이 말은 우리 민족 말입니다!"

그러자 야생 양귀비 꽃밭이 먼저 수런거렸습니다. 숲 속의 들고양이들이 귀를 쫑긋거리고 쳐다보았습니다. 커다란 까마 귀들이 전나무 가지를 지고 날았습니다. 들판 저쪽에서 사막 쥐들이 이리 뛰고 저리 뛰었습니다. 돌소금이 하얗게 깔린 사 막으로는 큰바람이 일고 있었습니다. 천산에서 빙하가 우르르 르 무너지는 소리가 들렸습니다.

소년의 말은 다시 한 번 크게 울렸습니다.

"안녕하십니까! 이 말은 우리 민족 말입니다!"

인용이 좀 길어지긴 했으나, 한 그루의 사이프러스나무를 향해 간 그 긴 여정을 이야기하기 위해서는 어쩔 수 없다는 생각이 들기도 한다. 앞에서 이 한 편의 글 때문에 중앙아시아로 가게 되었다고 나는 분명히 밝혔었다. 하지만 좀 더 자세하게 밝히자면 그때 이미 나는 그것이 무엇이든 취재 일거리를 한 건 엮어서 러시아로 가는 여행을 계획하고 있었고, 그 여행에 중앙아시아를 곁들여도 괜찮겠다고 여긴 결과 그렇게 된 것이 었다. 생각 같아서는 글의 주인공인 소년을 만나보는 것도 좋 으리라 여겨졌다. 글을 쓴 류다가 주인공 소년과 어떤 관계인 지 궁금하기도 했다. 그것이 꼭 '있었던 일'이 아니라 '있었음 직한 일'일지도 모른다고 생각하면서도, 그랬다. 어쩌면 류다 가 바로 주인공이 아닐까 하고 넘겨짚기도 했었다.

그리하여 나는 떠났다. 하지만 그곳에 도착하여 곧 류다를 만날 수 있었던 것은 아니었다. 그래서 나는 지금 한 그루 나 무를 바라보며 그 이야기를 하고 있는 것이다.

본격적인 이야기를 하기에 앞서서 먼저, 단순히 '떠났다'라 고 말하기에는 비행기를 타기까지의 절차가 너무나 번거로웠 기에, 간단하게나마 짚고 넘어가는 데 대해 양해를 구한다.

얼마 전까지만 해도 모스크바를 거쳐서 가야만 했던 것이 일주일에 한 번 직접 가는 비행기가 생긴 것은 그래도 다행 이었다. 그래서 중앙아시아를 여행에 끼워넣었지만 말이다.

말을 듣고 보니 개인이 비행기를 어떻게 전세 내어 띄우고 있다는 것이었다. 이런 까닭으로, 비자를 내고 표를 끊고 하는 일 자체가 뭔가 정상적이 아니었다. 당신은 지금 비밀 항로를 가려는 것이오. 그런 눈초리가 어디엔가 숨어 있는 듯한 거래였다.

그렇다. 이른바 공공연한 비밀이라는 말이 있는데 실제로 그것이 그렇다고 해도 좋은 항로일 것이었다. 그러므로 탑승권을 취급하는 정식 항공사도 없는 것이다. 어떻게 물어물어 표 파는 곳을 알아내는 것도 쉬운 일이 아니다. 그리고 돈을 치르고 영수증을 받는다고 해도 끝까지 패신저 쿠폰이니 하는 정식 문건은 손에 쥐어지지 않는다. 그저 비행기에 올라탈 수 있으면 그것으로 그만인 것이다. 그럼에도 불구하고 일주일에 한 번 그 큰 비행기가 뜨고 있는 것이다. 알고 보면 간단한 이치긴 했다. 저 유명한 보따리장수들 덕분에 비행기는 수지타산을 맞추고 있는 것이었다.

그런데 무엇보다도 당혹스러웠던 것은, 내일이면 떠나야 할 전날 저녁 느닷없이 전화가 오더니, 올 비행기가 안 와서 내일 가지 못한다는 통고였다. 그럼, 어찌되는 거냐고 묻자, 전화 속의 목소리는 저쪽에서 연락이 오기를 기다리는 수밖에 없다는 것이었다.

그 뒤의 우여곡절을 늘어놓을라 쳐도 한나절은 좋이 걸릴 테지만, 결국 일주일을 건너뛰어 나는 겨우 떠날 수가 있었다. 일주일 걸러 비행기가 왔으니, 보따리장수들의 아우성이야 이루 다 말할 필요가 없을 것이다. 김포공항에서부터 러시아인, 카자흐인, 한국인들이 서로 보따리들을 들이밀고, 고함을 질러대고, 삿대질들을 해대고 그야말로 난장판이었다. 말이 보따리장수지 그들의 보따리는 결코 보따리라고 할 수 없는, 거대한 화물이었다. 그래서 비행기는 여객기라는 사실이 무색하게 좌석의 거의 반쯤은 온통 짐 더미로 채워졌었다. 그리고 거의 담배는 골초인 데다가 뒤룩뒤룩한 살덩어리인 저 러시아 중년 여자들의 몸집. 어떤 사람은 러시아 사람들은 도대체 무얼 먹길래 처녀 때는 그렇게 날씬하다가도 시집가서 나이를 먹으면 그렇게 살이 찌느냐고, 연구 과제라고도 했었다. 아닌 게 아니라 엉덩이가 끼어 비행기 의자에 비비고 앉기조차 어려운, 저 불가능한 카츄샤, 불가능한 나타샤, 불가능한 라라 들.

비록 비행기는 그렇지만, 비행기가 날아간 항로는 짜장 새로운 시대를 실감케 하는 것이었다. 예전 같으면 어림도 없었을 하늘, 즉 중국의 하늘을 지나고, 몽골의 하늘을 지났던 것이다. 식물의 녹색이라곤 한 점 보이지 않는 온통 회갈색의 거칠고 광막한 고비 사막에 그래도 멀리멀리 작은 오아시스가 마치 버려진 사금파리처럼 반짝이는 것을 내려다보기 얼마 만인가. 서울을 떠난 지 다섯 시간, 셀렝가 강의 누런 물줄기가 가까워지면서 러시아 부랴트자치공화국의 울란우데에 덜커덩 비행기 바퀴가 닿았다. 거기서 기름을 넣고 다시 세 시간 삼십 분을 더 날아가야 하는 것이었다. 도착 예정 시각은 한밤중이었다.

애초에 그냥 '떠났다'고 하려던 것이 그만 길어지고 말았다. 그러므로 이야기는 알마아타에 도착해서부터 시작되어야 한다. 그러나 이야기는 알마아타 공항의 활주로에 발을 딛자 나는 내가 왜 이곳에 왔던가 문득 막막한 느낌에 사로잡혔을 뿐이라는 데서 막히고 만다. 그러나 그것은 어디까지나 부수된 일에 지나지 않을 것이었다. 어차피 내 일거리는 취재에 있었으므로 파고들면 뜻밖에 많은 이야깃거리를 얻을 수는 있을 것 같았다. 중앙아시아가 이슬람문화권이니 더욱 그랬다. 그런데도 나는 뭔가 멍하기만 했다.

갑자기 왜 그랬는지 모른다. 모두가 먹고살기 바빠서 그 어려운 비행기를 타고 오가며 보따리들을 져 나르는 판국에 나

라는 인간은…… 하는 허탈한 마음이 그만 나를 주저앉히고만
있었다. 곰곰 따져보면 그 '나라는 인간'도 여태껏 얼마나 세
파에 부대끼며 아등바등 열심히 살아왔던가. 한때는 직업에는
귀천이 없다는 말을 몸소 체험해보기라도 할 듯, 어떤 궂은 직
업일지라도 선망의 대상으로 여겨야만 하지 않았던가. 실제로
쫓겨 다니는 신세였기에 이 작은 몸 하나 의심받지 않고 누일
공간이 없던 나는 뱃사람이 되어 선복(船腹)에 눕기를 꿈꾸었
으며, 야간 경비원이 되어 경비실 뒷방에 눕기를 꿈꾸었으며,
웨이터 보조가 되어 술집 의자에 눕기를 꿈꾸었으며, 넝마주
이가 되어 그들의 합숙소에 눕기를 꿈꾸었으며, 묘지기가 되
어 하물며 무덤 옆에 눕기까지를 꿈꾸었다. 인간의 꿈은 한없
이 높아질 수 있는 반면 한없이 낮아질 수도 있는 것이다.

　그런 내가 홀로 중앙아시아의 낯선 도시에 떨어져 있었다.
그렇다면 세월이 흘러 쫓겨 다니는 신세를 면한 지 꽤나 오래
된 지금 과연 의심받지 않고 안전하게 누워 잠들 곳이 있는가.
나는 내게 웬일인지 묻고 있었다. 하기야 그곳이 낯선 도시인
만큼 그곳에 홀로 떨어져 있는 내게 그런 물음은 당연한 것이
라 하겠다. 그러나 문제는 그 물음이 서울에서의 나를 향하고
있다는 것이었다. 알 수 없는 일이었다. 나는 내가 그렇게 묻고

24

있다는 사실에 이상스럽게 가슴이 서늘해졌다. 분명히 그와 같은 고난의 시절은 지났으며 나는 이제 나만의 방, 나만의 완벽한 공간을 가지고 있다. 그런데도 왜?

그 물음과 그에 따른 미혹감은 마중 나온 한국교육원 직원과 함께 승용차를 타고 시내로 들어가면서도 줄곧 내게서 떠나지를 않았다. 내가 전화로 부탁을 한 그 '담당자'가 바쁜 일 때문에 직접 나오지를 못하게 되어 대신 나왔다는 직원은, 가로수가 예상보다 무성하게 우거진 길을 달려 호텔로 나를 안내해 가는 동안 중앙아시아가 처한 오늘의 현실에 대해 이것저것 알려주려고 애쓰고 있었으나, 그 대부분은 비행기를 타고 오며 옆에 앉은 두 한국 사람에게 들은 것이었다. 경제가 여간 어려운 게 아니라거나, 민족주의가 장차 드세지는 만큼 우리 동포들이 설 땅이 좁아지고 있다거나 하는 것은 신문에서도 몇 번 본 적이 있는 이야기였고, 카자흐스탄의 수도를 알마아타에서 다른 곳으로 옮기려는 계획이 수립되고 있다거나, 중앙아시아에 살고 있는 아흔 개 민족 중 유일하게 거지가 없는 민족은 우리 민족뿐이라거나, 지금 알마아타에 일흔 명쯤의 한국 기독교 선교사가 들어와 있는데 제각기 선교 경쟁을 벌이는 것도 문제라거나 하는 것은 비행기에서 들은 이야기였다.

그러나 또한 알 수 없는 노릇이었다. 그의 말을 듣는 둥 마는 둥 하는 사이에 나는 서울에서와 달리 이제 비로소 내 방, 내 공간을 가지게 되었다는 생각을 하고 있는 나를 발견했다. 나는 '담당자'에게 몸을 눕힐 수만 있으면 되니까 싸구려 여인숙 같은 데라도 상관없다고 우스개처럼 부탁해두었던 것이다.

"살 곳을 옮기면 유대인들은 제일 먼저 교회를 짓고, 우리 민족은 학교를 짓는답니다."

여러 가지 이야기 끝에 그는 교육 기관에 근무하는 직원답게 말했다. 그리고 그는 비록 우리 민족이 스탈린의 강제 이주 정책에 따라 그곳까지 죽음을 무릅쓰고 쫓겨 왔어도 같은 처지에 있었던 다른 민족들과는 달리 바로 그 교육열 때문에 비교적 잘살게 되었던 것이라고 덧붙였다. 나는 그의 말에서 비로소 우리 민족뿐만 아니라 독일 민족, 유대 민족, 쿠르드 민족, 체첸 민족 등등도 1937년을 앞서거나 뒤서거나 강제 이주를 당했다는 사실을 알았다. 시대는 조금 다를지라도 러시아에서의 유대인들의 강제 이주를 얼마 전 텔레비전에서 본 영화 〈지붕 위의 바이올린〉은 잘 보여주고 있었다.

하지만 이제 그와 같은 역사적 사실에 놀라움을 느낀 사람은 없을 것이다. 그쪽으로 갔던 사람들이 이구동성으로 "아,

1937년!"을 외쳐서 우리의 시선을 끈 것도 벌써 몇 년이 흘러 있었다. 1937년은 소련 땅의 우리 민족에게는 그야말로 날벼락이 떨어진 해였다. 블라디보스토크를 중심으로 소련 극동지방에 흘러 들어가 시난고난 살고 있던 우리 민족이 난데없이 중앙아시아로 강제 이주를 명령받고 모두 기차에 실려 간 해였던 것이다. 그러나 그 처참한 유민사(流民史)는 이제 알려질 만큼 알려져 낡은 이야기일 수밖에 없었다. 가령 이를테면 김 스탄케비치라는 우리 민족의 여혁명가가 한때 살았던 하바로프스크의 아무르스키 거리에는 그녀의 어여쁜 모습이 새겨진 동판이 아직도 붙어 있는 집이 있다는 것까지 알게 된 형편이었다. 게다가 거대한 역사의 수레바퀴가 어떻느니 저떻느니 하는 투의, 이른바 큰 이야기는 내 몫이 아니었다.

나는 아무리 작고 적은 것일지라도 그 의미를 찾고자 원하고 있었다. "작은 것이 아름답다"라는 말을 믿어서가 아니었다. 믿기는커녕 그 말은 철학에서 가르치는 바에 의하면 오류였다. 모든 사물은 작아서 아름다운 것도, 커서 아름다운 것도 아니기 때문이었다. 사람도 마찬가지였다. 아름다운 것은 아름답기 때문에 아름다운 것이었다. 아름다움이란 검증할 만한 절대적인 척도가 없는 것이었다. 학교를 마친 이래 나는, 어느 편이냐 하면, 한 송이 나리꽃에서 신의 영화(榮華)를 본다든가 한 송이 연꽃에서 우주의 섭리를 본다는, 그런 이야기를 더 좋는 사람이 되어 있었다. 작은 것이 아름답다는 말이 오류인 것과 마찬가지로 큰 것이 훌륭하다는 생각 또한 오류임에 틀림없는 것이었다. 말이 나왔으니 말이지 거대한 수레바퀴로 치자면 태양계처럼 거대한 수레바퀴가 어디 있겠는가. 은하계처럼 거대한 수레바퀴가 어디 있겠으며, 나아가 우주처럼 거대한 수레바퀴가 어디 있겠는가. 나는 그렇게 항변하는 사람이 되어 있었다.

'일곱 갈래의 물'이라는 뜻의 카자흐 말이라는 '제투수' 호텔은 하룻밤 묵는 데 오십 달러나 받는 곳이었다. 그곳 물정을 모르고 알고를 떠나 내게는 비싸다는 생각이 들었다. 그러므로 나는 오십 달러'나'라고 쓸 수밖에 없는 것이다. 그가 교육원 바로 위에 삼십 달러 하는 호텔이 있기는 있다고 혼잣말처럼 중얼거리던 것으로 보아 알마아타에서 중간급의 호텔인 모양이었다. 그러나 그가 삼십 달러짜리를 말한 것은 이미 어렵사리 방을 잡고 난 뒤 내가 주머니에서 돈을 마악 꺼내려는 즈음이었다. '몸만 눕힐 수 있는 곳'이니 '여인숙'이니 한 내 말을 '담당자'는 전혀 빈말로 들은 듯싶었다.

"비행기 도착이 워낙 늦고 식당도 모두 문을 닫아서 빵을 몇 개 가져왔습니다. 내일 아침까지는 이걸로 참으십시오. 그리고 문을 꼭 걸어 잠그고 누가 와도 열어주면 안 됩니다. 위험합니다."

그는 위험에 대해 몇 마디 더 강조하고 내일 다시 연락하겠다는 말을 남기고 떠나갔다. 그의 말에 의하면 러시아보다는 덜하지만 치안이 말이 아니라고 했다. 더군다나 이웃 나라인 타지키스탄에서 내전이 계속되는 통에 난민들이 밀려들어 혼란이 가중되고 있다는 것이었다. 먹을 게 없어서 아파트에서 투신자살하는 사람도 심심찮게 신문에 나는 판국이니 오죽하겠느냐는 것이었다. 소련이 무너지고 나서 그 지역의 치안이 위험하다는 것은 신문, 텔레비전을 통해 널리 알려진 상황이었다. 그곳에 홀로 남고 보니 왠지 몸이 더욱 사려지는 느낌이었다.

그가 떠나가자 나는 완벽하게 나만의 방, 나만의 공간에 남겨졌다. 오랜 세월을 지나 나는 비로소 외부와의 어떠한 관계도 끊고 홀로 있게 된 것이었다. 그런 뜻에서 누가 와도 문을 열어주면 안 된다는 주의는 내게는 오히려 고마운 것이었다. 그러고 보니 나는 그 어떠한 목적보다도 오직 그 방에 홀로 있기 위하여 그곳까지 왔다는 생각이 들었다. 그러기 위해서 중국 대륙을 지나고 몽골 고원을 지나고 바이칼 호수를 지나 멀리 서울을 떠나왔다는 생각이 들었다. 남몰래 숨어 있다는 행복이 그 방 안에 있었다.

그러나 얼마 지나지 않아 나는 그에게 무엇인가 묻고 싶었던 말을 꺼내지 못했음을 알았다. 그가 '담당자'가 아니어서인지 어쩔까 망설이다가 그렇게 된 것이었다. 그것은 류다에 대해서였다. 얼마 전에 내게 글을 보여주었던 류다가 지금 어디 있는지 물을까 말까 망설이다가 그만 기회를 놓쳐버린 것이었다. 나는 평을 해달라는 부탁도 들어주지 못했고, 발표를 해달라는 부탁도 들어주지 못했다. 그리고 그것도 벌써 몇 개월이 지난 일이었다. 그러므로 그 일은 모른 체 넘어가야겠다고 마음먹기도 했었다. 그래도 그만일 것이었다.

그러나 시간이 흐름과 함께 나는 꼭 물어보았어야 했다는 쪽으로 생각이 몰입되었다. 모국어를 배우는 소년. 그 모습이 눈에 어른거렸다. 처음 그 글을 읽었을 때는 그 소년의 모습과 함께 야생 양귀비가 가득 핀 초원을 연상했었다는 기억이 났다. '담당자'가 손을 댔든 어쨌든 야생 양귀비는 개양귀비라고 해야 옳은 표기가 되리라고 여겼던 기억도 났다. 그 들판을 보고 싶다고도 여겼던 것이다. 이미 가을로 접어들었으므로 개양귀비가 만발한 들판을 구경하기는 틀린 일이었다.

나는 침대 위에 벌렁 드러누워 지난여름 김영삼 대통령이 러시아로 해서 우즈베키스탄에 들렀을 무렵 신문에 실린 그 나라 실정을 머릿속에 떠올렸다. 그곳에서는 독립과 함께 여태껏 써오던 러시아말 대신 그들 민족 말을 쓰기를 강요해서, 생전 그 말이 그렇게 쓰일 줄 몰라 배울 필요도 없었던 우리 민족 사람들은 하는 수 없이 일자리에서 쫓겨날 수밖에 없다는 것이었다. 레닌의 혁명 이후 소련이라는 깃발 아래 언어도 문자도 러시아 것 하나로 단결된 틀을 갖추려는 이상한 역사의 수레바퀴에 잘못 깔린 우리의 모습이었다. 한때 모국에서는 일본말을 배우지 않을 수 없었던 저 세월에 그곳에서는 러시아말을 배워야 했었던 사실이 이상한 느낌으로 전해져 왔다. 그런 생각에 골몰하면 골몰할수록 모국어를 배우는 소년의 모습은 또렷해지고 있었다. 류다를 만나야 하는 것이었다.

앞에서 말했듯이 중앙아시아는 러시아로 가려는 내 여행 계획에 곁다리로 끼인 것에 지나지 않았다. 그러나 박물관이나 특징 있는 명소는 보아야 하는 것이었다. 거기에 내친김에 나는 이슬람의 묘제(墓制)를 보리라 했다. 세계에서 가장 아름다운 건축물은 인도가 이슬람의 무굴제국이었던 시기에 황제가

죽은 왕비를 위해 지은 묘인 흰 대리석 건물 타지마할이라고
도 했다. 엉뚱하게도 이란의 혁명가 호메이니의 묘당 앞에 씌
어진 "마지막 한 방울 피까지 신을 위하여"라는 글귀도 떠올랐
다. 하지만 그런 종류의 이름난 무덤만이 관심의 표적이 될 수
는 없었다. 무엇보다도 공동묘지를 보아야 했다.

류다를 만나고 싶다는 말은 그러나 그 이튿날 아침에도 내
입에서 나올 기회가 없었다. 교육원에서 느닷없이 전화가 걸
려와 마침 차편이 있어서 호텔로 보내니 우슈토베라는 곳을
다녀오라고 거의 강권하다시피 했던 것이다. 강권이라는 말은
어폐가 있다. '담당자'는 여전히 일이 바쁜 것에 용서를 구하고
나서, 꼭 보아야 할 것 같아서 며칠 전부터 차편을 수소문해놓
았다고 했다. 차를 타고 가는 사람이 바로 우슈토베의 한글학
교 선생님으로, 식당도 안내해주리라는 것이었다.

우슈토베는 저 1937년에 우리 민족이 중앙아시아 땅으로
강제이주 당해 처음 닿은 곳이라고 했다. 그곳에서 한글학교
가 광주에 있는 유지들의 지원 아래 운영되고 있다는 것이었
다. 어느새 중앙아시아와 한국이 그토록 가까워져 있는지 놀
라운 일이었다. 그러나 나는 그곳에서 그런 곳까지 다 보아야
한다고 마음먹은 적은 추호도 없었다. 어찌어찌하여 스쳐 지

나간다면 또 몰랐다. 그와 같은 역사적인 흔적들을 보고 정리할 마음가짐이 내게는 준비되지 않은 것이었다. 거듭 말하거니와 나는 중앙아시아 자체를 스쳐 지나가려는 중이었다. 다만 그곳에 한글학교가 있다는 사실에 호기심이 일지 않았다고 하면 그것은 거짓말일 것이었다. 전화가 왔을 때 나는 간밤에 교육원 직원이 놓고 간 마른 빵을 맨입에 물어뜯고 있는 참이었다.

말했다시피 류다를 꼭 만나야 할 의무 같은 것은 애초에 없었다. 그 글을 보내온 것도 일방적인 일이었다. 그런데 간밤에 나 혼자만의 공간에 있다는 느낌이 강하게 나를 사로잡았을 때, 나는 그 만남을 다짐했던 것이다. 만나야만 한다고 다짐했던 것이다. 중앙아시아의 들판에 홀로 나가서 개양귀비와 들쥐들을 향해 우리말 "안녕하십니까!"를 외치는 소년을 만나지 않고 누구를 만난단 말인가. 뒤늦게 고백하건대 간밤에 가물가물 잠이 들 즈음 그 소년이 바로 나일 수도 있다는, 혹은 나일지도 모른다는 엉뚱한 생각이 선잠 속의 꿈결에서인 듯 내 머리를 스치고 지나간다고 느꼈었다. 그리고 나는 깊은 잠에 빠져들었었다.

"러시아 글자를 처음 본 사람들은 저걸 펙토파라고 읽기도 하죠. 일본에는 실제로 펙토파 모임이란 게 있다고 해요. 러시 아 여행이 어려웠을 때 왔었던 사람들의 모임이라나요."

광주에서 지원해 온 지 어느덧 일 년이 넘었다는 젊은 한글 선생은 식당 앞에서 'PECTOPAH'라는 글자를 가리켰다. 그 것이 러시아 글자의 레스토랑이었다. 러시아 철자가 다른 서 양 철자와 달라서 읽기 어려운 것은 당연한 일이다. 그러나 그 정도는 단순한 변형만 있으면 알게끔 되어 있다. 그런데 나중 에 기회가 있어 레르몬토프 극장에 갔을 때 햄릿을 감레트라 고 하는 데는 고개를 갸우뚱거릴 수밖에 없었던 것이다. 이것 도 서방에서 첫 글자가 ㅎ 발음이 나는 글자가 ㄱ으로 둔갑한 많은 예 중의 하나였지만 말이다. 예컨대 휴머니즘=구마니즘, 헤로인=게로인, 히말라야=기말라이, 히드라=기드라, 헤르 만 헤세=게르만 게세, 햄버거=감부르기 등등등.

우리, 한글학교 선생과 운전기사와 나는 러시아식 만둣국인 펠메니를 비롯하여 햄과 빵, 토마토, 야채 주스로 식사를 그럴 듯하게 끝마치고, 독일산 니콜라이 2세 보드카 한 병을 사 넣 고, 앞에서도 잠깐 비쳤듯이 소금이 싸락눈같이 깔린 광야를 향해 차를 몰았다. 그렇게 달려갔다가 달려오는 데만 꼬박 하 루해가 걸린다는 말에 나는 도시를 벗어나기까지도 여간 망설

여지지 않았었다. 하지만 역시 식사까지 본의 아니게 대접받고 난 다음이었다. 류다를 만나는 일은 다음으로 미루는 도리밖에 없었다.

그런데 우슈토베를 향해 떠난 지 얼마 되지 않아 내가 류다에 대해 들을 수 있었던 것은 실로 우연이라고밖에는 설명할 길이 없다. 내가 한글학교 선생에게 류다에 대해서 아예 물어볼 염도 없었던 것은 당연한 일이었을 것이다. 카자흐스탄에만도 십만이 넘는 동포가 살고 있는 것이었다. 그러니 그가 류다를 알고 있으리라고는 꿈에도 생각할 수 없었던 것이다. 그러나 그 아침에 류다에 대해 무엇인가 알 수 있었다 하더라도 내가 우슈토베까지 가는 것을 어쩌지는 못했을 것임에 틀림없다. 그런데 그 한글학교 선생이 류다를 알고 있었던 것이다.

도시를 뒤로하고 멀리 평원을 마주하자 내가 개양귀비를 머릿속에 그린 것은 아무래도 류다의 그 글 때문이었다. 그 꽃이 페르시아 융단처럼 피어날 만한 곳이 어디일까, 사방을 둘러보아도 메마른 대지뿐이었다.

"개양귀비…… 야생 양귀비 말입니다. 그게 어디 많이 핍니까?"

하는 수 없이 나는 물었다.

"무슨 양귀빈지는 몰라도 봄부터 여름까지 온 들에 꽃이 핍니다. 꽃이 작은 접시꽃인 것처럼 넓습니다. 볼 만하지요."

한글 선생은 어디라 할 것 없이 손으로 바깥을 가리켰다. 하지만 그 바깥으로 펼쳐진 풍경은 여전히 을씨년스러운 가을 광야일 뿐이었다. 그럼에도 불구하고 내 눈에는 그 들판에 나와 "안녕하십니까!"를 외치는 한 소년의 모습이 보이는 듯했다. 내가 자꾸만 고개를 돌려 들판 여기저기를 살핀 것은 단순히 그 이질적인 풍경만을 보고자 한 것은 아니었을 것이다. 그런 어떤 어간에 나는 류다에 대해, 그 글에 대해, 마치 지나가는 말처럼 그에게 중얼거렸던 것이다.

"개양귀비 필 때 저런 들에 나와 우리말을 외치는 소년이 있었답니다. 안녕하십니까 하고 말입니다. 개양귀비 필 때 한번 와야겠군요."

그것은 얼마든지 픽션일 수 있는 이야기였다. 그러므로 내게 그것이 중요한 것은 결코 아니었다. 그보다 나는 그 황량한 광야에서 꽃이 만개한 풍경을 머릿속에 그리고 있었고, 그 풍경을 그리다 보니 그렇게 말하게 된 것에 지나지 않았다. 그러자 그가 내게 얼굴을 돌렸다.

"아, 류다라는 여자가 그런 글을 써서 여기서 상을 받았습니다. 기억이 납니다.《고려일보》에도 났었어요. 그 여자도 우슈토베가 고향이랍니다. 그걸 읽으셨습니까?"

나는 그의 말에 놀랐다. 현지 동포 신문인《고려일보》에 그 글이 실렸다는 것인지, 상을 받은 사실이 실렸다는 것인지 분명치는 않아도, 하여튼 그가 류다를 알고 있다는 것은 내게는 놀랍고도 반가운 일이었다. 나는 "아" 하고 짧은 감탄을 내뱉었다.

그리하여 나는 류다에게로 한걸음 다가갔다. 그런데 여기서 먼저 밝혀야 할 것은 그의 말을 듣는 순간 나는 류다가 남자가 아닌 여자임을 알았다는 사실이다. 그가 류다를 알고 있다는 것보다 그 사실에 나는 더 놀랐을 것이다. "아" 하는 감탄은 그래서 나왔다는 측면이 더 컸다. 글에 나오는 주인공이 소년이었으므로 나는 의심 없이 류다를 남자로 받아들였었다.

그러나 나중에 주워들은 바로는 그것은 한심스러운 내 무식의 소치에 다름 아니었다. 간단히 말해, 류다는 류드밀라의 애칭으로서, 류드밀라는 여자 이름으로만 쓰인다는 것이었다. 변명이야 이리저리 늘어놓을 수 있을지 몰라도 이른바 국제화, 세계화의 시대에 그야말로 낯 뜨거운 노릇이 아닐 수 없었다. 참고 삼아 몇 개 '나중에 주워들은' 애칭들을 소개하자면, 아가

피야—아가샤, 보리스—보랴, 클라라—라라, 나데즈다—나
댜, 예카테리나—카추샤, 스베틀라나—스베타 등등이었다. 하
기야 나는 청소년 시절에 라이너 마리아 릴케의 시를 처음 읽
으며 그가 여자려니 한 적이 있기도 했으니, 할 말은 없는 것
이다. 류다가 남자든 여자든 그것이 내게 무슨 상관이 있으랴.
그 글에 이름을 웬일인지 애칭으로 써놓은 것은 그쪽이 잘못
한 것임도 나중에 안 것이었다.

어쨌든 류다는 여자였다. 그런데 최근에 우슈토베에 사는
그녀 오빠의 친구에게서 들은 바에 의하면 오빠를 따라 키르
기스스탄인지 타지키스탄인지 잘은 모르지만 그쪽 어디로 갔
다고 한다는 것이었다.

우슈토베로 가는 길은 계속 달리면 사할린까지도 간다는 길
이었다. 오른쪽 들판 저 멀리 이름 높은 천산 산맥의 줄기가
뻗어 와서 산 너머가 중국이라고 알려주고 있었다. 천산이 위
대한 것은 일망무제의 초원 멀리 장대한 모습을 보이고 있기
때문만은 아니다. 그 크고 작은 봉우리들이 눈과 얼음을 이고
있다가 조금씩 녹이면서 내를 이루고 강을 이루어 아래 들판
으로 흘려보내기에 그 물줄기로 뭇 생명을 먹여 살리는 조화
와 섭리가 거기에 있었다. 그래서 천산 아래 사막이나 초원의

물은 맑고 차고 달다. 알마아타가 광대한 옛 소련 영토의 팔분의 일에 해당하는 땅을 가진 카자흐스탄공화국의 한쪽 구석에 자리 잡은 도시인데도 수도가 된 까닭이 여기에 있다고 했다.

해는 대평원의 중천에 떠오르고 문득 검붉은 흙 언덕 사이로 뜻밖에도 호수가 나타났다. '흰 모래'라는 뜻의 갑체가이 호수였다. 천산 산맥의 험준한 골짜기를 굽이돌아 북류해 온 일리 강 물줄기가 여기 모였다가 다시 발하슈 큰 호수로 흘러 들어가는 것이다. 초가을 빙하의 물이 아침 햇살을 받아 뽀얗게 물안개를 피워 올린다. 바람이 휘몰아치는 호수 둔덕에서 아름답다는 말 대신 신령스럽다는 말이 떠올랐다. 물 저쪽에 어김없이 도시가 있다고 했다.

우슈토베까지는 또 하나의 시냇물과 작은 도시를 거쳤다. 길가에선 난장에서는 쇠고기와 양고기와 야채를 판다. 양고기 꼬치구이를 굽는 연기와 냄새가 진동하는 그 옆에서 해바라기 씨와 호박씨를 한 봉지 사들고 다시 낙타가시풀만 듬성듬성한 황야로 나간다.

이 광막한 사막 초원의 주인은 오랜 옛적부터 유목민들이었다. 몽골이 이곳에 침략해 오자 이 유목민들이 러시아의 황제에게 도움을 청하게 됨으로써 이 땅은 최근까지 러시아에 속하게 되었다고 하는데 칭기즈칸과 티무르의 이름은 아직도 이 땅의 역사에 우뚝하다. 그러나 고원지대의 칭기즈칸 유적은 그저 흙탑으로 솟아 있을 뿐 지금 주인은 여전히 유목민일 수밖에 없다. 말 위에 올라앉아 몇백 마리의 양 떼를 몰고 가는 유목민 사내가 있고, 개를 앞세워 소 떼를 몰고 아스팔트 도로를 가로막는 유목민 소년이 있다. 그리고 사람 그림자 하나 없는 들판에 가끔 인간의 마을처럼 보이는 유목민의 공동묘지가 있다. 여기서도 돈 있는 사람의 무덤에는 이슬람 사원의 모스크와 같은 모양의 작은 돔이 솟아 있다.

우슈토베는 타슈켄트, 크질오르다 등의 지역과 함께 1937년에 한민족이 처음 이주되어 온 곳이었다. 반세기가 지난 지금 많은 사람들이 다른 곳으로 옮겨 갔어도 팔천오백 명이나 생활의 뿌리를 내리고 있다고 했다. 처음 사람도 몇 없는 땅에 내버려진 이들이 닥쳐오는 겨울을 맞아 부랴부랴 땅을 파고 갈대로 그 위를 덮고 진흙을 올려 혹한을 견뎌야 했던 구덩이 흔적들은 아직도 군데군데 폐허로 남아 있었다.

거의 한 달 동안 열차로 오면서도 숱하게 죽고, 황무지에 내동댕이쳐져서도 숱하게 죽고, 어느덧 이주 첫 세대 이후 4세가 주인이 되는 역사.

한 표트르, 박 니콜라이와 함께 찾아간 옛 흔적은 여기서 어떻게 사람이 살았겠느냐 싶었으나 흉한 역사의 상처로 엄연히 거기 남아 있었다. 그리고 바로 그 폐허에 유목의 그것과는 또 다른 모습으로 자리 잡기 시작한 우리 동포들의 봉분 올린 무덤들이 '이 땅의 주인은 나'라고 말하며 새 마을을 일구고 있는 산 사람들의 마음 같아서, 한동안 삶과 죽음과 역사라는 것에 생각이 뭉뚱그려지면서 죄라도 지은 듯 무연히 서 있을 수밖에 없었다.

한글 선생은 우슈토베에 도착하자마자 류다의 오빠 친구에게 연락을 취하여 점심때 식당으로 불러냈다. 삼십 대 초반의 나이로 보이는 오빠 친구는 미하일이라는 이름을 가지고 있었다. 나는 내가 마치 류다를 만나기 위한 목적으로 거기까지 찾아간 것처럼 보이지 않을까 하는 공연한 우려로 다른 동포들을 대하는 것보다 오히려 더 시큰둥하게 그를 대했던 것 같다. 그의 말에 의하면 알마아타에 살던 그녀네가 키르기스스탄으로 간 것은 몇 달이나 되었다는 것이었다. "오빠가 비즈니스를 합니다. 그래서 간다고."

미하일의 말에 한글 선생은, 이곳 사람들은 길거리에 서서 빵 하나, 모자 하나 파는 것도 비즈니스라고 한다고 웃음을 지었다.

"키르기스스탄이라면……"

나는 천마(天馬)에 대해 말을 꺼내려다가 그만두었다. 내가 그 나라에 대해 알고 있는 것은 그곳이 천산 산맥을 끼고 있다는 것과, 옛날 하루에 천 리를 달린다고 했던 천마의 산지로 알려졌던 곳이라는 것 정도였다. 그 말은 어찌나 맹렬히 달리는지 몸에서 피 같은 땀을 흘린다고 해서 한혈마(汗血馬)라고도 부른다고 했다. 그러나 그것은 역사에 나오는 것일 뿐 그런 자리에서의 대화로는 적합지 않다고 판단된 때문이었다.

"키르기스스탄에는 이식쿨이라는 큰 호수가 유명합니다. 사철 눈이 쌓인 천산의 봉우리 아래 있는데, 소련 시대에도 휴양지로 유명했지요. 여기 사람들은 이식쿨의 물이 밑바닥에서 바이칼 호수와 통해 있다고들 하지요. 서로 몇천 리나 떨어져 있는데 말입니다. 저도 아직 못 가봤습니다만."

한글 선생은, 가르치는 것도 가르치는 거지만 중앙아시아에 대해 흥미를 느껴 공부하고자 지원해 오게 되었다는 스스로의 말을 증명하듯 말했다.

"맞아요. 비탈리도 거기 호수 있는 데서 비즈니스를 한다고 말했어요. 비탈리, 류다 오빠 말입니다."

미하일이 덧붙였다. 그리고 류다가 같은 민족 사람을 남편으로 맞이하려고 애를 썼으나 잘 되지 않았다고도 들려주었다. 그 말이 상당히 심각한 내용임은 캐묻지 않아도 충분히 전달되는 것이었다. 게다가 한국에 한번 가보려던 것마저 잘되지 않았다는 데야, 나는 왠지 내가 잘못을 저지른 것처럼 느껴졌다. 나는 그녀가 글에 썼던 "안녕하십니까! 이 말은 우리 민족 말입니다!" 하는 구절이 새삼 머리에 들어와 박혔다.

그러고 보니 나도 오기 전에 지도를 보며 그 호수에 눈길이 머물렀던 기억이 났다. 그 호수뿐만 아니라 카자흐스탄 땅의 중심쯤에 자리 잡고 있는 발하슈 호수도 있었다. 그러나 세계에서 가장 깊은 수심을 자랑하는 호수인 바이칼의 위세에 밀려 그 호수들의 존재는 곧 흐려지고 말았다. 언젠가는 꼭 바이칼에 가리라 하고, 호수는 그만이었던 것이다.

그런데 일은 여기서부터 계획과는 다른 길로 접어들고 만 것이었다. 면밀히 살펴보면 '여기서부터'라는 말은 실상 상당히 모호한 것이 아닐 수 없다고 해야 한다. 왜냐하면 키르기스스탄이라는 말이 나오기 위해서는 애당초 류다가 있었기 때문이다. 그녀가 그곳으로 갔다는 사실 때문에 호수가 그 뒷그림으로 떠올랐던 것이다. 그러나 나는 다시 '여기서부터'라고 말할 수밖에 없다. 그때부터 내 머릿속에는 뭔가 모호하게 중앙 아시아라는 지역을 향했던 내 마음이 질서를 잡아가는 느낌이 었다. 모호한 정신을 한데 모아 뚜렷하게 해주는 것은 구체적인 낱말임을 나는 새삼 깨달았다. 그렇다면 내가 이렇게 당당하게 말하는 그 낱말이란 도대체 무엇이었던가?

그렇다. 두말할 것 없이 그것은 천마와 호수였다.

먼저 천마는, 언젠가 텔레비전에서 실크로드 이야기를 방영했을 때 그곳 풍물과 함께 소개된 적도 있었던 기억이 났다. 이제 천마는 전설적인 이야기로만 남았으나, 그러나 그 전설의 흔적을 그곳 말들에서 더듬어볼 수는 있다고 암시하는 식으로 그 취재 필름은 끝나고 있었다. 그러므로 옆 사람들에게 그런 이야기를 해봤자 대화만 겉돌고 무거워질 우려가 있어서 나는 거기서는 꺼내지조차 않았다. 하지만 나는 그곳으로 가서 그 흔적이나마 내 눈으로 확인하고 싶다는 욕망이 불현듯 솟는 것이었다. 이른바 욱하는 성질 탓에 엉뚱한 구석에 몰리곤 해도 내 못 말리는 인생이 거기서도 반짝하는 순간이었다. 승마는 물론 경마도 멀기만 한 내가 난데없이 천마의 흔적이라니.

그러나 호수는 달랐다. 특히 바이칼 호수는 그곳에 갔다 온 사람들이 누구나 입에 거품을 물다시피 하는 걸 여러 차례 본 적이 있는 만큼 별수가 없어서 포기를 했던 곳이었다. 중앙아시아에서 러시아의 바이칼로 가는 방법도 상당히 어렵게 되어 있었다. 그래서 비행기에서 그 호수의 한쪽 자락을 내려다본 것으로 갈증을 달래야 했던 것이다. 그런데 그 바이칼 호수와 밑이 통해 있다는 밑도 끝도 없는 말이 있는 중앙아시아의 호수가 등장한 것이었다. 그것도 사철 눈 덮인 천산 바로 아래 있다는 게 아닌가 말이다.

"여기 사람들이 말하는데, 그 호수 밑에 옛날 도시가 가라앉아 있다고 그렇게 말합니다."

내가 그 호수에 관심을 보이자 미하일이 말했다. 그는 드물게도 서울 동숭동에 있는 해외동포교육원의 초청을 받아 어느새 한국에도 갔다 왔다고 했는데, 우리말을 꽤 정확하게 구사하고 있었다. 그의 말에 나는 더욱 흥미를 갖지 않을 수 없었다.

"호수 밑에……"

나는 음료수와 함께 나온 깡통 맥주를 한 모금 마시며 그 먼 호수를 머릿속에 그렸다. 미하일의 말에 의하면 키르기스말로 이식쿨의 이식은 뜨겁다는 뜻이며, 쿨은 호수라고 했다. 또, 이식쿨의 물은 위는 민물, 아래는 짠물이며, 이에 비교되어 발하슈 호수는 한쪽이 민물, 다른 쪽이 짠물로서, 서로 차이를 보인다는 것이었다. 그리고 키르기스스탄의 소설가 아이트마토프가 쓴 《하얀 배》라는 소설까지 들먹거렸다. 부모가 이혼하는 바람에 그 호숫가의 할아버지 집으로 와 살고 있는 한 소년이 호수를 떠가는 하얀 배를 보면서, 커다란 물고기가 되어 배를 따라가기를 꿈꾸는 이야기라는 것이었다. 그의 말을 들으면서 나는 나대로 학교 시절에 읽은 독일 소설가 슈토름의 소설 《이멘 호수》를 떠올리고도 있었다.

"하얀 배라……"

신비하고 아름다운 광경이 내 머리를 자극했다.

그러던 나는 한글 선생이나 미하일 누구에게랄 것 없이 그곳까지 가볼 수는 없느냐고 조심스럽게 물었다. 미하일이 들려주는 이야기는 모두 그 호수를 향한 내 마음을 한층 북돋기에 부족함이 없는 것이었다.

그러나 미하일에 의하면, 알마아타에서 호수까지는 직선거리는 그리 멀지 않지만 천산 산맥이 가로막혀 있어서 서남쪽 고갯길이 뚫린 곳으로 빙 돌아가야 하기 때문에 상당히 멀다는 것이었다.

"꼭 거길 가봤으면 하는데…… 무슨 방법이 없었을까요?"

나는 한글 선생과 미하일을 번갈아 쳐다보며 간청하다시피 했다. 내 말에 미하일은 한참 동안 생각을 하는 듯하다가 마침내 자기도 이 기회에 비탈리를 찾아가서 한번 만날 겸 같이 가보자고 말했다. 알마아타로 가서 차편을 알아보자는 것이었다. 이렇게 되어 나는 정말 뜻하지 않게 그 호수를 향하여 떠나게 된 것이었다.

우슈토베에의 여행에서 얻은 것은 적지 않은 셈이었다. 다른 것은 그렇다 치더라도 무엇보다 우리 동포들의 무덤을 보았고, 그들이 저 1937년에 내동댕이쳐 버려졌던 처절한 삶의 뿌리를 내리기 위해 광야에 파놓은 갈대 움막집의 흔적을 보았다. 오늘날 그곳에 문을 연 한글학교도 보았다. 그러나 무엇보다도 내 가슴을 뛰게 한 것은 새로운 세계, 산속의 호수를 향해 가게 된 것이었다.

차편을 알아보자던 미하일의 말은 스타니슬라브라는 친구의 차를 알아보는 것으로, 조금도 어려운 것이 아니었다. 운전을 해서 먹고살면서 시를 쓰기도 한다는 스타니슬라브의 성씨는 이씨였다. 그리하여 우리는 그의, 그곳에서 가장 보편적인 승용차인 지굴리 라다를 몰고 셋이서 한낮이 조금 지난 시각에 알마아타를 떠났다.

앞에서 나는 처음 오십 달러짜리 호텔 방에 들렀을 때, 나만의 공간을 향유하는 기쁨을 맛보았다고 했었다. 그런데 그 승용차가 어느새 광활한 초원의 한가운데를 달릴 때, 왜 다시 그와 같은 느낌이 밀려오는지 까닭을 알 수가 없었다. 비록 동포라고는 해도 나와는 아무런 연관이 없는 사람들과 함께 미지의 곳을 찾아간다는 사실, 즉 달리 말해 밀행(密行)이 주는 안도감이었을까. 나는 행복이라는 쑥스러운 말을 속으로 굴리고 있었다. 중앙아시아의 산속 비경(秘境)이 나만의 방처럼 나만의 공간으로 주어진 것이었다. 나는 그 안으로 들어가 숨을 것이었다.

이제 다시 그 꼬박 한나절의 여행이라곤 해도 거기에는 여러 가지 사연이 많긴 했었다. 무엇보다도 미하일이 십 년 전에 한 번 단체 여행에 끼어 비슈첵에 갔었을 뿐, 스타니슬라브도 초행이어서 호수로 가는 길은 아무도 모른다는 점이 문제였다. 우리는 간단한 지도와 이정표에 의지해 차를 모는 수밖에 없었다. 여기에 카자흐스탄의 대표적인 일간 신문인《카라반》까지 길거리에서 한 장 샀던 것이니, 우리는 낙타만 타지 않았지 영락없이 카라반, 즉 대상(隊商)이 되고 만 것 같았다.

그러나 말이 그렇지 이정표에만 의지한다는 것도 말처럼 쉬운 것이 아니었다. 중앙아시아란 중동이나 극동이나 동구나 그런 블록과는 달리 상상 이상으로 광대한 지역인 것이다. 우리는 왼쪽으로 천산의 지맥을 바라보며 그저 짧고 빈약한 풀들이 펼쳐진 초원의 한가운데를 평균 시속 100킬로미터로 달려만 갈 뿐이었다. 계절은 그곳 동포들 말로 '여자 이름'인 초가을인데도 벌써 초원은 누런 풀들뿐이었다. 그것이 이른바 '초원의 실크로드'인 것이었다. 그 초원의 길을 가끔 말 떼, 양 떼, 낙타 떼가 무리를 지어 어디론가 가고 있었다.

초원은 말 그대로 풀밭일 뿐 나무가 거의 자라지 않는다. 자란다고 하더라도 어쩌다 작은 관목이 한두 그루 비루먹은 것처럼 서 있다. 그런데 정말 어쩌다 몇 그루 나무가 제법 수풀을 이루고 있다. 그중 대표적인 것이 느릅나무의 일종인 카라가지나무였다. 뿌리가 깊이 물을 능률적으로 빨아들인다는 것이었다. 그리고 그다음으로 대추나무 비슷한 주다나무가 있었다. 무엇이든 그것이 얼마나 좋은 것인가를 알기 위해서는 그것이 귀한 곳에 가보는 것만큼 현명한 방법이 없을 것이다. 나무는 정말 귀한 것이었다. 그러므로 그 꼬박 한나절의 자동차 여행을 구구절절이 늘어놓지 않는 대신에 특징적인 나무가 있는 몇몇 곳을 이야기하기로 한다.

나무에 대해서는 스타니슬라브가 시를 쓰는 사람답게 이것 저것 많이 알아서 내게는 여러 가지 도움을 주었다. 드넓게 노출된 초원에서 드러내놓고 소변을 보기도 뭣해 뒤늦게 몇 그루 나무를 발견하고 차를 세우고 그 아래서 일을 보았을 때, "이런 나무 한국에는 없소?" 하고는 검붉은 열매가 달려 따먹기도 하는 주다나무라고 가르쳐줌으로써 그는 나의 나무 선생이 되었던 것이다.

　알마아타는 천산의 만년설이 녹은 물로 도시 자체가 오아시스인 셈이어서 거리에는 가로수들이 우리나라의 어느 도시보다 무성하게 우거져 있다. 그러나 도시만 벗어나면 곧 전혀 다른 풍경이 된다. 인위적으로 가꾼 가로수들이 외줄로 서 있는 곳도 잠시, 양옆은 그저 밋밋한 들판인 것이다. 가끔 어디서 실어오나 싶게, 양고기 꼬치를 구울 때 쓰이는 삭사울나무의 울퉁불퉁 못생긴 고사목 둥치를 실은 트럭이 옆을 지나는 것만 보아도 그 나무가 신기했다. 삭사울은 중앙아시아의 소금기가 많은 땅이나 사막 토질에서 자라는 그곳 특산의 나무였다.

　알마아타를 떠나 한 시간 반쯤, 길이 왼쪽으로 구부러져 달리고 얼마 지나지 않아 구르다이 고개를 넘으면서 뜻밖에 우리나라 것과 똑같은 수세(樹勢)의 미루나무들을 만난다. 미루

나무들이 군데군데 쭉쭉 하늘로 치솟아 있다. 하지만 그 밖에는 키 작은 잡목들이 얼마쯤 자라고 억새가 나부끼는 정도에서 끝나고, 곧 중앙아시아의 고원은 풀조차 듬성듬성한 황무지가 된다. 구르다이 고개를 넘는다는 것은 천산의 지맥을 넘는다는 뜻으로, 그 산은 온통 삐죽삐죽하게 부스러진 잡석 더미로 이루어져 있다.

나는 보로딘의 〈중앙아시아의 고원에서〉를 듣던 날들을 회상하지 않을 수 없었다. 그 몇 년 전에 5·16이 일어나자 '혁명 검찰관'으로 으스스했던 아버지는 인생 유전이라는 낡은 말을 새롭게 증명이라도 하려는 듯 감옥에 들어가게 되었고, 나는 첫사랑이 마악 깨어진 뒤였다. 그 이중의 아픔을 그 동방적인 운율은 애절하나마 아득한 감미로움으로 달래주었다. 그 무렵 나는 학교고 뭐고 다 때려치우고 자립하겠다는, 그야말로 청운의 뜻을 품고 방을 구하러 다녔었다. 청운의 꿈이란 철부지의 꿈이었다. 그 여자애가 떠나간 그 가을은 그래서 그런지 유난히 숨이 가빴었고, 그 뒤로 나는 나이를 아무리 먹어도 그 무렵만 되면 까닭 없이 숨이 가쁘곤 하는 것이었다.

구르다이 고개를 넘어가면서 나는 퍼뜩 또 그놈의 계절이구나 하고 나도 모르게 얼굴이 질렸다. 그리 높은 고개도 아니었는데 숨이 가쁜 것을 느끼기 시작한 것이었다. 인생의 마지막 날에 사람들이 숨이 가쁜 것은 꼭 몸이 잘못되어서는 아닐 거라는 생각이 들었다.

그런 생각과 함께 어디선가 보로딘의 선율 같은 것이 들려오지 않을까 귀를 기울이곤 한 나를 굳이 어리석다고 핀잔하지는 말기 바란다. 그곳에서 들려오는 것은 황량한 바람소리뿐이었다. 하지만 나는 그 바람소리가 바로 〈중앙아시아의 고원에서〉의 그 선율일 수도 있음을 알고 있었다. 몽골과 타타르와 투르키스탄 등 여러 민족 기병들의 말발굽이 달렸던 고원에는 몇 그루 카라가지나무만 서 있고 이상스레 적막이 감돌았다. 카라가지나무를 스쳐가는 바람소리에 타타르의 피가 섞였다는 보로딘도 들었을 것이었다.

고개를 넘고서도 국경은 멀었다. 키르기스스탄 땅에 들어서서 수도인 비슈켁으로 가는 길과 반대 방향으로 가면 된다는 게 고작 우리가 알고 있는 정보였다. 비슈켁이 무슨 뜻인지는 미하일도, 스타니슬라브도 모르고 있었다. 레닌의 막료 장군이었던 프룬제의 이름을 따서 불렸던 수도 이름이 소련의 붕괴와 함께 최근에 옛날 이름으로 환원되었다는 것이었다.

네 시간쯤 지났을까. 카자흐스탄의 마지막 마을인 게오르기

예프카 마을을 지나고 머지않아 키르기스스탄 땅으로 들어섰다. 미리 알았던 대로 비슈켁으로 가는 갈림길에서 왼쪽을 택해 달리던 우리는 길을 물을 겸 길가의 과일 장수에게 수박 두 덩이를 오십 텡게에 사서 실었다. 돈의 단위가 루블에서 텡게로 바뀐 것도 세상의 변화를 말해주고 있었다.

돈 이야기가 나왔으니 말이지 공화국마다 자기네 돈을 만든 것이 그리 오래되지 않은 데서 우리는 전혀 예기치 않은 어려움을 겪지 않으면 안 되었다. 수박을 텡게로 살 수 있었던 것은 그곳이 국경 근처였기 때문이었다. 조금 더 달려 주유소를 발견하고 차를 세운 우리는 텡게를 가지고는 기름을 넣을 수 없다는 사실을 알았던 것이다. 그것은 쓰임새 없는 다른 나라의 돈일 따름이었다. 키르기스스탄의 돈 단위는 솜이라고 했다. 텡게든 솜이든 내게는 괴상한 돈 이름이었다.

"다른 나라라는 거요. 다른 나라. 솜을 가지고 오라 하오."

미하일이 쓸쓸하게 말했다. 소련 시절에는 같은 형제 국가로서 서로 모른 척할 수가 없었는데 어느새 이렇게 변했는지 모르겠다고 그도 놀라고 있는 것이었다. 텡게가 안 되면 달러는 되지 않을까 했으나 그것도 시골구석이라 곤란하다는 것이었다. 기름이 아직까지 남아 있는데도 마침 주유소가 있는 걸 보고 들렀기에 망정이지 우리는 하마터면 꼼짝도 못할 뻔한 것이었다. 하는 수 없이 다음 주유소까지 가보자고 차를 움직였으나 우리는 마음이 무거웠다.

그런데, 나는 주로 나무 이야기로 그 여정을 이야기하기로 하지 않았던가. 기름이야 어쩌됐든 창밖으로 눈을 돌리며 카자흐스탄 땅과는 사뭇 다르게 키르기스스탄 땅은 푸른빛이 짙다. 멀리 양옆으로는 북쪽으로 쿤케이알라타우 산맥이, 남쪽으로는 테르스케이알라타우 산맥이 대평원을 병풍처럼 아늑하게 막아서고 있었다. 그곳이야말로 진짜 초원이며, 여태껏의 황량한 풍경에 비하면 낙원이라 해도 지나친 표현이 아니었다. 나무 한 그루 없는 산들과 달리 미루나무, 버드나무를 비롯하여 숲이 제법 우거지고 풀들도 싱싱했다. 말하자면 대평원 전체가 오아시스였다. 살펴보니 바로 길옆으로 맑은 냇물이 흐르고도 있었다.

"깡트 강이오."

미하일이 손가락으로 가리키는 이정표를 보니 'КАНТ'라는 글자가 보였다. 그가 깡트라고 발음했으나 나는 느닷없이 칸트의 이름에 자못 묘한 느낌이었다. 칸트라…… 그 독일 철학자를 읽던 무렵 나는 한 재수생 여자애를 만나 서로의 육체에 눈떠가고 있었더랬다. 아버지는 감옥에서 나와 십 년 동안의 자격 정지를 겪느라 봉천동에서 돼지를 치고 있었다.

지금이 몇 시인지 알려면 시계를 보느니 그 엄격한 철학자가 산책을 나온 것을 보는 게 더 정확할 정도였다는 칸트는 《순수 이성(理性) 비판》에서 사람은 태어날 때 이미 이성을 타고난다고 말하고 있었던 것으로 기억되지만, 혹시 내 기억이 잘못되었는지도 모를 일이다. 오성(悟性)이니 생득적이니 하는, 일본 사람들이 만든 어려운 용어도 그때 배운 것들이었다. 그《순수 이성 비판》을《순수 이성(異性) 비판》으로 바꿔 보는 시각이 내 잠재의식 속에 있는 것은, 그 무렵 어두운 학교 뒷산에 올라가 그 몇 시간씩 서로 빨고 만지곤 하면서도 직접 관계를 갖지 못한 그 재수생 여자애와의 만남 때문이 아닐까, 나는 우스꽝스러운 생각을 한 적도 있었다.

칸트든 깡트든 그 작은 강이 대평원의 젖줄을 이루어 푸른 초원이 펼쳐지고 있는 것이었다. 스타니슬라브는 버드나무 중에서 수양버드나무를 가리키며 '눈물을 흘리는 버드나무'라고 비유해 말한다고도 들려주었다. 길게 늘어진 가지가 눈물이라는 것이었다. 과장법치고는 좀 유별난 과장법이었다. 그 버드나무들 뒤쪽으로 모처럼 모습을 드러낸 인간의 마을에는 이슬람교 특유의 모스크가 눈에 띄는 교회당을 세우는 공사가 한창이었다. 그것도 중앙아시아에서 최근에 일어나는 대표적인 변화에 속했다. 종교가 살아나고 있는 것이었다.

키르기스스탄에 들어와서 내가 유심히 본 것은 길옆을 지나가는 말들이었다. 새삼스럽게 밝히지 않아도 천마의 흔적을 살피고 있었다고 하는 게 더 정확하겠다. 많은 사람들이 말을 타고 지나갔다. 말을 타고 말 떼나 양 떼를 몰고 가거나, 말을 타고 여럿이서 몰려가거나, 말을 타고 혼자서 산기슭을 가거나, 하여튼 말을 탄 모습은 흔했다. 그리고 그 말들은 한눈에 보기에도 키가 크고 날렵한 게 준마라고 하기에 부족함이 없었다. 천마는 사라졌다고 하나, 나는 천마를 보고 있다는 생각에 젖어 들었다.

대평원은 차를 달려 나아갈수록 점점 좁아져서 결국은 양쪽의 두 산맥이 마주치며 좁은 협곡을 만들고 있었다. 우리는 그 협곡 입구에서 간신히 발견한 주유소에서도 기름은 넣지 못하고, 40킬로미터만 가면 목적지에 닿는다는 말만 들을 수 있었다. 사방은 벌써 어두워져 땅거미가 내리고 있었다.

어쩔 수 없이 우리는 협곡 속으로 차를 몰아가는 수밖에 없었다. 이제는 서로 간에 말도 별로 없었다. 그때까지 우리는 뭔가 쉴 새 없이 이야기를 나누며 바깥의 단조로운 풍경에 맞서고 있었다고 해도 좋았다. 끊임없이 계속되는 구릉들과 몇 그루의 카라가지나무들, 주다나무들을 대상으로 하는 우리의 여행은 막막하기만 할 것이었다. 우리는 소련의 민족들에 대해서도, 각 공화국의 정치에 대해서도, 카자흐스탄의 자나르바예프 대통령에 대해서도, 이번에 역사 아래 처음 한국대사관 주최로 열린 개천절 기념식에 대해서도, 노래를 부르다 젊어서 죽은 한국계 가수 최 빅토르에 대해서도…… 떠오르는 대로 이야기를 나누었다. 이야기는 주로 스타니슬라브의 몫이긴 했지만 말이다.

어느 날 친구가 타타르 여자와 같이 다닌단 말이오. 그래 우린 깜짝 놀랐지. 뭔가 하면 말이오. 타타르 여자는 남편을 막 팬단 말이오…… 축차 민족이라고 있는데 그 마누라가 밤에 옆집 러시아 사람하고 자고 온다 말이오. 그래 축차 사람한테 물었지. 이 세상에 뉘가 제일 바본가 하고 말이오. 그랬더니 축차 사람 말이 옆집 러시아 사람이라고. 킬킬킬킬…… 왜 그런가는 우리 서로 생각하기요…… 키르기스 사람은 손님이 오면 양의 머리를 삶아서 내놔요. 그러면 손님이 먼저 칼로 귀를 잘라 주인한테 주오. 별 먹을 것도 없는데 말이오……

이렇게 킬킬킬킬 나누던 이야기도 어디로 가고, 말했다시피 우리는 이미 입을 다물고들 있었다. 협곡은 양쪽의 산이 가파르게 좁아 들어와 한번 들어가면 나오기 힘들게 여겨질 정도였다. 왼쪽으로는 골짜기가 깊이 패어 그 아래 추 강의 상류가 흐른다고 했으나 강물이 흐를 아래쪽으로는 눈길이 닿지도 않았다. 산은 흙과 푸석돌로 이루어져 거대한 낙방이 금방이라도 쏟아져 내릴 것만 같은데, 땅거미가 짙어가는 고갯길을 우리 차는 외롭게 달려가고 있었다. 나는 촉의 잔도(棧道)라는 말을 떠올렸고, 또한 《서유기》의 장면을 떠올렸다. 고갯길에 가끔 사슴이나 독수리 모양을 조각해 세워놓은 것이 오히려 무슨 괴기한 곳을 안내하는 이정표 같아 보였다.

만약에 기름이 떨어진다면 천산 산맥의 한가운데 갇혀 오도 가도 못하고 어떻게 될 것인가, 걱정이 앞섰다. 기름이 달랑거린다는 건 묻지 않아도 알 수 있었다. 게다가 떠나온 뒤 먹은 것이라곤 맥주 몇 깡통과 땅콩과자 조금밖에 없었다. 네댓 시간 부지런히 달려가서 호숫가에서 멋진 저녁을 먹으리라 했던 야무진 기대는 헛된 것이었음이 밝혀지고 있었다. 배는 고파지고, 멋진 저녁은커녕 당장 가지고 있는 것은 수박 두 덩이뿐이지 않은가. 날씨조차 초가을답지 않게 쌀쌀해지고 있었다. 느낌만으로도 표고가 상당히 높다는 사실을 감지할 수 있었다. 나는 공연히 호수니 하얀 배니 뭐니 돼먹지 않은 환상에 사로잡혀 불현듯 생각을 일으킨 나 자신이 밉살스러웠다. 돌아갈 수만 있다면 그 자리에서 차를 돌렸으면 싶었다.

얼마나 기다렸을까.

언제부터인지 오르막길은 평지로 바뀌었고, 어둠 속에 나무들의 형체가 거뭇거뭇, 그래도 별빛이라도 있었는지 희부옇한 하늘빛을 배경으로 나타났다. 그리고 곧 흐린 전등 불빛이 하나 나무 사이로 비쳐 나오고 있었다.

"아제에스."

스타니슬라브가 무엇인가 다짐하듯 나직이, 그러나 힘주어 말했다. 나는 거기서 처음 '아제에스(A3C)'가 주유소임을 알았다. 건물의 창문에는 커튼이 내려쳐져 있었으나 철망까지 쳐진 창 안으로 아직 사람이 있는 듯싶었다. 나는 차 안에 앉아 있고 둘이서 그 창문 앞으로 갔다. 좀 떨어져서 보고 있자니 역시 잘 안 되는 모양이었다. 커튼을 들치고 내다보는 창 안의 여자가 줄곧 머리를 옆으로 흔들고 있었다. 나중에 안 바로는, 달러까지 안 된다는 것은 기계가 없어 가짜를 가려내지 못하기 때문이라는 것이었다. 졸지에 위폐범이 되어 중앙아시아의 오지로 숨어든 신세처럼 여겨져 헛웃음이 나올 수밖에 없었다. 다만, 이제 호수는 그리 멀지 않다는 것, 호수 바로 옆에는 잠잘 곳이 없다는 것, 그러니 여기 발륵차 마을에서 묵어야 한다는 것 등을 안 것이 소득이었다. 어둠 속에서 거뭇거뭇 나타난 나무들을 보고, 여긴 인간의 마을이다 하고 마음속으로는 소리쳤던 것은 어떤 믿음이었을까 나는 지금도 생각을 모은다.

주유소에 들른 것은 결과적으로는 목적을 달성하는 효과가 있었다. 우리가 맥이 빠져 한참을 넋을 놓고 있을 때, 다른 지굴라 한 대가 그 이름처럼 지굴지굴 굴러오더니 우리 옆에 멈췄다. 사전에 '때굴때굴'은 있어도 '지굴지굴'은 없음을 모르는 바 아니지만 꼭 이렇게 표현하고 싶은 것은 어쩔 수 없다. 우리는 그도 우리와 같은 신세려니 했었다. 그런데 운전석의 사내가 우리에게 다가오더니 기름이 필요하냐고 물었던 것이다. 우리가 얼씨구나 그를 따라간 것은 두말할 것도 없다. 그리하여 길 건너편 모퉁이를 돌아서 우리는 기름 한 통을 십 달러에 넣을 수가 있었다.

발륵차 마을은 키르기스 이름이었고 러시아 이름으로는 르바치에 마을이었다. 기름을 판 사내에게서 그 이름을 확인한 미하일이 "아, 여기요, 르바치에, 여기요" 하고 큰 발견처럼 말하는 데서 나는 그곳이 바로 류다네와 관계가 있는 마을임을 눈치챘다. 그러고 보니 거기까지 차를 몰아가는 동안 꽤 많은 이야기가 오갔음에도 불구하고 웬일인지 류다나 그 오빠에 대해서는 이렇다 할 말이 없었던 것이 의아했다. 나야 그렇다 치더라도 두 사람은 다 그 오빠의 친구였다.

중앙아시아의 동포들이 정 두고 살던 곳을 떠나는 것은 하등 특별한 일이 아니었다. 여기서, 떠난다는 것을 우리 경우에 비추어 셋방살이를 전전하는 것쯤으로 여겨서는 안 된다. 흔히들 아주 멀리, 어쩌면 영원히 못 볼 곳으로 떠나는 것이다. 가령 우즈베키스탄의 수도 타슈켄트에서 극동 러시아의 블라디보스토크나 우스리스크 등지로 떠나는 사람이 꽤 있는데, 이는 머나먼 몇만 리의 이역인 것이다. 그러니까 떠난다는 것은 그야말로 죽지 못해 살길을 찾아 떠나는 것을 의미하는 것이다.

떠나는 사람이 많다는 것은 또 다른 사람도 그만큼 기로에 서 있음을 말해 주는 기준이 된다. 다른 민족의 나라치고도 민족주의가 드센 나라에 사는 사람들이니 더할 수밖에 없다. 언제, 어떤 변고로 또다시 저 1937년이 되풀이될지 모르는 것이다. 실제로 사회가 어지럽고 먹고살기가 어려워지자 목숨까지 위협받는 사례가 늘어나고 있었다. 그렇다고 키르기스스탄이 더 안전한가 하는 건 의문이었다. 그 민족은 좀 더 강퍅하다는 게 두 사람의 합치된 말이었다…… 나는 그들이 류다네 이야기를 굳이 하지 않는 것을 이런 측면에서 이해해야 될 것 같았다……

"오늘은 늦었으니, 내일 비탈리한테 연락하겠어요. 전화가 다른 집 전화입니다. 르바치에에 다 왔어요."

미하일이 시계를 보며 말했다. 어느새 저녁 여덟 시가 넘어 있었다. 그리고 우리는 몇 번 호텔이 어디냐고 지나가는 사람에게 "가스티니차, 지아?"를 외친 끝에 어떤 호텔에 도착했다. '어떤' 호텔이 아니다. 바깥의 불은 외등 하나를 남기고 다 꺼졌으나, 그 불빛에 "AKKyy"라는 글자가 보였다. 내가 저게 무슨 뜻이냐고 묻자 미하일이 그건 키르기스 말로서 '아크'는 하얀 것, '쿠'는 새라고 설명해주었다. 그 새가 호수에 날아든다고 책에 씌어 있다는 것이었다. 하얀 새? 백조였다.

차를 호텔 맞은편에 세운 뒤, 두 사람은 내게 잠깐만 혼자 있으라고 하고는 걸어갔다. 외국인이 있으면 터무니없이 돈을 많이 요구한다는 것이었다. 나는 차에서 내려 서성거리면서 호수의 물 냄새를, 산골짜기에서 얼음이 녹아 흘러내리는 그 물의 알싸한 냄새를 코끝으로 맡고 있었다. 그것이 비록 다른 냄새일지라도 나는 그렇게 믿고 싶었던 것이다. 그리고 외부 세계에의 동경과 그 구제의 표상일 하얀 배를 머릿속에 떠올리고 있었다.

방 두 개에 삼십삼 달러를 낸 것은 전적으로 그들의 공이었다. 외국인인 경우는 그 두 배도 더 받으리라는 것이었다. 방까지 들어가는 동안 아예 입을 봉하고 있어야 한다는 엄명을 받은 나는 수박 한 덩이를 들고 벙어리처럼 어두운 복도를 걸었다. 한 나라의 말이 상황에 따라 위험 또는 금기 요소가 된다는 사실이 이상하게 내 뒤통수를 따라붙었다. 그 한 나라 말이 한국어였던 것이다. 일제시대에도 우리말 대신에 일본말을 쓰지 않으면 안 되게 강요당한 시기가 있었다…… 나는 입을 다물고 어두컴컴한 복도를 걸어가며 왠지 몸서리가 쳐지는 듯했다.

그래도 우리는 하룻밤을 묵을 방을 구했다. 그런데 정작 다른 문제가 기다리고 있었다. 그 시간에 벌써 호텔 식당은 문을 닫았고 그 근처 어디에도 먹을 것을 살 곳이 없다는 사실이었다. 그것으로 멋지거나 안 멋지거나 따질 것 없이 식사는 끝장이었다. 싸게 방을 얻은 것은 사실이었으나 막상 호텔은 텅텅

비어 있었다. 종업원 남녀 몇만 복도 방에 모여 잡담을 나누고 있을 뿐 거의 비어 있는 것 같았다.

그곳은 소련시대에는 소련 전체를 통하여 흑해 연안의 얄타처럼 이름난 휴양지였다고 했다. 그러므로 그때는 많은 휴양객들이 몰려들었을 것이다. 휴양객이라고 해서 돈과 여유가 있는 사람을 연상해서는 안 된다. 제도적으로 휴양이 허락되는 사람이 있는 것이었다. 그런데 소련이고 제도고 다 무너져버려 먹고살기도 어려운 마당에 휴양이란 어림없는 노릇이었다. 그러니 그 시간이 아니라 어느 시간에도 식당은 문을 닫고 있을 듯싶었다. 이제 배는 고프다 못해 쓰릴 지경이었다. 낭패였다. 아무리 궁리를 해봐야 헛일이었다. 하는 수 없이 우리는 한 방에 모여, 양손에 빵 하나씩을 들고 길가에 늘어서서 '비즈니스'를 하는 여인들에게서 하다못해 빵 하나 사오지 못한 주변머리를 탓하며, 수박이라도 갈라 요기를 하는 수밖에 없었다.

벌써 난방이 필요한 날씨에 방 안에는 온기라곤 없었다. 화장실에는 욕조도 없었다. 5센티미터 정도 깊이로 사방 1미터쯤 되는 네모진 법랑 받침이 벽돌에 괴어 있는 것은 그곳에서 물이라도 뒤집어쓰라는 것인지도 몰랐다. 온수가 나오리라고는 기대조차 할 수 없는 노릇이었다. 으슬으슬 떨려 오는 방 안에서 수박을 우적우적 먹고 그들이 다른 방으로 가고 난 뒤, 나는 도무지 내가 왜 이런 데 와서 어처구니없이 수박으로 저녁을 때우고 뭔가 불안해 서성거리고 있는지 그저 한심하기만 해서 혼자 쓴웃음을 지을 수밖에 없었다.

어디론가 도망치기로 했다면 참으로 오지게 도망쳐 온 셈이었다. 방을 찾아왔다고 해도 그랬다. 이제야말로 아무도 모르는 곳으로 온 것이었다. 한국의 공권력이 기를 써도 미치지 않을 곳이라는 터무니없는 생각을 왜 내가 하고 있는지 모를 일이었다. 나는 이제 당당한 한국의 공민이었다. 경찰이 핸드폰으로 조회해도 아무 염려 없는 확고한 주민등록증이 있었다. 내가 도망치던 시절은 아득한 유신 시절이었다. 그러나 나는 여전히 그 망령에 쫓기고 있는 것이었다. 나는 놓여났다는 자유와, 끈이 끊어져버렸다는 허탈감을 동시에 맛보며, 옷을 입은 채로 꾀죄죄한 침대에 몸을 눕혔다. 잠이 들면서 나는 하얀 새와 하얀 배를 볼 수 있다면 다소 위안이 되리라 스스로를 다독거렸던 것도 같다.

비탈리를 만난 것은 다음 날 아침 깨어나자마자였다. 문을 두드리는 소리에 잠에서 깨어난 나는 눈을 비비며, 미하일 뒤에 서 있는 그를 보았던 것이다. 새벽녘에 소변을 보러 일어났다가 다시 잠들어 내처 곯아떨어졌던 모양으로 방 안이 훤히 밝아 있었다. 날이 밝자 즉시 그에게 연락을 취했다고 미하일이 말했다. 우리는 악수를 나누었다.

"먼저 뭘 좀 먹어야겠어요. 금강산도……"

나는 얼결에 '금강산도 식후경'이라는 말을 하려 했던 것이었다. 그러나 그것은 그들에게는 걸맞지 않은 말이었다. 나는 세수를 하는 둥 마는 둥 그들을 따라 밖으로 나왔다. 류다는 어찌됐느냐고 묻고 싶었으나, 역시 내가 서둘러 물을 성질의 말이 아니라는 생각이 들었다. 그야말로 모든 것이 '식후경'이었다.

그런데 그때 무심코 눈을 뜬 나는 비로소 보았던 것이다. 눈이 부셨다. 멀리, 이제까지와는 다른 모습의 웅대하고 장엄한 산이 검푸르게 앞을 가로막고 하늘 높이 솟아 있었다. 내 눈을 부시게 한 것은 그 산 위 쌓여 있는 흰 눈이었던 것이다. 사시사철 눈 쌓인 산봉우리가 그곳에 솟아 있다는 것은 들어서 알고 있었다. 하지만 그것을 직접 본다는 건 역시 다른 일이었다. 그리고 내가 그 설산(雪山)을 경이롭게 바라보는 걸 안 다른 사람들이 일부러 차에 안 타고 기다려준 것은 고마운 일이었다.

우리는 식당을 찾아 헤맸다. 그곳이 휴양지라는 게 믿기지 않게 식당 자체가 드문 데다가 또 본래 늦게 문을 여는 모양이었다. 우리 식으로 아침 겸 점심이 되는데 비탈리도 한참 동안 이곳저곳 기웃거리기만 했다. 그러다가 카페라고 간판이 달린 곳을 먼저 발견한 것은 스타니슬라브였다. 아닌 게 아니라 그 앞에 세워놓은 쇠화덕에는 샤시리크, 즉 양고기 꼬치를 굽기 시작하는 신호로 삭사울나무 장작불이 붙여지고도 있었다.

"스카즈카, 옛날 얘기. 어린이 얘기도 됩니다."

미하일이 'СКАЗКА'라는 간판을 읽고 뜻을 말해주었다. '어린이 얘기'는 동화를 일컫는 것이리라 나는 짐작했다. 우리는 샤시리크 몇 꼬치를 주문하고 안으로 들어갔다. 카페이기 때문에 레스토랑하고는 좀 다르지 않을까 했지만, 한마디로 그 식사는 그때의 나에게는 만점의 것이었다. 지금도 나는 식탁에 오른 음식들이 눈에 선하게 떠오른다. 양고기를 다져 넣고 노릇노릇 구운 벨라시 빵, 걸쭉하고 구수한 양배추 토마토 수프, 질기지 않은 샤시리크, 맑은 레몬 주스, 버터를 발라 먹는 맨 흑빵, 그리고 그곳 특유의 조금은 시큼한 사과술.

비탈리가 까닭 모르게 나를 경계하는 눈치였으나, 그것은 동포끼리라도 이역에서 처음 만난 사람은 어쩔 수 없이 이방인이라는 점에서 충분히 이해가 되었다. 그들은 그들 나름의 대화에 열심이었다. 레닌에 의해 세워진 소비에트연방이라는 나라가 칠십여 년 동안 남긴 가장 심대한 영향은 공산주의도 뭣도 아니라, 그 십오 개 공화국, 백오십여 민족에게 러시아말과 글을 가르친 게 아닐까, 나는 그들의 러시아말을 들으며 생각하고 있었다. "예"를 "다"라고 말하고 "아니오"를 "네"라고 말하는 그 말을, H＝ㄴ, P＝ㄹ, X＝ㅎ으로 소리 나는 그 글을.

나는 그들의 러시아말을 알아들을 수는 없어도 그들이 무엇을 말하고 있는지는 짐작으로 알 수 있었다. 요컨대 그 사회에 살아남는 문제인 것이다. 이제 중앙아시아의 네 나라 어디서나 러시아말이 아닌 그 나라 말을 모르고서는 공적인 출세는 틀린 일이었다. 나라의 주인이 된 민족으로서는 당연히 제 나라 말을 앞세울 것이었다. 그러므로 밀려날 수밖에 없는 것이었다. 어떻게 할 것인가? 아무도 대안이 없었다.

소비에트연방이 무너지자 독일이나 이스라엘은 그 지역의 자기 민족을 조국의 품안으로 거두어들였다. 그런데 극동의 이상한 나라 '코레아'는 어떠한가? 일본이 물러간 지 이미 반세기가 지나고, 소비에트연방이 무너진 지도 몇 년이 지났건만, 남쪽과 북쪽으로 찢겨 터무니없는 소모전을 계속하고 있지 않은가. 자기 민족을 거두기는커녕 자기 민족이 조국 땅에 가보겠다는데도 초청장이다, 비자다, 이모저모 까다롭기 짝이 없는 것이다.

"이식쿨을 가자고 말이지요?"

우리는 마지막으로 차를 마시고 비탈리에 이끌려 '동화' 카페를 나왔다. 모든 것이 잘 풀리고 있었다. 그러나 언제부터인가 류다를 못 보고 갈 거야 없지 않은가 하고 불만이 머리를 쳐들고 있음을 숨기기 힘들었다. 호수를 본 다음에 우리가 할 일은 아무것도 없었다. 자칫 류다를 못 보고 갈 우려가 많았다. 애당초 먼 길을 온 목적은 내가 호수를 보고, 미하일이 그 친구를 보는 것이었다. 류다는 부수적인 것이었다. 그러나 그렇다고 해서 여기까지 와서 휑하니 그냥 돌아간다는 것은 아무래도 불만이 아닐 수 없었다. 나는 그러면 그럴수록 그녀를 꼭 만났으면 싶었다.

차가 움직이기 시작했을 때, 나는 앞자리에 앉은 비탈리가 듣지 못하게 작은 목소리로 미하일에게 류다는 어디 멀리 있느냐는 식으로 넌지시 내 뜻을 건넸다. 그 뜻을 미하일이 비탈리에게 무엇이라고 전달했는지는 모른다. 그 말을 듣고 나를 돌아보는 비탈리를 향해 나는 그렇다고 고개를 끄덕였다. 내

고갯짓에 그가 다시 알았다는 듯 고개를 마주 끄덕였다. 나는 우리가 똑같이 고개를 끄덕거렸지만 과연 똑같은 내용을 두고 그런 것인지 아리송했다.

호수에 이르는 길은 어느 한 군데로 정해져 있는 모양이었다. 가로수가 늘어선 한산한 거리를 얼마쯤 달리다가 왼쪽으로 굽혀 들어가니 앞으로 난데없이 여러 가지 놀이기구가 들어선 유원지가 나타났다. 회전목마, 회전의자, 꼬마열차 등 노랑, 빨강, 파랑 색색으로 칠해진 그것들은, 떨어진 거리에서 보아도 꽤 오랫동안 사용하지 않았던 듯 군데군데 녹이 슬어 방치되어 있는 모습이 역력했다. 규모로 보아 그 마을 사람만을 대상으로 한 유원지는 아니었다. 확실히 이름난 휴양지는 이름난 휴양지였다.

유원지의 입구에는 기둥머리가 모스크를 닮은 양쪽 기둥에 철제 대문이 달려 쇠 자물통으로 굳게 잠겨 있었다. 호수의 물가에 이르는 길은 달리 가까이 없다는 것이었다. 한참을 우왕좌왕하고 있자 관리인의 집인 듯한 저쪽 집에서 여인이 머리에 스카프를 중앙아시아식으로 두건처럼 쓰고 걸어 나왔다. 여인이 용건을 묻고, 아무나 문을 열어주지 못하게 되어 있다는 것을, 우리는 애걸복걸하다시피 하여 간신히 그 안으로 들어갈 수 있었다.

우리는 텅 빈 유원지를 가로질러 갔다. 불과 오래지 않은 옛 시절에 사람들이 몰려와 즐겁게 놀던 소리가 어디선가 들려와야 한다고 나는 어림없는 상념에 젖었다. 하지만 회전목마를 돌리는 톱니바퀴에서 버그러진 사슬은 끊어진 채 회전반 위에 나뒹굴고 있었다. 과도기의 소용돌이 속에서 생존에 급급한 오늘, 유원지는 사치에 불과하다는 것을 나는 알고 있었다. 먹을 것을 얻기 위해 공원의 장미꽃을 잘라다 파는 사람들이 있었다. 아니, 공원의 장미꽃 정도가 아니었다. 전직 경찰 간부가 남의 집 감자 몇 알을 훔치다가 들켜서 자살하고 말았다는 것이었다.

"호수가 다 왔어요."

미하일의 말에 내가 호수를 보았는지, 내가 보는 순간 그가 그렇게 말했는지 분명치 않았다. 나는 드넓은 호수의 푸른 물을 바라보았다. 멀리, 산봉우리가 푸른 물에 비치고 있었다. 산봉우리의 흰 눈도 푸른 물에 비치고 있었다. 실제의 산봉우리와 그 그림자가 모두 하나로 어우러져 이 세상을 이루고 있었다. 호수에 마을이 잠겨 있다는 말이 맞는 것 같았다. 어디든 물 건너편의 풍경이 물에 비쳐 보이는 것은 간단한 이치인데도 내게는 사뭇 다른 눈으로 보였다. 그렇게 넓은 호수에 비친 그렇게 높은, 눈 인 산이 비치는 것을 처음 보아서였을 것이다. 그러나 유감스럽게도 하얀 해와 하얀 배는 아무 데도 보이지 않았다. 여기서 백과사전에 나와 있는 그 호수의 개요를 뒤늦게나마 살피고 넘어가기로 한다.

중국에서는 열해(熱海)라고 부르는 이 호수는 면적 6,200평방킬로미터, 평균 깊이 279미터, 최고 깊이 702미터, 수면 표고 1,609미터로서, 유입되는 하천은 많아도 유출되는 하천은 없다. 염분 농도 약 5.8퍼센트, 활어와 잉어 종류의 물고기가 다소 잡힌다. 남쪽을 제외하고는 평야가 발달해 있고 오아시스가 펼쳐져 있을 뿐만 아니라 휴양지가 있다.

과연 넓고 깊은 호수인 것이다. 건너편까지 마치 가까운 듯 나는 묘사하고 있지만 그것은 가장자리에 속할 뿐이며, 거기서 왼쪽으로는 끝이 안 보이게 물이 펼쳐 나가고 있었다. 그 저쪽 시야 바깥에 하얀 배가 떠가고 있는지 몰랐다.

유원지가 끝나는 데서 호숫가는 그리 높지 않은 돌 축대로 구분되어 있었다. 우리는 돌 축대에서 뛰어내려 마른 풀숲 사이로 호수의 물까지 걸어갔다. 유원지에서와는 달리 청량한 기운이 온몸에 끼얹혔다. 황갈색의 풀숲이 끝나는 데서 시작되는 호수의 파란 물은 멀어질수록 점점 짙어져 건너편에서는 감청색으로 변해 있었다. 호수의 밑물이 몇천 리 떨어진 바이칼 호수의 물과 서로 연결되어 있다는 말은 믿기지 않는다 하더라도 그 감청색은 심원한 비밀을 간직하고 있음에 틀림없어 보였다.

호숫가로 작은 너울이 밀려오고 있었다. 나는 그 물에 손을 담갔다. 말이 '뜨거운 호수'지 물은 적당히 차가웠다. 호숫가의 좁은 모래톱에는 얇은 고둥 껍데기들이 밀려와 겹쳐 있었다.

"이런 돈을 하나 던지면 다시 여기 오게 된다고 합니다."

미하일이 동전을 꺼내 하나를 내게 내밀었다. 나도 주머니를 뒤져보니 웬일로 백 원짜리 동전이 손에 잡혀 나왔다. 우리는 동전을 호수로 던졌다. 그것으로 목적은 이룩된 것이었다. 곧이어 사진을 번갈아 찍고 우리는 호수를 등졌다.

그것이 전부였다. 뭐 먹을 거라도 준비했었더라면 좋았으련만 아무것도 없었다. 그토록 열심히 달려와서 불과 몇 분 서 있지도 않고 돌아가는 것으로 목적을 달성했다고 하는 것을 아무래도 옆의 사람들은 납득하지 못하리라 생각되었다. 그렇다고 해서 변명이랍시고, 여기까지 오는 그것 자체가 목적이었소 어쨌소 하고 늘어놓는 것도 걸맞지 않은 일이었다. 내키는 대로라면 그곳에 몇 시간이고 혼자 머물며 여러 가지 상념에 잠겨야 할 것이었다. 내게 쌓여 있는 여러 문제들을 서울에 묻어둔 채 그곳으로 허위허위 달려온 까닭을 스스로에게 물어볼 시간을 가져야 할 것이었다. 그러나 나는 다른 사람들보다 먼저 마른 풀숲을 헤치며 걸었다.

그와 함께 나는 내가 기를 쓰고 거기까지 도달한 목적이 달성되지 않았다는 생각에 사로잡혔다. 분명히, 호수는 그렇게 보기만 하면 그만이었다. 오는 도중에 말들을 보았고, 호수에는 손까지 담그지 않았던가. 더 이상의 목적이 실상 없었다. 그럼에도 불구하고 나는 미진한 것이 사실이었다. 무엇인가 호수가 거기까지 부른 비밀을 캐지 못하고 물러서는 심정이었다.

무엇일까? 나는 몇 번 확인하듯 호수를 되돌아보았다. 해발 1,600미터가 넘는 곳에 위치한 호수였다. 듣기로는 크기와 높이로 따져 남미의 티티카카 호수 다음가는 호수라고 했다. 그 호수를 보겠다고 해서, 카라가지나무와 주다나무와 미루나무와 버드나무를 이정표로 달려왔고, 드디어 보았다. 그러나……

나는 머리에 '그러나'가 꼬리표처럼 따라붙는 것을 어쩌지 못했다. 서울에서의 문제들은 서울에 가서의 일이다. 나는 그 꼬리표를 떼어내려고 머리를 흔들었다. 그러나……

그때였다. 유원지의 돌 축대를 바라보던 나는 거기 웬 나무가 한 그루 우뚝 서 있는 것을 보았다. 들어올 때는 눈에 띄지 않은 까닭을 알 수 없었다. 아니다. 그 나무만 서 있었다면 그냥 스쳐 지나갔을지도 모른다. 그러니까 나는 그 나무만을 본 것이 아니라 그 옆에 서 있는 한 여자를 함께 본 것이었다. 젊고 환한 얼굴이 나무 그늘에 묻혀 있었다.

"류다!"

미하일이 소리쳤다. 우리는 돌 축대를 올라가 그 나무 아래로 걸음을 옮겼다. 서로 몇 마디의 러시아말이 오가고 난 뒤 내가 소개되었다.

"안녕하십니까."

맑은 눈동자가 나를 바라보았다. 순간, 나는 너무나 또렷한 우리말에 놀라지 않을 수 없었다. 중앙아시아에서 처음 들어보는 또렷한 우리말이었다. 그리고 그 말 뒤에 '이 말은 우리 민족 말입니다' 하는 말이 소리 없이 뒤따르고 있음도 또렷이 느낄 수 있었다.

"아, 안녕하십니까."

나는 엉겁결에 똑같이 따라하고 말았다. 그와 함께 나는 그 단순한 인사말이 왜 그렇게 깊은 울림으로 온몸을 떨리게 하는지 형언할 수 없는 감동에 휩싸였다. 개양귀비 꽃밭이 수런거리고, 숲 속의 들고양이들이 귀를 쫑긋거리고, 커다란 까마귀들이 전나무 가지를 치고 날았으며, 사막쥐들이 이리 뛰고 저리 뛰고, 돌소금이 하얗게 깔린 사막으로 큰바람이 이는 광경이 눈에 어른거렸다. 천산에서 빙하가 우르르르 무너지는 소리가 들린다고도 생각되었다.

나는 호수 건너 눈 덮인 천산을 바라보았다. '그러나'라고 미진했던 마음이 그녀의 "안녕하십니까"에 눈 녹듯 스러지는 듯 싶었다. 건너편의 천산이 내게 "안녕하십니까"의 새로운 의미를 배워주고 있다고 받아들여졌다. 멀리 동방의 조상 나라를 동경하며 하얀 배를 그리는 모습이 거기 있음을 알 수 있었다.

그녀가 그 그늘에 서 있던 나무가 바로 러시아말로 '키파리스'인 사이프러스였다. 스타니슬라브는 그 나무가 본래 중앙 아시아에는 없는 나무로서 그루지야에나 가야 많다고 설명해주었다. 아마도 유원지가 북적거리던 시절, 무슨 기념으로 심은 나무일 것이라고도 했다.

그날 그녀를 만나서 이야기를 나눈 시간은 매우 짧을 수밖에 없었다. 우리는 곧 알마아타로 돌아가야 했고, 또 내가 그녀와 오랫동안 함께 있어야 할 이유도 특별히 없는 것이었다. 그러나 나는 그 어느 때보다도 많은 느낌을 받았다.

키르기스스탄의 사이프러스나무 아래 우리 민족의 말인 "안녕하십니까"의 의미를 전혀 새롭게 말하는 처녀가 있었다. 나는 돌아오는 차 안에서도 내내 그 모습이 머리에서 떠나지를 않았다. 그리고 그 나무 아래서 호수를 바라보았을 때 물에 비치던 하얀 만년설의 산봉우리를 눈에 그렸다. 그리고 그것이 바로 하얀 배의 또 다른 모습이라고 깨달은 나는 입속으로 가만히 "안녕하십니까"를 되뇌었다.

떠도는 강산

카자흐스탄의 알마아타가 알마티로 이름이 바뀐 게 사실일까. '알마'는 사과이며 '아타'는 아버지를 뜻한다고 했다. 그래서 알마티가 무슨 뜻이지요? 물어봐도 모두들 모른다는 대답뿐이었다. 그곳 사람들이 사과로 술을 많이 담가 마셔서 사과나무를 베어버릴 정도였다니, 아예 이름마저 그렇게 바꾼 모양이라고 추측하는 정도가 고작이었다. 그러나 나의 머릿속에는 알마티라는 도시는 영원히 알마아타일 수밖에 없었다. 기념품 가게에서 산 사과 그림이 여전히 '기념'인 것도 그래서였다.

그곳의 대표적인 유원지인 스키장에 가서 해발 4천 미터 넘는다는 천산 줄기를 발아래 디딘 것도 남다른 감회였다. 그 천산은 내게 천산북로의 비단길에 연결된다는 의미가 가장 큰 곳이었다. 스키를 못 타는 나는 다만 리프트를 타고 오르내렸을 뿐이지만, 나는 보이지도 않는 천산북로를 보고 있었다. 둔황과 우루무치 같은 도시들이 그곳에 있었다.

어쨌든 알마아타에 가서 그곳에 한국 사람들이 모여 살고 있다는 사실을 처음 알고 놀랐던 일은 이미 충분히 말했을 것이다. 그러다가 조선극장이라는 곳도 가게 되었고, 여러 사람들의 저녁 초대를 받아 집에 가게도 되었다. 그리고 우리의 말과 글을 잊지 않고 문화를 지키려고 《조선 기치》라는 신문까지 내고 있다는 사실도 알았다. '기치'는 한글로 적혀 있었는데, 그것은 《레닌 기치》처럼 '기치(旗幟)'를 옮겨온 것이었다. 여러 날 머무는 동안 그 신문에 실린 '소설' 한 편을 읽는 것도 낙이었다. 그것을 다음에 소개하기로 한다. 제목은 〈떠도는 강산〉.

저녁 어스름을 받고 있는 강물은, 어설픈 추위 때문에 푸르죽죽 변색되고 있는 살갗처럼 을씨년스럽게 보였다. 바람이 멀지 않아 닥칠 어둠의 전주(前奏)로서 불어와, 넘실거리며 굽이치는 강물을 거슬러 오르자, 강물의 표면이 희뜩희뜩 생선 비늘처럼 일어나며 작은 물보라를 날렸다. 그 물보라는 꺼져

가는 노을의 잔영(殘影)을 비춰 형용할 수 없는 짧은 순간 무지개 빛깔을 띠고는 했다. 그 빛깔은 모든 사람들 각자의 삶의 경험에 따라 빨간색과 주황색과 노란색과 초록색과 파란색과 남색과 보라색의 여러 가지 조합으로 각기 다르게끔도 보일 빛깔이었다. 강바람은 연신 강을 거슬러 불고 있었다. 강가의 키를 넘는 갈대들이 쉬룩쉬룩 소리를 내며 스산하게 부대끼고 있었다. 그리고 강 건너 아득한 들판 저쪽으로는 가물가물하며 하루가 그 모습을 감추려 하고 있었다. 술래가 다가오는데도 아직 채 모습을 숨기지 못해 조마조마해하는 모습일까, 그는 문득 생각했다.

그는 도도하게 흘러가는 강물과, 땅거미에 쫓기며 사방으로 흩어져 빛을 잃어가는 저물녘을 한꺼번에 아울러 바라보며 후우 깊은 한숨을 내쉬었다. 강 건너편 둔덕에 우거져 있는 개버들 따위의 잡목 덩굴은 아버지의 수염처럼 제멋대로 헝클어져 역시 아슴푸레한 저녁 어스름에 젖어가고 있었다. 강가에 뿌리를 내리고 있는 작은 관목들은 물이 불었을 때 상류로부터 떠내려온 토사(土沙) 찌꺼기와 다른 검불을 그대로 줄기에 늘어붙인 채 이리 뻗고 저리 엉키며 자라고 있었다.

언제 한번이나 다듬었을지 알 수 없는 아버지의 수염도 그와 같이 세월의 상류로부터 떠내려온 찌꺼기와 검불을 늘어붙이고 있는 것이라고 그는 여기고 있었다. 거기에 대해 생각이 미치자 그의 마음은 납덩어리처럼 무거워졌다. 하늘 한쪽이 혼인색(婚姻色)을 띤 곤충처럼 붉으락푸르락하면서 그의 무거운 마음에 와 닿았으나 그는 종내 아버지의 모습을 뇌리에서 지울 수가 없었다.

아버지를 그의 생각에서 떨쳐버릴 수만 있다면 그에게는 그보다 행복한 일은 없을 것이었다. 아버지의 영향력을 벗어나고자 하는 그의 간절한 소망은 오래전부터 비롯되었으며, 이제 와서는 그의 인생의 난제가 되어 있었다. 그 영향력이란 정신적인 것에서부터 경제적인 것까지 모든 생활 전반의 것이었다. 이러한 독립에의 의지는 어느 시기가 되면 누구나 당연히 자기 몫으로 가지게 되는 것이라고 그는 굳게 믿고 있었다.

그는 아버지의 모든 면이 싫었다. 아버지를 떠나 새 뿌리를 내리고 쓸데없는 구속 없이 살 수 있기만을 그는 간절히 원했다. 그의 가슴을 항상 짓누르고 있는 쓸데없는 구속에는, 걸핏하면 윽박지르듯 하는 훈계조의 말도 포함되었다.

"우린 까레이스키야. 사람은 어디까지나 근본을 잊지 말아야 하는 법이야."

까레이스키. 고려 사람. 그 말을 듣고 난 뒤면 그는 아버지가 등을 돌리기가 무섭게 침을 찍찍 뱉곤 했었다. 까닭 모르게 속이 울컥하고 뒤집히면서, 옛말만 하고 있는 아버지에 대한 반발심이 치솟았던 것이다.

노파심의 발로에 불과하다고 마음을 누그러뜨리려고 사려 먹어도 소용이 없었다. 언젠가 강을 건너 꽤 멀리까지 새를 잡으러 갔다가 흙투성이가 되어 돌아왔을 때 이후도 아버지는 그와 무릎을 마주하는 시간만 있으면 어김없이 훈계조의 말로 일관했다. 그런 때의 아버지는 먼저 유난히 작은 두 눈을 부라리기 시작하면 그는 벌써부터 울화가 부글부글 끓었다. 듣지 않아도 다 알고 있었다. 우리는 끝없이 떠돌다가 예까지 왔다……

아버지는 저 돌궐(突厥)의 돌사람처럼 묵직한 표정을 짓고 어울리지 않게 날카롭게 두 눈을 부라리며 그에게 항상 무엇인가를 강요했다. 그러나 그에게는, 숭배의 대상도 되고 동시에 증오의 대상도 된다는 그 돌사람이 아니라 단지 한 가지 모멸의 대상에 지나지 않았다. 사람은 나이를 먹으면 오로지 추억 속에서 산다고는 하지만 아버지의 사고방식은 지나친 퇴행(退行)만을 강요하는 것 같았다.

그가 아버지로부터 벗어나고자 하는 의도는 그러므로 단순한 자유를 얻고자 하는 데 있는 게 아니라 다분히 발전적 의지를 품고 있었다. 게다가 요 며칠 사이의 행동은 정신 이상도 중증에 가까울 정도로 난폭해지고 있었다. 갑자기 날뛰다시피 하는 아버지를 바라보며 그는 그 아버지의 자식이라는 사실마저 부정하고 싶었다. 아버지가 그에 대해서 두렵게 하면 할수록 그는 증오만이 끓어올랐다. 아버지를 등지고 멀리 달아나 죽을 때까지 후레자식 소리를 듣는다손 치더라도, 할 수만 있다면 그럴 것이었다. 그러나 그는 그럴 용기는 없었다. 그는 한시바삐 아버지의 세계를 떨쳐버리고 딴 세계로 가고 싶었다.

아버지는 아직도 그를 어린애로 취급하여 매사에 시시콜콜 간섭하려 들었다. 그러나 그로 말하면 그것은 억울하기 짝이 없는 노릇이었다. 왜냐하면 그는 어느새 한 여자에게 사랑을 느끼고 있는 나이였기 때문이었다.

그녀는 보기 드물게 흰 얼굴에 곤륜(崑崙)의 벽옥(碧玉)같이 푸른 눈을 가지고 있었다. 그녀가 옛 세밀화(細密畵)에서나 볼 수 있는 새와 꽃, 나무 잎사귀를 정교하게 나열한 숄을 머리로부터 어깨까지 걸치고 긴 손가락으로 그 끝을 사뿐 잡고 걷고 있을 때면 그녀 자신조차 세밀화 속의 여인으로 보였다. 그에게는 그녀의 아름다움이야말로 구원의 손길 그 자체였다. 그 아름다움 앞에서 어둡게 흘러온 과거를 회상하는 것은 죄악이었다.

그녀와 함께 새로운 삶의 뿌리를 내리고 새 역사를 창조하리라. 그녀에 대해서라면 그는 그녀의 집에 모셔져 있는 사모바르에 버짐처럼 끼어 있는 녹조차 그녀의 영혼의 신비스런 흔적으로 보일 정도였다.

아버지의 잔소리가 심해지면 심해질수록, 횡포가 심해지면 심해질수록 그는 그녀의 영혼이 그리웠다. 그 영혼은 불이 지펴진 사모바르처럼 항상 따뜻한 물을 채우고 있다가 그의 갈증을 위해 주둥이를 기울여주리라.

그녀네 집은 강을 내려다보는 언덕 위에 자리 잡고 있었다. 처마가 짧고 너부죽한 모양의 그 집은, 집 옆으로 나지막하게 둘러친 목책(木栅)에 의해서 마치 고삐가 매어진 채 엎드려 있는 낙타를 연상시켰다.

그 목책에다 그녀는 빨래를 널었다. 얇은 모슬린에 아라베스크 무늬를 넣은 그녀의 스웨터에서부터 그녀 아버지의 낡은 아마포 바지, 면 팬티 등등. 때에 따라서는 그녀의 아버지가 즐겨 신는 목이 긴 가죽장화도 걸렸다.

그녀네 집으로 오는 길목에서 내려다보면 강은 무수한 너울의 잔주름이 부드럽게 잡힌 채, 잿빛으로 음울한 강안의 메마른 땅을 질펀히 가로질러 유창하게 사행(蛇行)하고 있었다. 그 옛날 알렉산더 대왕이 소그디아나를 정복한 여세를 몰아 강가에 가장 먼 알렉산드리아, 곧 알렉산드리아 울티마를 건설했을 때의 자취가 어딘가에 남아 있다고는 했지만, 그가 그녀와 은밀히 만나 기어들어갔던 강기슭 으슥한 곳에서 갈대만이 우거져 있었다. 키가 넘도록 자란 갈대였다.

밑바닥은 개흙에다 질척질척했고 게다가 닭장을 짓는 데 쓰려고 군데군데 베어냈기 대문에 갈대 그루터기들은 사선(斜線)으로 날카롭게 비어져 나와 있었다.

땅에 박아놓은 예리한 창끝처럼 위로 치솟아 있어서 발을 비스듬히 딛거나 자빠지거나 하면 큰일임은 물론 그의 낡은 구두를 아마 밑창까지 뚫어버릴는지도 몰랐다. 그런데도 그는 그녀의 손을 잡고 고랑 고랑 사이로 기어들어갔었다. 그곳은 바람을 막아주는 데는 안성맞춤이었다.

바람이 온통 투르키스탄 전역을 뒤덮고 있었다. 하늘은 모래먼지로 자욱이 흐렸다. 천산을 넘어 페르가나 연봉(連峰)을 옆구리에 끼고 날아온 바람은 바삭바삭 소리가 날 정도로 건조했다. 그 건조한 바람은 아랄 해 쪽으로 내리꽂히면서 키질쿰과 무윤쿰의 두 사막을 불길 같은 혀로 훑었다. 이 바람의 오랜 만행에도 불구하고 시르 강이나 아무 강은 그래도 아랄 해까지 무사히 흘러들 수 있는 행복을 누리고 있었다. 그러나 자라프샨 강은 그렇지를 못했다. 예의 건조한 바람이 일찍이 신(神)의 이름을 빌려 만들어놓은 사막 속으로 그 강은 묘연히 사라져버리는 것이었다.

땅속으로의 증발이었다.

그는 자라프샨 강을 생각하면 땡볕에 드러난 지렁이의 운명이 그려졌다. 하지만 그와는 달랐다. 자라프샨 강은 마치 토막 난 메두사처럼 꿈틀거리며, 결코 말라비틀어지지 않고 키질쿰 사막에 영원히 살아 있었다. 우울한 일이었다.

모래먼지는 어디에도 내려 쌓였다. 회교(回敎)의 묵은 모스크에도, 첨탑 위에도, 흙벽돌집의 비스듬한 지붕 위에도, 그리고 그녀의 까맣고 긴 속눈썹 위에도.

위로 갸웃하게 추켜올려진 그 속눈썹은 먼지가 쌓이기에 십상이었다. 다행히 머리는, 그 가에 수까지 놓아 멋을 부린 머릿수건을 동이고 있어서 모래먼지로부터 보호되고 있었다.

까맣고 긴 속눈썹은 가볍게 달라붙은 회갈색의 모래먼지로

인해 서투른 배우가 분장용(扮裝用) 속눈썹을 잘못 붙인 것처럼 보일 때도 있었다.

갈대밭 위로 바람이 불어가는 소리는 그 안에 돌이 있는 사람들에게는 마치 커다란 말똥가리가 저공을 선회할 때의 날개소리를 듣는 것 같았다. 그리고 그녀의 혓바닥은 메기처럼 미끈미끈했다.

"이 세상에서 가장 불행하고 슬픈 게 있다면 그건 뭘까? 가고 싶은 곳엘 가지 못하는……"

그는 갈대밭 위로 쉬륵쉬륵 소리를 내며 지나가는 바람에게 묻듯이 물음을 던졌다. 그것은 저 자라프샨 강을 두고 하는 수수께끼였다.

"가장 불행하고 슬픈 거라니?"

그녀는 의아한 눈초리였다. 그가 그녀를 향해 묻는 뜻은 우선 자신이 이만큼이라도 확보한 행복을 받쳐주는 불행이니 슬픔이니 하는 따위의 제단(祭壇)이 필요했기 때문이었다. 그는, 바람이 아무리 모래먼지를 날려도 티 하나 없는 곤륜의 벽옥 같은 그녀의 눈을 들여다보며 그 강에 대해 이야기했다. 이야기를 다 듣고 난 그녀는 이해할 수 없다는 듯 미소만을 지었다.

"어디론가 멀리 떠나 내 맘대로 살고 싶은 게 내 꿈이야. 사랑하는 사람과 살 수 있다면 그밖에 아무 것도 바랄 게 없겠지."

그는 아버지를 의식하고 있었다.

아버지는 완고한 자신의 옛 굴레에만 집착하고 있었기 때문에 그의 이런 생각을 냄새라도 맡는다면 아버지의 말마따나 경을 칠 일이었다. 아버지는 속에 불이 붙는 보드카를 마시면서도, 막걸리 타령을 하는 사람이었다. 그 말젖술은 말젖에다가 야생 호프와 찔레덩굴, 자작나무의 흰 목질(木質), 이끼의 어떤 종류, 말의 무릎관절 등을 누룩으로 가해 빚는다고 했다.

"조갈이 나는 데는 막걸리 한 잔이 젤이지. 아암, 막걸리지."

아버지는 혼자 말하고 스스로 대답해 고개를 한없이 끄덕거리곤 했다.

아버지가 그리워하는 과거란 그에게는 소가 짊어진 길마에 지나지 않는 것으로 받아들여졌다. 그는 새로운 환경에 쉽게 적응하지 못하는 아버지에게 짜증 섞인 환멸을 느꼈다. 아버지의 구세대가 안타깝다 못해 지겹기 짝이 없었다.

그가 그녀와 밀회하는 사실을 아버지가 눈치채고 있다 하더라도 거기에 대해서 아버지의 노여움을 살 아무런 까닭이 없는 것이라고 그는 굳게 믿었다.

그러나 아버지는 그가 그렇게도 혐오하는 아버지와의 유대, 나아가 추위와 굶주림밖에는 떠오를 것이 없는 황량한 과거와의 유대를 강조했다. 무엇 때문에 영양실조에 걸려 뛰어놀 힘조차도 없던 어린 날을 애써 기억한단 말인가.

"네가 까레이스키라는 걸 잊으면 안 돼. 언젠가는 고향에 돌아가야지."

언제부터 그 말은 비롯되었으며 언제까지 계속될 것인가. 아버지의 말투는 요지부동이었다. 그럴 때의 아버지의 나이는 육천 년은 넉넉히 산다는 용혈수(龍血樹) 정도는 되는 것 같았다. 실상 아버지의 얼굴은 그렇게 굳어버린 얼굴이었다. 특히 커다란 빵을 뜯어먹을 때는 영락이 없었다. 아버지는 입안 가득히 빵을 집어넣고 우물거리면서도 생각났다 하면 또 읊조렸다.

"네 형은 필시 얼어 죽었을 게야. 그 추운 데서 잃어버리다니, 글쎄 얼어 죽지 않았음 늑대 밥이 됐을 거야. 클클클."

아버지는 목소리마저 가성(假聲)을 돋웠다.

그 이야기는 너무 오래 자주 지속되어온 터라, 이미 재가 되어버린 이탄(泥炭)처럼 아무 온기도 전해주지 않았다. 형과 헤어진 것이 언제 어디서였는지조차 알 수 없었다. 그것은 광막한 지평으로 이어진 툰드라 지대의 이름 모를 역참에서의 일일 것이라고만 추측되었다. 어느 틈에 어디로 사라졌는지 모를 일이었다. 내륙으로 이주되어가는 사람들을 빼곡하게 실은 곳간차가 툰드라의 검붉은 소택(沼澤) 지대를 한없이 기진맥진한 채 달리고 있을 때 아버지의 얼굴이 갑자기 새파랗게 질렸다. 형이 뒤집어쓰고 있던 마대(麻袋) 조각은 어디론가 날아간 형의 허물인 듯 그 자리에 남아 있었을 뿐이었다.

"우리 애 못 봤소? 우리 앨?"

아버지는 어디서 기운이 났는지 입에 거품을 물고, 팔을 휘저으며 아우성을 쳤으나 기차는 그냥 달리기만 했다. 죽지 못해서 사는 목숨인데 뭘 그러슈. 누구나 할 것 없이 가난에 찌든 몰골의 사람들은 시큰둥한 표정들이었다. 그들은 지옥으로 볼일을 보러 가는 사람들처럼 음울한 얼굴에 퀭한 눈을 하고 기차의 화통에서 토해져 나온 검댕이로 그을은 콧구멍을 괴롭게 벌름대고 있었다. 아버지는 달리는 기차간 바닥에 널브러져, 우리 애, 우리 애 하고 몇 시간을 울부짖다가는 마침내 자지러졌다. 형의 실종은 옆 사람들에게는 지옥으로 가는 길목의 한 작은 삽화였다. 그리고 그보다 이태 전의 어머니의 초라한 죽음도.

그런데 요 며칠 사이 아버지의 행동은 갑자기 걷잡을 수 없이 거칠어지고 있었다. 아버지가 무엇을 그리도 못마땅하게 여기는지는 헤아리기 어려운 일이었지만, 새삼스런 횡포에는 그로서도 찔리는 바 없는 것은 아니었다.

"망할 연놈들, 하필 거기서 지랄을 할 게 뭐야!"

아침 일찍 시나꽃 밭을 둘러보고 온 아버지는 부아가 머리 꼭대기까지 올라 있었다. 아버지는 언제나 새벽같이 시나꽃 밭을 둘러보는 것으로 그날 일과를 시작했다.

잠이 깨는 시각의 차이는 전날 마신 술의 양에 따라 약간씩 차이가 졌지만, 밭에 나가는 시각에는 조금도 어김이 없었다. 어김이 없다기보다는 당연히 그렇게 되어지는 것이라고 말하는 편이 사리에 맞는지도 몰랐다. 왜냐하면 그것은 새들이 그 둥지에서 몸을 털고 기어나와 날갯짓을 하는 것과 거의 동시였기 때문이었다. 아버지는 헛기침을 하면서 문의 타원형 쇠고리를 덜그럭거릴 때면 이윽고 새들이 일어났다는 신호를 알렸다.

"쥐싯시, 쥐싯시."

그는 한두 마리씩 보태지는 새소리가 순간순간 음량이 많아져 맑은 물처럼 넘치는 것을 들으며, 그러나 자신은 농사꾼이 될 수 없음을 절감하고 있었다. 왜냐하면 그가 그 새소리에서 느낄 수 있는 것은 이를테면 화려한 발레 무대의 개막을 알리

는 서주(序奏) 따위였으니까. 현(絃)들이 울리고, 오케스트라가
울리고, 백조들이 나와 춤을 춘다.

밭은 관개(灌漑) 수로 주변으로 넓게 펼쳐져 있었다. 통제
재배로 묶여 있던 시나꽃 농사가 점차 보편화하면서 식부 면
적이 광범위해진 것이다. 그들네는 물론 그녀네도 그곳 특산
의, 산토닌 원료인 시나꽃 농사가 생업이었다.

농사를 짓지 않을 경우 양 떼—라야 열댓 마리—를 몰고 힌
두쿠시 산의 지맥(支脈) 아래 메마른 땅을 더듬고 다니는 유목
생활이 없는 것은 아니었지만, 시나꽃을 가꾸며 정착한 사람
들에게는 그들이 고달프게만 보였고, 사실이 그랬다.

양 떼를 몰고 저 비단길을 오르는 것은 상당히 낭만적으로
보일지도 몰랐다. 그러나 그들에게는 고행(苦行) 바로 그것이
었다. 그래서 거개의 집들이 시나꽃을 가꾸면서 그런 대로 무
사안일하게 눌러살고 있는 데 만족하고 있었다. 하지만 이 그
런 대로 눌러 살고 있다는 현실은, 그러나 세계 어디를 막론하
고 혈기 왕성한 젊은이들에게는 참으로 답답한 노릇인 것이다.

실제로 강변을 따라 느릿느릿 키질쿰 사막을 가로질러 오
는 대상(隊商)들은 어쩌면 그들네를 보고 땅이나 파먹고 사는
시골 무지렁이들이라고 비웃을지도 몰랐다. 그는 그들을 보고

있으면 낙타의 냄새는 차치하고라도 우선 기괴해 보였다. 하지만 그들은 머나먼 고개 너머에도, 그리고 천산 눈 덮인 기슭에도 사람들이 그 나름의 삶을 살아가고 있음을 시사해주는 사도(使徒)와 같았다.

한번은 짧은 콧수염을 기르고 누런 터번에 가죽장화를 신은 중늙은이가 운율로 노래를 부르는 것을 들은 적도 있었다. 중늙은이는 읊었다. '투르크 처녀 날 기다린다네/유르트 속에서 목욕을 하고.'

그 노랫소리는 애잔하게 흘러 낙타들의 귀를 쫑긋거리게 하고, 그리고 알 수 없는 나른한 향수를 불러일으키고 있었다. 그 중늙은이는 생김새가 낙타를 닮아 있었다. 그들이 마른 흙먼지에 덮인 대상로를 따라, 다시 올 길을 헛되이 간다는 식으로 미적거리며 사라져갔을 때 그는 왠지 가슴이 허전해지며 그 중늙은이의 노래가 떠오르는 것이었다. 그는 그와 같이 불러보려고 했다. 그러나 머릿속에 맴돌며 살아 있는 운율은 이상하게도 막상 소리가 되어 나오지를 않았다. 머릿속의 노래는 목구멍에서 가물가물 사라져버렸다.

그는 안쓰러움과 갈증을 느꼈다. 대상들은 노래를 듣는 사람들의 머릿속에 그 노래의 관념만을 남겨놓고 실체는 낙타

등에 싣고 떠난 것이다.

아득히 먼 곳에 사는 사람들의 삶은 도대체 어떤 것일까.

그 역시 인생의 모든 젊은이들이 어디론가 여행을 떠나고
싶어 하는 것과 마찬가지로 먼 곳을 동경했다. 그러한 감정에
는 지금의 그의 초라한 모습을 그녀에게 매일 확인시켜야 하
는 데 대한 혐오감도 크게 작용했다. 그는 그녀에게 좀 더 나
은 자신의 모습을 보여줄 수 없는 것이 못내 한스러웠다. 그게
가능하기만 하다면 무슨 수를 써서라도 예전 귀족들처럼 농
노(農奴) 몇백 두(頭)를 호의로 바친다든가 아니면 제왕이라도
되어 뽐내 보이고 싶었다. 주먹만 한 다이아몬드와 루비, 사파
이어와 터키석 보석투성이의 왕관을 쓰고 자신의 볼품없는 두
개골에서 몽골족의 여운을 감쪽같이 감춘다……

시골 무지렁이들이야 시든 벼슬에 얼기설기 빠져 있는 꽁지
를 가지고 있는, 못난 재래종 수탉에 불과할 뿐이지.

그는 무엇으로 그녀의 마음을 온통 사로잡을까에 대해서도
궁리를 거듭했다. 아무것도 뾰족한 수가 없었다.

과거에 연연해 있는 아버지 밑에서는 아무것도 새로운 것이
생겨날 리 만무했다. 아버지가 '오늘은 밭에 보르도 액(液)을
쳐야 해' 하고 명령조로 눈을 끔벅거릴 때는 심통부터 났다. 곧

잘 했던 일이건만 이제는 달랐다.

제왕은 못 될지언정 진딧물이나 잎말이병 따위에 얽매이는 인생의 역할이어서는 곤란하다. 그는 쌉쓰름한 시나꽃 냄새를 맡으면서 생각했던 것이었다.

"넌 까레이스키야, 명심해둬. 고려 사람이란 말이야."

"그게 도대체 어쨌다는 거예요?"

"하여간 이 녀석아, 잊지 말란 말이다."

"뭐 잊을 게 있기라도 해야 잊든지 말든지 하죠."

그의 말은 과히 틀린 말이 아니었다. 그에게는 정작 잊지 말라는 그 말밖에는 아무것도 잊을 것이 없었다.

"좀 더 크면 알게 돼. 넌 아직 철부지니까."

"참나, 아버진 내가 뭐 어린앤 줄 아세요?"

"이 녀석이 말대답은?"

아버지는 강가에서 베어 온 실한 갈대를 집어들어 그의 아랫도리께를 내리쳤다. 그러나 그는 어느 결에 분무기를 둘러메고 바깥을 향해 몸을 피하고 있었다. 아직까지도 아버지가 자기를 어린애 취급하다니 그처럼 어리석은 착각도 없을 것이었다. 아버진 몰라.

아버지가 그날 아침에 시나꽃 밭을 둘러보고 와서 역정을 낸 것이 터무니없는 일은 아니었다. 하지만 그 역정이 가라앉지 않고 계속 발전한 데 문제가 있었다.

처음 그는 속으로 찔끔하면서도 그것 보세요, 하는 쾌재가 가슴 한가운데서 따뜻한 샘물처럼 솟아오르고 있음을 느낄 수 있었다.

"어느 놈이건 잡히기만 해봐라. 다리 옹두라지뼐 분질러버릴 테니."

그는 눈을 말똥말똥 뜨고 그 소리를 듣고 있었다. 섣불리 말대답을 해서는 안 되었다.

아버지는 알 듯 모를 듯한 말까지 내뱉으며 그의 방 앞에 와서 섰다.

"야 이놈아, 지금이 어느 때라고 처자고 있냐. 냉큼 일어나지 못해?"

그는 짐짓 눈을 이리저리 비비면서 졸린다는 표정을 지어 밖으로 나갔다.

"무슨 일이 났어요?"

"무슨 일이나마나 웬 놈들이 밭을 죄 망쳐놨다. 고얀 놈들 같으니라구."

"밭을 망치다뇨?"

"이제 곧 꽃을 따야 할 텐데, 짓뭉개놨단 말여."

"네에."

"네에가 아냐 이놈아. 정신 바짝 차려야지 농사 거덜 나겠다. 생입에 거미줄 칠래?"

"알겠어요."

아버지는 아무래도 직성이 안 풀리는지 연신 머리를 주억거리고만 있었다.

"어서 가서 살펴보구 와. 연놈들 잽히면 그냥 두나 봐라."

"알겠어요."

그는 건성으로 대답하고 밖으로 나갔다. 그는 아버지가 저토록 못마땅해하는 양을 처음 보았다. 아무리 그렇기로서니 뭐 그렇게 대수로운 거라고 그러는지 알다가도 모를 일이었다. 그러나 그로서는 결코 마음 편한 일이 아니었다. 일을 저질러놓은 장본인이 바로 그였기 때문이었다.

그는 그 전날 밤의 시나꽃 향내를 기억하고 있었다. 그녀의 몸에서 배어나오는 짙은 꽃향내. 그것은 여지껏 밭에서 맡던 향내와는 달랐다.

갈대가 스스스 스치는 소리가 났다. 그 소리에 그는 자신이 바람이 된 것처럼 느껴지기도 했었다. 어디인지 모르게 술

렁슬렁 떠다니는 바람. 새들이 깃을 치는 소리가 들려왔었다. 먼 곳에서 강물이 흐르는 소리도 들려 왔었다. 달빛이 갈대밭 위로 부어 쏟아지자 갈대밭은 바닷물처럼 일렁거려 보였었다. 달빛은 투르키스탄의 어디에고 그렇게 밝게 비칠 것이었다. 저 발하슈 호(湖)에도, 시르 강에도, 그리고 소그드 지방에도.

달빛에 하얗게 바래진 시야는 얼마나 넓게까지 뻗어갔는지, 모든 것은 멎어 있었다.

모든 것은 멎어 있는 채 오직 그의 바람 같은 마음만이 둥둥 떠다니고 있었다.

그는 그녀와 달빛 아래 나란히 앉아 있었다. 행복한 미래를 그려보았다.

아버지처럼 시골에만 묻혀 살려면 무엇 때문에 세상엘 태어난단 말인가.

그는 그녀와 함께 도회로 나가 둘만의 세계를 꾸민다는 생각에 가슴이 벅찼다. 지긋지긋한 까레이스키 소리를 듣지 않는 것만으로도 배가 부를 것 같았다. 그러나 그러면 그럴수록 그의 마음속에는 분명히 확인하고 넘어가야 할 구절이 있음을 어둡게 느끼고 있었다.

"세상에서 가장 불행한 게 뭔 줄 알아?"

그는 자신이 누리고 있는 행복이 여타의 많은 불행들로 인해서 더욱 확고한 것이 되어주기를 바라는 듯 묻고 있었다.

"자라프샨 강?"

"아니."

"그럼?"

"언젠가 그렇게 말했지. 하지만 그보다 더 불행하고 슬픈 게 있어."

"그게 뭔데?"

"그건 나야."

그는 단호하게 말하고 조심스럽게 그녀의 표정을 살폈다.

"나라니?"

갑자기 무슨 뚱딴지같은 소리를 하느냐는 말투였다.

"아버지 때문이야. 아버진 어리석게도 언젠가 고향엘 돌아가야 한다고 생각해. 그렇지만 그 고향이란 살 수 없어 떠나온 그런 곳이란 말야. 나무뿌리를 캐먹으면서 살았다고 하면서 이제 와선 돌아가야 한다고 생각하니, 이해하질 못하겠어. 그곳은 나에게는 고향도 아무것도 아냐."

그는 자신이 이민족이라는 사실을 그녀가 어떻게 받아들이느냐에 대해 정곡을 말하지 못하고 우회해야만 하는 것이 서

글프기 짝이 없었다.

"그러니까 나하고는 생각이 전혀 다르단 말야. 서로 생각이 다른 사람들끼리 같이 살아야 한다는 것이 가장 불행한 일이 아니고 뭐겠어."

"나이 먹은 사람들은 다 그래. 우리 아빠두 걱정이 크셔. 세상이 하루가 다르게 뒤바뀌구 있대. 혁명 때문이라나……"

잠자코 듣고만 있던 그녀가 별것도 아니라는 투로 대꾸했다.

"혁명이 일어난 건 오래전이야."

"그래두 지금까진 괜찮았대. 여긴 외져서 달라진 게 없대. 그런데 이젠…… 아빠는 변화를 싫어하셔."

"그럼 어떻게 되는 거지?"

"글쎄……"

"무엇보다도 중요한 건 우리 자신이야."

그는 새삼스러운 영구불변의 진리를 발견했으며, 그 진리로서 어떤 불안이나 미혹이라도 떨쳐버릴 수 있기를 희망하듯 말했다. 그녀가 다행히 고개를 끄덕거려주었다.

"밤이 깊었어. 그만 돌아가."

그의 뜻이 제대로 전달되었는지 확실히 알고만 싶은 그에게 그녀가 속삭였다. 그냥 그대로 굳어져, 저 들에 박혀 있는 무슨 옛 기념비처럼이라도 되고 싶었던 그의 마음이었다.

"왜?"

"아빠한테 혼나."

"조금만……"

그녀가 치맛자락을 털며 일어섰다.

"밤은 아직……"

그는 숨이 차서 말이 제대로 나오지 않았다. 그녀와 헤어져 아버지가 있는 컴컴한 집으로 가야 된다는 사실은 그에게는 형벌이었다. 무엇 때문에 하나님은 사랑을 암수 딴 몸으로 만들어 헤어지는 고통을 주는가.

달빛에 음영이 어린 그녀의 옆모습은 더욱 아름다웠다.

넓은 시나꽃 밭이 달빛 아래 희게 펼쳐져 있었다. 그것은 아랄 해(海)의 해신(海神)이 투르키스탄 전역을 요 삼아 그 큰 몸체를 눕히고 잠자며 덮고 있는 홑이불과 같이 구릉을 넘어 펼쳐져 있었다. 마을이 점점 가까워지고 있었다.

그는 그녀 옆에 바싹 다가갔다. 그 순간이었다. '아' 하면서 그녀의 몸이 기우뚱한 것은. 거의 동시에 그가 달려가 그녀의 상체를 붙들었으나 그녀는 이미 나동그라져 있었다. 딛고 있던 흙이 무너졌던가보았다. 그는 일순 두려움을 느꼈지만 순식간에 머리가 아찔해지면서 걷잡을 수 없는 감정 속으로 빠져들어갔다. 시나꽃 밭이 망그러지는 소리가 들렸는지, 거기가 하필이면 자기네 밭이었는지 그때까지는 알지 못했다. 그녀의 뜨거운 몸도 밤늦게 집에 돌아와서야 새삼스럽게 떠올랐다.

아버지는 그 일을 두고 날로 횡포가 심해졌다. 한두 번 벼르는 것이 아니었다.

"어느 놈들이 남의 밭에 들어와 못된 짓일꼬? 잽히기만 하믄 주릴 틀어야지."

그는 그 소릴 들을 때마다 그녀의 달아오른 몸이 연상되어 얼굴을 붉혀야 했다.

"이제 그만두세요. 혹 짐승들 짓인지도 모르잖아요."

언젠가 한번은 이렇게 말하자 아버지는 옳다 잘 만났다는 듯이 펄펄 뛰었다.

"이 녀석아 걸 말이라고 해. 짐승들이 그딴 짓을 해? 어느 짐승이 그딴 짓을 하던, 엉? 짐승들두 다 사리 판단을 하는 법여. 허기사 그것들두 짐승이긴 하지. 고양 놈들."

아버지의 서슬에 놀라 그는 아무 말도 더 이상 대꾸할 수가 없었다. 넓은 밭뙈기에서 눈에 띄지도 않을 만큼의 면적인데 아버지는 쉽게 잊으려 하지 않았다. 그 일이 있고부터는 뻔질

나게 밭을 오락가락했다.

"잽히기만 해봐라. 내 그냥……"

그는 주눅이 들어 오금을 못 펼 지경이었고 무엇보다도 그
녀에게까지 욕을 먹여야 하는 것에 마음이 아팠다. 아버지는
신들린 사람처럼 밤중에도 방문을 걷어차고 밭으로 달려나갔
다. 그럴 때면 그는 잠든 척 숨을 죽이고 동정만을 살폈다. 그
럴 리야 천에 만에 하나라도 없었지만 정말 걸렸다간 뼈도 못
추리겠구나. 그 잘난 꽃 몇 포기에 아버지가 저토록 야단이라
니. 그는 아버지의 횡포에 간담이 서늘할 지경이었다. 아무리
농사꾼이 자기가 가꾸는 걸 자식처럼 여긴다고 해도 유만부동
이었다. 아버지의 행동은 예사 사람의 행동이 아니었다. 아버
지가 저렇게 날뛰는 한 그녀를 만나기는 불가능했다. 아버지
는 죽은 듯이 앉았다가도 멧돼지처럼 밖으로 달려나갔다. 그
랬다가는 씩씩거리며 들어와 보드카를 병째로 들이켰다. 실성
한 사람 같았다. 무언가 무서운 일이 벌어질 것만 같았다. 꽃
몇 포기가 아버지를 미치게 만들다니. 그러면서도 어떻게 손
을 쓸 수가 없었다. 아버지는 잠자면서 비명소리 같은 잠꼬대
를 내뱉기도 했다. 그는 아버지의 그런 모습에서 거듭 심한 위
압을 느꼈다.

아버지의 행동은 날이 갈수록 거칠어졌다. 그는 오로지 그녀와 함께 어디든지 떠나고만 싶었다. 아버지라면 꿈에 보일까 무서웠다. 머리를 싸매고 있어도 아버지의 씩씩거리는 멧돼지 같은 소리가 어디선가 들려왔다. 그러나 아버지의 눈초리가 무서워 집 밖이라곤 한 발짝도 나갈 수가 없었다.

그런 어느 날이었다.

그는 아버지가 집을 비운 틈을 타 강변으로 내달았다.

강물은 언제나처럼 고요히 흘러가고 있었다.

그 줄기는 말없는 가운데 그의 바싹 메마른 심정을 촉촉하게 적시며 북류(北流)해 가고 있었다. 그는 가슴 깊이 강바람을 들이마셨다가 토해냈다.

그때였다.

"애야, 이리 오너라."

그는 온몸이 얼어붙는 느낌이었다. 아버지의 목소리였다. 아버지는 먼저 와 있었던 듯 후미진 곳에 웅크리고 앉아 흘러가는 강물에 눈길을 던지고 있었다.

"이리 와."

그 목소리에는 거역하지 못할 무엇이 있었다. 그는 얼굴이 파랗게 질려 주춤주춤 다가갔다. 아버지의 두 눈에서는 비상한 빛이 비쳐 나왔다. 그로 인해서 오히려 아버지의 모습은 평소와는 달리 다소 서글퍼 보였다. 결정적인 타격의 순간을 노리는 사나운 짐승의 음험한 탐색인지도 모른다고 생각하니 섬뜩했다. 그는 그 앞에 다가가 몸 둘 바를 모르고 서 있을 수밖에 없었다. 아버지의 눈빛이 천천히 그의 얼굴에 정면으로 비쳐 왔다.

"너지? 밭을 망쳐놓은 건."

무겁게 가라앉은 목소리였으나 그의 가슴을 비수처럼 예리하게 찌르고 있었다.

그는 호랑이를 맞닥뜨린 토끼 꼴이었다. 꼼짝달싹 못하고 아무 말도 할 수가 없었다. 눈앞이 캄캄할 뿐이었다.

"다 알구 있었다."

그는 고개를 숙였다. 온몸에는 맥이 빠져 달아났다. 그렇다면 아버지는 왜 그토록 미쳐 날뛰었단 말인가. 의혹과 무력감 속에 그는 단죄(斷罪)를 받아들일 양으로 창백하게 질려 그 자리에 무릎을 꿇었다.

"이 녀석. 네 형이 시베리아에서 죽어간 걸 기억하지? 얼어 죽었을 게야…… 또 네 에미가 북간도에서 병들어 죽었을 때도…… 그땐 넌 아직 어렸지……"

그는 병마에 시달리던 어머니를 기억하고 있었다. 까칠하게 여윈 어머니는 신음을 지르며 고통을 호소했다. 아버지는 마른 양귀비 대궁을 구해다 삶은 물을 어머니의 입에다 흘려넣어주는 것이 고작이었다. 약도, 생아편 덩어리도 구할 돈이 없었기 때문이었다. 어머니의 목에서 끓어오르는 가래 소리를 들으며 그는 형과 나란히 뒷마루에 앉아 손바닥만큼 비치는 햇빛을 받고 있었다. 형이 툇마루에 낀 때를 손톱으로 긁어내며 말했다.

"엄마가 죽는대."

음침한 공기가 흐르고 있었다. 꼬르륵 꼬르륵…… 쉴 새 없이 끓어오르는 가래 소리는 죽이 끓는 소리 같았다. 그는 어머니가 정월대보름에 먹으려고 실에 꿰어 매달아둔 호박오가리를 찢어내어 잘근잘근 씹었다.

"피단 먹구 싶어, 형."

오리알을 특수하게 발효시킨 게 피단(皮蛋)이었다.

"배고픈데 피단은 무슨 피단야, 인마."

끄르륵 끄르륵 끄르륵. 향은 얼굴을 잔뜩 찡그리고 있었다.

"엄마가 죽으면 어쩔래?"

형은 자신에게 묻고 있는 것이었다.

"피단 한 알 먹구 싶어, 형."

형도 더 이상 아무 말이 없었다. 그날 밤 어머니는 숨을 거두었다. 그때를 어렴풋이 떠올리며 그는 아버지가 지금 무슨 말을 하고 있는지 헤아리기 어려웠다. 그 어머니와 형 이야기는 평소에도 자주 하던 이야기였다. 그러나 지금은 그런 상황이 아니었다. 그는 아버지가 언제 어떻게 돌변할지 몰라 불안하기 그지없었다. 아버지는 먼 하늘을 바라보는 듯 잠시 말이 없었다.

"자, 이게 뭔 줄 알겠니?"

그는 잔뜩 겁을 집어먹은 눈으로 아버지가 들고 있는 것을 보았다. 작은 상자였다. 그는 그 안에 무엇이 들었는지 짐작조차 할 수 없었다.

"모를 게야, 이건 네 에미의 유골이다. 우린 이역만리 여기까지 떼밀려 왔다만 난 수구초심(首丘初心) 고향을 잊은 적이 없어. 언젠가 고행엘 돌아가면 양지바른 산기슭에 묻으려구 오늘날까지 보관하구 있었던 게야."

그는 고개를 숙이고 듣고만 있었다.

"그런데 이번에 고향엘 다녀왔다⋯⋯ 무슨 말인지 통 모를 테지."

아버지의 목소리는 의외로 다사로웠다. 그것이 그로서는 더욱 불안한 일이었다. 그는 숨도 크게 쉬지 못하고 내내 땅바닥만 내려다보고 있었다.

"네 어밀 양지바른 산기슭에 묻고 온 거나 진배없이 내 맘이 놓여. 고맙다. 네가 애비한테 효도를 한 게야."

아버지는 숨을 한번 크게 몰아쉬었다.

"네가 밭을 망쳐놓은 걸 눈치챘으면서두 내가 그랬던 건……
그로 인해서 그때 한참 고향으로 가고 있는 길이라서……"

그로서는 한마디도 알아들을 수 없는 말이었다. 아버지가 실성을 했거나 아니면 그가 귀신에 홀린 듯한 느낌이었다. 초조하고 갑갑했다.

"그곳은 먼 곳이야……"

아버지가 문득 목소리를 더욱 가라앉혀 말했다. 그는 그런 아버지를 비로소 올려다보았다. 그의 마음에는 아직도 짙은 의혹의 그림자가 드리워져 있었다.

"예전에 불렀던 노래가 있다. 들어보련."

아버지의 목소리는 그 어느 때보다도 근엄했다. 아버지는 한동안 그를 바라보았다. 침묵이 흘렀다. 아버지는 무엇에 빨려들어 가는 듯 눈동자의 초점이 점점 흐려져 갔다. 이윽고 휘

파람같이 가느다란 소리가 새어나왔다.

"새야, 새애야, 파랑새야, 녹두밭에 앉지 마라, 녹두꽃이 떨어지면 청포장수 울고 간다……"

언젠가도 흥얼거리던 노래였다. 그러나 그 가락은 그 어느 때보다도 깊게 울려나왔다. 그 노래는 구성지게 강 둔덕을 퍼져나갔다.

노래를 끝낸 아버지는 그를 똑바로 쳐다보았다. 형형한 눈빛이었다. 그는 마음속에 한 마리 파랑새가 파닥거리며 날고 있다고 생각했다. 파랑새는 그의 온 공간을 날아다니며 구석구석마다 지저귀었다.

"자, 이런 노래도 있다."

아버지는 타이르듯 말했다. 그리고 이내 새로운 노래가 흘러나왔다.

"덧없는 세월이 자꾸만 흘러 꽃답던 처청춘이 어느덧 희었구나."

아버지는 마치 신들린 사람 같았다. 그는 잠시 망연한 채로 그 소리를 듣고 있었다.

"에에 얼싸 조옳다. 어얼널널 상사디야."

아버지는 계속했다.

"비긴 볕 소 등 위에 피리 부는 저 아이야. 너의 소 일 없거든 나의 근심 실어주우럼. 에에 얼싸 조옿다. 어얼널널 상사디야."

아버지는 사이를 두었다가 다시 목청을 가다듬었다.

"무산령 너머다 정든 님 두고서 두만강 뗏목에 몸 실어 가누나."

아버지의 얼굴은 어느덧 온화하고 정겹게 변해 있었다. 좀 전까지 짙게 드리워져 있었던 의혹의 그림자는 어느새 맑게 걷히고 그 대신 알 수 없는 연민의 정이 가슴 깊은 곳으로부터 솟구쳐 올랐다.

하지만 아버지가 무슨 까닭으로 고향에 다녀왔다고 하는지 명확하게 이해할 수 없었다. 물론 그 말은 실체의 사실을 말하는 것이 아니라 하나의 상징일 터였지만, 그러나 그는 넋을 잃고 아무것도 생각할 수가 없었다.

"고향에서두 보리누름이면 노고지리 우짖고…… 그럼 상것들은 구녁에 까끄라기가 들어가건 말건 보리밭에……"

이윽고 뱉어져 나온 아버지의 말은 차라리 넋두리에 가까웠다. 속으로 기어드는 듯한 회상조의 말투는 먼 데 있는 것을 지칭하는 특유의 아득한 느낌을 간직하고 있었다.

"헌데 애비가 네 에밀 만난 것두 보리누름에 노고지리 울 때 그때였다. 보리밭에서…… 밭귀퉁이가 망가진 걸 보자 불현듯

그때 생각이…… 네 에민 그리고 세상 끝까지 따라가겠다고
했지…… 그저 쫓겨 다니며 사는 애비를……"

아버지의 넋두리는 그의 온몸에 잦아들고 있었다.

"세상 끝까지 그러더니 우라질 년, 맥없이 그렇게 뒈져……
허허허허."

그는 고개를 숙이고 잠자코 듣고만 있었다. 아버지의 숨결
이 조금 빨라진 것 같았다.

"그때 보리누름에 달빛도 요새처럼 휘영청 밝았것다…… 흐
흐흐흐흐."

고개를 숙이고 공허한 웃음소리를 듣고 있던 그는 문득 아
버지 발치에 떨어지는 맑은 물방울을 보았다. 보드카처럼 무
색투명한 그 물방울은 이내 마른땅에 잦아 스며들어갔다.

"흐흐흐흐흐."

웃음소리는 강기슭으로 긴 파장을 일으키며 울려퍼졌다. 그
는 고개를 들고 아버지를 바라보았다. 그것은 웃음과 울음이
진눈깨비처럼 한데 어우러진 얼굴이었다. 순간 그는 자기도
모르게 무릎걸음으로 기어가 아버지가 벌리고 있는 양팔 사이
진눈깨비 속으로 파묻혀 들어갔다.

시인의 새

1

나는 다시 독도로 향했다. 그러니까 칠팔 년 전쯤 처음 간 이래 두 번째 항해인 것이다. 그곳에 두 번이나 간다고 하는 사실부터 나는 마음이 그리 내키지 않았다. 그러나 이번에는 내게 맡겨진 일이 있었다.

"다들 문학 지망생들이 가는 거라서 시와 소설을 함께 하신 선생님께서 적임자라고 생각했습니다. 부담 갖지 마시고 한마디 말씀 해주시기 바랍니다."

주최자는 부탁했다. 무슨 내용이든 데뷔와 관련하여 들려주면 지망생들에게 도움이 되지 않겠느냐는 것이었다. 나는 좋다고 승낙했다. 독도에서 나의 문학과 나아가 우리 문학을 이야기한다는 사실이 중요하게 다가왔다. 일본에서 영유권을 주장하는 데에 맞서서 내가 할 일은 따로 없다는 생각이었다. 그는 그 '한마디'를 밤을 새워서 이야기해도 좋겠다고 덧붙이며 미소를 지었다.

배에 오르기까지 여러 어려움은 생략할 수밖에 없다. 드디어 나는 배에 올라 현창 밖으로 바다를 바라보았다. 그리고 뒤늦게나마 둥근 지구를 돌아 두둥실 떠오른 달이 온 세상을 환하게 비춰주었으면 하고, 그 어느 때보다도 간절하게 기다리기 시작했다. 나는 예전에 기록해두었던 어떤 구절을 생각해내고 수첩을 꺼냈다.

현창으로 향내가 쏟아져 들어오며 선실을 붉게 물들인다. 달빛은 분명 없건만 바다가 환하다는 착각에 나는 머리를 흔들었다. 고향을 떠난 검은 배는 먼 피난지로 향하는데, 지구는 둥글다. 잊어버리자, 하는 내 속말이 나도 모르게 잇바디를 열고 비명을 지른다.

저 캄캄한 현창을 붉게붉게 물들인 모든 존재의 향내. 아무도 모를 곳에서 삶과 죽음의 오의(奧義)로 가슴 아프게 피어 외치는 뜻의 향내. 모든 바다꽃, 땅꽃, 하늘꽃에 짙은 목숨의 향내. 절규하는 존재의 불가사의한 향내.

짤막한 감회였지만 나는 아직도 그 무렵의 내 상황을 충분히 그려볼 수 있었다. 옛 전쟁 때의 가까운 이의 죽음이 새로운 아픔으로 다가왔던 것이다. 참페이꽃이란 동남아시아의 아열대에 흔한 꽃이었다. 연꽃과 함께 사원에 올리는 대표적인 꽃으로 향기가 짙었다.

옛날 독도를 나타내는 그림에는 물개가 그려져 있었다. 요즘도 독도에 물개가 있을까. 나는 두 번이나 독도로 향했으면서도 그 사실을 확인하지 못했다. '독도로 향했으면서도'라는 표현의 애매함이 벌써 나의 실패담을 전제로 한다.

첫 번째 독도행은 아마도 광복 오십 주년 기념행사로 마련된 것으로 기억된다. 어렵사리 일행에 끼어들어 얻어 탄 해양실습선은 부산에서 저녁 바다를 헤치며 동해로 나아갔다. 밤새 항해하여 새 아침에 독도 땅을 밟는다는 계획이었다. 수평선을 신기루처럼 밝히고 있는 오징어잡이 배의 집어등 불빛을 바라보며 밤바다를 나아가는 항로는 낭만적이었고, 우리 땅 동쪽 끝의 섬을 직접 밟으리라는 희망에 자못 들뜬 마음이었다. 독도로 간다는 것, 그것만으로도 의미심장한 일이었다.

이윽고 아침 햇살과 함께 눈앞에 모습을 드러낸 섬을 바라보며 나는 기도하는 심정이었다. 괭이갈매기들은 뱃전을 날아드는데, '천고의 신비를 간직한 채 의연하게 솟아 있는 섬'. 나는 떨리는 마음을 가다듬고 섬에 오를 태세를 갖추었다.

그러나, 뜻밖에 들려오는 말은 파도가 높아 배를 댈 수가 없다는 것이었다. 접안 시설이 신통치 않은 것도 문제였다. 밤새 가슴 졸이며 내 땅에 발을 디딜 꿈으로 달려온 길이었다. 허망하기 짝이 없었다. 생각 같아서는 헤엄을 쳐서라도 가 닿고 싶었다. 될 법한 일이 아니었다. 하는 수 없이 섬을 바라보며 한 바퀴 도는 것으로 아쉬움을 달랠 수밖에 없었다. 그리고 나는 전쟁 때를 회상하며 노트를 꺼내 앞에 적어놓은 바와 같이 끼적거리기에 이르렀다. 강원도의 바닷가에서 배를 타고 남쪽으로 정처 없는 피난길에 나선 모습이 겹쳐졌던 것이다. 꽤 오래된 일이라 자세한 기억이 흐려진 첫 번째 독도행은 그렇게 참담하게 끝났다.

그리고 이번 두 번째 독도행은 한 무리의 시인들과 함께였다. 독도에 올라 '독도 바위를 깨면 한국인의 피가 흐른다'는 외침이 붙은 시 낭송 예술제를 열고 '독도 사랑'을 실천하려는 계획이었다. 한 번 좌절한 마음에 다시 불씨가 지펴졌다. 밤 열한 시에 서울을 떠나 이른 새벽 여명에 포항에 도착한 일행은 정기 여객선인 쾌속정에 올랐다. 그런데 쾌속정은 출발하면서부터 높은 파도에 시달리기 시작했다. 텅텅, 선창을 치는 파도의 굉음이 아무래도 예사롭지 않았다. 뱃멀미를 하지 않는 게 다행일 뿐 은근히 겁이 나기도 했다. 승객 몇백 명을 태운 배가 그야말로 일엽편주처럼 이리 쏠리고 저리 쏠렸다. 승객들이 하나둘씩 새하얘진 얼굴로 화장실을 드나들었다. 배가 일상의 항로를 벗어나 다른 쪽으로 항해하고 있다는 말도 들렸다. 아나나 다를까, 몇 시간을 어렵게 물살을 헤쳐가던 배의 스피커에서 선장의 비장한 목소리가 들려왔다.

"승객 여러분, 우리 배는 포항으로 회항합니다."

선장이 말하는 동안에도 파도는 선체가 깨져라 부딪쳐 오고 있었다. 터엉, 터엉, 터엉. 배가 쪼개지지 않을까도 싶을 지경이었다. 타이타닉 호의 경우도 있는 것이다. 선장은 간단한 말뿐 다른 설명은 없었다. 회항이라는 말이 믿기지도 않았을 뿐더러 원망스러웠다. 그렇게 되돌아갈 바에야 왜 굳이 어렵게 항해해 왔는지 안타까웠다. 선원들은 배가 출항한 다음 폭풍주의보가 내렸다며 분주하게 오가기만 했다. 이번에는 아예 독도로 가보지도 못하고 주저앉는가. 어이없는 노릇이었다. 독도로 가는 길은 결코 호락호락하지 않았다. 낙오병처럼 선실에 처박혀 있다 기진맥진 돌아온 우리는 비까지 뿌려 으스스한 거리를 이리저리 배회하다가 내일은 또 어떻게 될지 걱정 속에 숙소에 들었다.

이튿날 우리는 조마조마한 심정으로 다시 배에 올랐다. 하루 만에 울릉도에 다녀오려고 배를 탔던 사람들이 허탕을 치고 되돌아가는 모습을 본 탓도 있었다. 항해는 언제나 예측할 길이 없다고 했다. 울릉도에 간다 해도 몇 날 며칠 돌아오는 배가 없어 마침내 구걸 행각을 하며 지낸 사람도 있다는 것이었다. 어떤 일행은 내일 돌아가지 못하면 직장 일 때문에 여간 큰일이 아니라고 얼굴이 어두워졌다.

그러나 다행이었다. 어제와는 달리 기상도 나아져서 뱃길은 순조로웠다. 예정에 있던 행사도 그대로 진행하리라고 했다. 나는 매점에서 캔맥주 하나를 사서 혼자 자축까지 했다. 내게 배정된 방인 일반석 C는 선실 밑에서도 맨 끝방의 답답한 공간으로, 의자도 긴 의자였다. 몇몇 승객들은 들어가자마자 아예 긴 의자며 바닥에 드러누워버렸다. 나는 다른 곳으로 오가며 빈자리에 앉기도 하고 창가에 서서 바다를 바라보기도 하며 시간을 보냈다. 어제보다 훨씬 나은 상태로 배는 세 시간 남짓 달려 드디어 울릉도에 닿았고, 하루 일정이 사라져버린 탓에 쉴 틈도 없이 곧 독도로 가는 배로 갈아타야 했다. 드디어 '독도 사랑'을 외친다는 기대에 가슴이 부풀었다. 물개의 존재를 확인하지는 못한다 하더라도 이번에야말로 독도의 자연과 풍광을 사랑의 눈길로 살펴보리라.

"시인이십니까?"

독도행 배를 갈아타고 얼마 되지 않아 누군가 내게 다가와 말을 건넸다. 좀 전에 매점에 가다가 배가 잠시 흔들리는 바람에 서로 부딪쳐 지났던 사내였다. 나보다 훨씬 어려 보이는 그는 선실 벽에 붙어 있는 쇠난간을 조심스럽게 붙들고 서 있었다. 자세로 보아 소심한 사람이라는 인상이었다.

"아니…… 그냥 따라왔어요."

나는 선뜻 시인이라고 대답할 수가 없었다. 과거에 시를 쓴답시고 휘청거리며 다닌 적이 없는 것은 아니었다. 그러나 내가 시를 만진 것은 오래전 일이었다. 나는 그를 쳐다보았다.

"독도엔 무슨 목적으로 가시나요?"

그가 다시 물었다. 이 판국에 독도에 가는 목적을 묻는 사람이 있다니? 지금 무엇을 구차스럽게 덧붙인단 말인가. 일본에서 독도를 자기네 땅이라고 우기는 행태가 매일 매스컴을 떠들썩하게 오르내리지 않는가. 나는 현창 밖을 높이 몰아치는 파도에 망연히 눈길을 가져갔다. 젠장. 재수 없는 녀석이군. 나는 물개를 보러 간다고 대답하려다가 꾹 눌러 참았다. 물개를 보러 가지요. 우리나라 물개 말요. 하지만 그가 되받아치고 나올 가능성을 배제할 수가 없었다. 물개에 우리나라 물개가 따로 있나요? 그렇게 되면 낭패였다. 물개 대신 문득 고래가 떠올랐다. 마침 서울에서 떠나올 무렵 장생항에서는 고래를 잡게 해달라고 어민들이 거세게 주장하고 있었다. 고래잡이를 무작정 금지하자 너무 많이 번식해서 그물을 찢고 물고기나 오징어를 먹어 치우는 통에 피해가 이만저만이 아니라고 분통을 터뜨렸다. 한창 고래를 잡아 번성하던 때는 지나가는 개도 만 원짜리 돈을 물고 다녔다는 우스개가 있는 장생포의 지역 경제가 엉망이 되었음은 물론이었다. 얼마만큼이라도 금지를 풀어야 한다는 어민들의 주장에 맞서 그린피스 같은 환경 단체에서는 결코 안 될 말이라고 맞서고 있었다. 여전히 고래는 보호되어야 한다는 견해였다. 고래잡이를 허용하면 멸종은 시간문제라는 것이었다. 환경 문제가 나오면 늘 팽팽히 맞물리는 이야기였다. 나는 어느 쪽에 설지 엉거주춤한 채 어렸을 적 부산에 살면서 불러젖혔던 노래를 기억해냈다.

서울내기 다마네기

맛좋은 고래고기.

　서울에서 피란 온 사람들에 대한 약간의 배타심이 깃들어 있다고는 해도 뜻보다는 운율을 밟은 노래였다. 나 역시 그 노래를 즐겨 불렀다. 그리고 시장바닥에 즐비한 고래고기 장수들에게 쪼르르 달려가 얇게 저민 고기 몇 점을 소금에 찍어 먹곤 했다. 싼값에 먹을 수 있는 군것질이기도 했다. 껍질 기름이 두껍고 고기가 질겨서 고급 입맛에는 안 맞는다고 했던 것이 이제는 비싸서 쉽게 맛보기도 어려운 실정이었다. 한번은 부산에 간 길에 자갈치시장에 들러 값을 흥정하다가 그냥 돌아선 일도 있었다. 무슨 타다 만 고무 뭉치 같은 게 값은 거짓말같이 비쌌다. 단지 어릴 적 향수 때문에 기웃거린 거였지 꼭 사야 할 까닭은 없었다.

　독도엔 왜 가냐구요? 귀신고래를 보려구요. 나는 그에게 말하려다가 또 참을 수밖에 없었다. 독도와 귀신고래는 아무래도 연결 고리가 없었다. 하기야 귀신고래는 정식 이름도 아니라고 했다. 독도는 우리 땅 아닙니까, 하고 애초에 못 박았으면 될 일이었을 텐데 알 수 없이 꼬여버린 셈이었다. 독도에 자란다는 바위채송화를 보러 간다고 뒤늦게 말할 수도 없었다. 꼭 귀신고래를 들먹일 것까지는 없었다. 돌고래면 어떠랴 싶었다. 그런데 그의 태도에 그만 어깃장으로 귀신이라는 이름이 생각났던 것이다. 우는 소리가 귀신 소리 같다고 해서 붙여진 이름이라고 어딘가에서 본 기억 때문이었다. 귀신이 어떻게 우는지 아는 사람이 어디 있을까만, 하여튼 그랬다. 어떤 고래인지는 몰라도 텔레비전에서 들려준 고래 소리는 우우웅우우웅거리며 아닌 게 아니라 귀신 소리가 저렇지 않을까 싶기는 했다.

사실 나는 혹시 고래가 바다 위를 뛰는 광경을 볼 수 있기를 기대했다. 그래서 백과사전에서 고래 종류도 복사해 노트에 끼워넣고 몇 해 전에 러시아 길가에서 사온 작은 망원경도 챙겼다. 벨로루시산(産) 호박 목걸이 대신에 골라 든 망원경이었다. 그리고 포항에서 배에 오를 때 고래를 볼 수 있겠느냐고 선원에게 묻기도 했다.

"아무렴요. 돌고래는 자주 나타납니다."

"돌고래……"

경기도 안산에 살 무렵 포구에 가서 그곳 사람들이 시육지라고 부르는 물돼지 돌고래 종류가 잡혀 오는 것도 보았고, 동해에서 심심찮게 밍크고래가 그물에 걸려 비싼 값에 팔렸다는 보도도 들었다. 그물에 걸린 고래는 일부러 잡은 것인지 아닌

126

지 경찰이 조사한다는 것이었다. 돌고래라는 데는 실망이었지만, 그래도 기대는 자못 컸다. 그러다가 정말로 귀신고래를 보게 될지 모를 일이었다.

고래는 큰 것은 과장하여 집채만 했다. 그런 고래가 잡혀온 것을 한 번 본 적도 있었다. 어린 시절이라 더더욱 엄청 크게 여겨졌을 것이다. 커다란 창을 들고 살코기를 저미려는 사람의 얼굴이 이쪽에서 보이지 않았다. 나중에 미국 소설가 멜빌의 《모비 딕》을 읽으며 거대한 흰 고래를 바티칸의 대성당에 비유한 구절에서 나는 그럴듯하다고 고개를 끄덕이기도 했다.

'세상에 바티칸의 대성당보다 큰 것이 있는가.'

멜빌은 경탄했다. 언젠가 가톨릭에서 대희년(大喜年)이라고 부르는 해에 바티칸으로 가서 그곳을 구경한 나는 거대한 흰 고래 배 속에 들어와 있다는 상상으로 흥분하지 않을 수 없었다. 물론 과학적으로는 불가능한 일이었다. 고래는 주둥이는 커도 목구멍이 좁아서 아무리 큰 고래라도 사람 몸통의 삼분의 이 정도를 삼킬 수 있을 뿐이라고 보고되어 있었다. 향유고래의 배 속에서 사람이 나와 소생했다는 이야기가 있으나 어림없는 노릇이라는 것이었다. 그런데 포항에서 교황 요한 바오로 2세가 서거했다는 소식을 들음과 함께 새 교황을 선출하는 곳이 바로 그 고래 배 속에 해당하는 시스티나 성당임을 알고 여러 가지 느낌을 가졌다. 삶은 곳곳에서 모세혈관처럼 인연이 이어져 있다는 느낌. 고래 배 속에서 소생해 나온 느낌.

"저는 어학을 공부하는 사람입니다."

그가 묻지도 않은 말에 혼자 자기소개를 했다. 나는 그저 그러냐는 투로 대꾸조차 하지 않았다. 그가 어학을 공부하는 사람이든 여학을 공부하는 사람이든 관심이 없었다. 어학 공부와 독도가 도대체 어떤 연관을 갖는지도 알 수 없었다. 별 실없는 사람이 다 있군. 나는 속으로 중얼거렸다. 그리고 담배라도 피워야겠다는 시늉으로 그를 피했다. 담배는 어디서나 피울 수 없도록 규정되어 있었다. 만약 담배를 피우다가 발각되면 벌금을 물린다는 경고문도 빨간 글자로 적혀 있었다. 그렇다 하더라도 승객들은 충계참의 구석에서 담배를 피워 물고는 했다. 사내에게서 떨어져 나온 나는 담배를 피워 물었다. 귀신고래는 어디 있을까. 흰긴수염고래, 참고래, 혹등고래, 향유고래, 망치고래는? 하다못해 돌고래는? 창밖 바다 어디에도 고래라고는 코빼기도 보이지 않았다.

내가 독도에서 보고자 한 것들 중에는 식물도 큰 몫을 차지하고 있었다. 울릉도의 식생(植生)을 나름대로 조사해놓고도 있었다. 섬노루귀나 섬백리향, 섬기린초, 섬꼬리풀, 섬말나리 등 '섬' 자가 붙은 식물이 대부분 울릉도에서 많이 자란다는 사실도 알고 있었다. 이 가운데 섬기린초는 독도에서도 자란 다고 되어 있었다. 울릉도에서 부지깽이나물과 삼나물이라고 부르는 대표적인 나물도 보고 먹고 싶었다. 거기에 육지에 '조 껍데기술'이 있다면 울릉도에는 '씨껍데기술'이 있다는, 조금 만 잘못 발음하면 야릇하게 들릴 말도 얻어들은 바 있었다. 일 부러 그걸 노렸을 법도 했다. 좁쌀 껍데기로 빚었다는 '조껍데 기술'을 마셔본 경험이 있는 나로서는 여러 가지 씨앗 껍데기 로 빚었다는 '씨껍데기술'도 당연히 맛보고 싶었다.

독도는 동도와 서도로 나뉘어 있는 작은 섬이었다. 역사적 으로 엄연히 우리 땅이련만 어찌된 셈인지 일본은 욕심을 버 리지 않고 있었다. 이른바 '독도 문제'라는 것이었다. 여기서 내가 노트에 적어놓은 사건 개요를 시시콜콜 옮겨놓을 필요는 없을 것이다. 그곳이 자원의 보고이기 때문인지 전략적 요충 이기 때문인지 그 둘 다 때문인지도 굳이 따질 필요가 없다고 믿었다. 어쨌든 그곳은 우리 영토이며, 우리가 사랑으로 지키 면 될 것이므로.

지극히 평범한 애국자의 눈의 생각에 사로잡혀 있는 순간,

멀리 바다 위에 솟아오른 섬이 눈에 나타났다. 독도였다. '바다의 침식 작용에 의한 단애(斷崖) 절벽이 아름다운 섬'이라는 표현을 나는 되새겨보았다. 나는 다시 기도하는 심정이었다. 이번에야말로 섬에 오를 수 있으리라. 물개를, 고래를 못 보아도 좋았다. 독도에 무슨 목적으로 가느냐는 따위의 얼빠진 질문을 던지는 자들에게 내 모습을 보여주리라. 무릇 직접 눈으로 보아야만 비로소 믿는 자들이 있나니. 행동으로 사랑이 무엇인지 가르쳐주리라.

그런데 웬일인지 섬 앞에 머무른 배가 움직이지를 않았다. 긴장하지 않을 수 없었다. 아무래도 섬에 다가가기 위한 준비 작업 같지 않았다. 나는 바다 위에 솟아 있는 섬을 그윽이 바라보았다. 수려한 바위산은 예전에 본 그대로였다. 한쪽에서 수런수런 동요가 일었다.

"무슨 일입니까?"

나는 옆을 지나가는 선원에게 물었다. 초조했다. 이번에도 또? 선원은 아무 대답도 없이 휙 지나가버렸다. 그 태도도 수상스러웠다.

"접안이 어렵답니다. 갑자기 풍랑이 높아졌답니다."

누군가가 앞에서 오면서 기운 빠진 목소리로 말했다. 바다의 풍랑은 좀 높아진 듯했다. 하지만 그 정도에 접안을 못 한다니 한심했다. 도대체 고요한 호수 같은 바다가 아니라면 아예 불가능한 일이란 말인가. 원래 동해는 북쪽 사할린에서 남쪽 대마도까지 물결이 높은 바다였다. 한반도와 일본 열도에 둘러싸여 일견 내해(內海) 같아도 그렇지 않았다. 그래서 얼마 전에 옛날 발해에서 일본을 연결하는 해상로를 탐사하려고 뗏목을 타고 러시아 블라디보스토크를 떠난 우리 탐험대는 두 번이나 조난을 당했다. 한 번은 죽음이 그들을 덮쳤고, 한 번은 구사일생으로 구조되었다.

또다시 우리는 물러서야 했다. 독도는 바로 앞에 다소곳이 있는데, 어떻게 해볼 도리가 없었다. 시인들은 발을 동동 구르며 배 위에서나마 행사를 진행하고 있었다. 나는 내 차례는 어떻게 될까 걱정이었다. 나는 전문적인 지식은 나 자신 어렵게 여기는 판국이니 애초에 쉬운 말로 〈젊은 시인에게 보내는 편지〉라는 제목의 글을 적어 가지고 온 것이었다. 말하자면 나의 시 공부를 스스로 뒤돌아보고자 하는 글이었다.

평화를 사랑하고, 정의를 존중하는
세계의 모든 사람과 함께

오늘 우리는 노래한다.

독도여, 너는 이제 혼자가 아니다.

독도여, 함께 가자.

　김종해 시인의 시가 낭송되고, 〈독도는 우리 땅〉 노래가 울려퍼지고, 민속 공연이 이어졌다. 꽹과리, 북, 장구, 징이 울리고 행위예술가 M선생이 하늘에 고천문을 읽어 올렸다. 나는 그를 오래전에 신문 기사를 통해 알고 있었다. 그는 박수무당에 가까운 사람이었다. 소지와 더불어 양쪽에서 태극의 괘가 합쳐져 너울너울 춤을 추었다. 처음에는 나비같이 추다가 곧 혼돈 속 천지가 어우러지듯 한 춤이었다. 빠른 춤사위와 함께 바다의 물결은 점점 거세어지는데, 우리의 옛 뿌리인 북방 샤먼(巫)들이 신목(神木)을 높이 들고 모두 일어나 온몸을 치떨며 소리치는 순간, 무극(無極)이 태극이 되고, 암흑은 광명이 되었으며, 음양은 오행이 되었다. 천지만물의 창조였다. 기도가 하늘에 닿아 모두 이루어지이다. 위대한 샤먼들이 바다와 섬과 하늘에 뿌리는 피눈물이 여기 있나이다.

　그런 동안 나는 무엇을 듣고 보았는가. 나는 내가 독도로 두 번 항해해 와서 기도한 심정을 더듬어보았다. 내 기도는 어디로 스러지지 않고 섬 가까이 원혼처럼 맴돌고 있었다. 그리고 그제야 내게 모습을 보이며 소지처럼 하늘로 오르고 있었다. 그 불길에 나도 M선생처럼 몸을 떨었다. 그때 나는 누구의 기도든 한번 올려진 기도는 뜻이 이루어질 때까지 결코 사라지지 않는다는 믿음을 새로이 했다.

그리고 또 나는 무엇을 듣고 보았는가. 바닷물 속에서 무슨 소리인지 가슴 메이고 울리며 내 귀청을 먹먹하게 하고 있는 그것, 그것이 과연 무엇이었더란 말인가. 처음에 나는 그것의 정체를 알 수 없었다. 독도의 바다 깊이는 2,400미터가 넘는다고 했다. 백두산의 높이와 같은 심연이 출렁이고 있다. 그 속에서 무엇인가 울려오고 있다. 나는 한껏 귀를 기울였다. 속삭임, 웅성거림, 외침이 뒤섞인 소리 같은 게 들린다고 여겨졌다. 무슨 소리일까 하고 더욱 귀를 기울인 나는 퍼뜩 하나의 사실을 받아들이고 있었다. 알 수 없는 기도 소리. 정체 모를 그것은 수많은 물개들, 수많은 고래들의 기도 소리가 아닐 수 없었다. 순간적인 깨달음이었다. 그들의 기도라고 인간의 기도보다 못해서 아무 흔적 없이 사라져버렸을 리가 없었다.

"어떻습니까? 독도에 못 올랐어도 또 다른 감동이 있군요."

돌아보니 아까의 사내였다. 으음, 하고 나는 신음처럼 내뱉었다. 그가 또다시 쓸데없는 말을 할 양이면 호되게 쏘아줄 태세였다. 샤먼이 기도하고 물개들과 고래들이 기도하고 그 기도가 뜻을 이룰 천지만물의 창조 앞에서 '무슨 목적' 운운하는 걸 가만히 앉아서 듣고만 있을 수는 없었다.

"저는 알타이 샤먼의 재현이라고 보았습니다."

가까이 다가온 사내가 속삭이듯 말했다. 무심코 그의 말을 흘려듣고 있던 나는 귀가 번쩍 뜨였다.

"지금 뭐라구 했나요?"

나는 설마 했다. 그는 M선생과 그 행위에 대해 말하고 있다. 그의 입에서 그런 말이 나오리라고는 상상조차 못한 일이었다.

"알타이 샤먼이라고요. 저는 알타이어를 공부하고 있습니다."

나는 놀랐다. 총각김치를 담그는 알타리무가 아니라 분명 알타이어였다. 그는 어학 공부를 하고 있다고 확실히 밝혔었다. 그런데 그것이 알타이어였다. 나도 알타이에 대해서는 이것저것 관심을 갖고 있었다. 알타이는 러시아의 한 작은 공화국 이름이기도 했다. 그리고 알타이어는 우리말의 뿌리를 이룬다고 나는 배웠다. 알타이어라고? 알타이공화국 출신의 처녀가 아시아나 항공사의 승무원이 되었다는 신문 기사를 읽은 적도 있었다. 나는 그를 다시 바라보았다. 세계가 좁아지고 여러 나라의 언어를 공부하는 사람을 많이 보았어도 알타이어는 처음이었다. 인사동의 포장마차에서 만난 한 언어학자 같은 친구는 한국어와 알타이어, 부랴티아어의 천연 관계를 연구한다고 한참 늘어놓기는 했었다. 그러나 그 뒤로도 심심찮게 만난 그는 화랑의 큐레이터 처녀를 뒤쫓는 데만 정신이 팔려 있었다. 바이칼 호수로 가면서 러시아의 한 자치 공화국인 부랴티야를 거쳤다. 그 민족이 몽골족의 일파라고 여행사에서 흔히 정해놓은 코스였다.

어쨌든 지금 사내는 내가 방금 전에 몸을 떨었듯이 북방 샤먼, 그것도 더 전문적으로 좁혀서 알타이 샤먼을 보고 있다는 것이었다. 나는 샤먼을 단순히 무당이나 주술사(呪術師)로 옮기기를 싫어해왔다. 일찍이 그들은 영적(靈的) 지도자로서 우리를 이끌어왔다는 게 내 뜻이었다. 그리고 내가 수박 겉핥기로 얻은 지식에 따르면 알타이어는 퉁구스어, 몽골어, 투르크어를 아우르는 개념이었다. 모두 우리와 연관되는 언어였다. 우리말이 알타이어에 속하는지는 아직 확정되지는 않았다지만, 알타이어와 달리 볼 수도 없다고 했다. 어려운 이야기이긴 했다. 그런데 그 어려운 이야기를 전공하는 사내가 내 앞에 모습을 드러냈다. 나는 지금 그와 마주하며 독도 앞바다를 떠돌고 있었다. 내 적의가 슬그머니 꼬리를 내리는 것을 나는 느꼈다.

"알타이 샤먼이라……"

나는 알 듯 모를 듯한 말투로 중얼거렸다. 알타이에 대해 자신 있게 말할 실력이 없기도 했다. 나는 어느새 주눅이 들어 있는 내가 싫었다. 그러나 물개고 고래고 기도고 간에 실력은 실력인 것이었다. 부여어가 고구려어로 이어지고 그것이 가야어로 이어져 일본어와 관련을 맺는다는, 언어학의 이론을 겨우겨우 상기한다 해도 별 도움이 되지 않았다. 쥐뿔도 모르는 주제에 들이댈 게 따로 있지, 이를테면 우리 민족의 고향이라는 바이칼 호수 주변에 피는 분홍바늘꽃이라면 어떨까, 바이칼 바람꽃이라면 어떨까. 하지만 그것도 아니었다. 그가 잘 모른다고 해서 나도 잘 모르는 식물까지 공연히 들먹일 수는 없지.

"알타이어를 공부하는 목적은 뭔가요?"

이 생각 저 생각 끝에 물음을 던진 나는 아차 싶었다. 궁여지책의 물음은 얼마 전의 그의 말투를 그대로 본뜨고 있었다. 독도엔 무슨 목적으로 가시나요? 그렇지만 그의 물음과 내 물음은 그새 우열을 달리하고 있다고 여겨졌다.

"언어도 동식물과 같지요. 연구하고 사랑하지 않으면 멸종하지요."

그리고 그는 알타이어 가운데서도 여러 작은 언어들이 벌써 사라져버렸고, 또 사라질 운명에 있다고 한탄하듯 덧붙였다. 우리말은 북방과 남방의 여러 영향이 어우러져 어느 '말겨레'에 속한다고 단정을 내리기 어렵지만, 하여튼 우리말의 장래조차 마냥 밝다고만 할 수 있겠느냐고도 했다. 나는 그와 말을 나누면 나눌수록 내가 보잘것없어지는 걸 느꼈다. 나는 고래의 멸종을 염려하는 그린피스 대원을 만난 듯싶었다. 게다가 사랑하지 않으면 멸종한다는 말은 내게 다가붙은 빙의 같았다.

"알타이 산맥 쪽으로 가보셨습니까?"

그가 난처한 질문을 던졌다.

"아뇨."

"한번 가보십시오. 뭔가 영혼의 진동을 느낄 겁니다."

그는 먼 산을 바라보는 눈길로 독백을 하는 배우처럼 말했다. 보통 때 같으면 도대체 '영혼의 진동'이니 뭐니 하는 말에 역겨움이 일었겠지만, 나는 겸손히 받아들였다. 그가 간단히 짚어주는 설명에 따르면 알타이 산맥은, 시베리아에서 유럽과 아시아를 가르는 우랄 산맥에서 한참 동쪽으로 온 곳에 위

치하고 있다. 굳이 따지자면 바이칼 호수도 그 남동쪽 기슭에
자리 잡고 있다. 그러나 나는 내가 바이칼 호수를 여행한 적
이 있다는 말을 꺼내지 않았다. 그가 말하고 있는 곳은 더 깊
은 오지 어디라고 짐작되기 때문이었다. 나는 바이칼 호수에
가서 '영혼의 진동'은 고사하고 '육체의 진동'조차 느끼지 못했
다. 그곳은 세계 최대의 담수호답게 그냥 광대한 물의 고장이
었다. 물의 사막이라고도 여겨졌다. 호숫가 마을에서 이름도
이상한 '오물' 물고기 구이를 먹고 어슬렁거리다가 화장실 때
문에 애를 먹고 현지인에게 담배 한 개비를 나눠준 것이 큰 추
억이었다. 그렇다면 그는 바이칼 호수의 북쪽, 우리 민족의 근
원지라고 일찍부터 알려진 예니세이 강을 거슬러 올라 알타이
산맥의 협곡 속으로 들어간 것일까. 그러자 바이칼 여행에서
안내자에게 들은 예니세이 강에 관한 전설이 생각났다.

　　바이칼에게는 앙가라라는 딸이 있었다. 앙가라는 아버
　　지의 반대를 무릅쓰고 예니세이를 사랑하고 있었다. 어
　　느 날 앙가라는 아버지의 눈을 피해 몰래 예니세이를 만
　　나려고 집을 빠져나온다. 그러나 그녀는 거센 강물에 휘
　　말려 목숨을 잃고 만다.

바이칼로 들어오는 물줄기는 수없이 많은데 빠져나가는 물줄기는 앙가라 강밖에 없는 데서 유래한 전설이었다. 아니나 다를까, 앙가라 강은 흘러가서 예니세이 강과 합류하여 북극해로 들어간다. 예니세이 강이라니까 시를 쓰던 무렵 멋을 부려 썼던 한 구절이 불쑥, 그러나 아련히 떠올랐다.

예니세이의 고향 강가로부터
차르다시로 춤추며 서쪽 헝가리 평원으로 간 사람들
굿거리장단에 맞춰 동쪽 한반도로 온 사람들……

그러니까 우리말과 어순이 같은 말을 쓰는 헝가리 민족인 마자르 사람들이 우리와 뿌리를 같이한다는 데 근거를 둔 구절이었다. 마자르 사람들과 우리는 그렇게 한 고향에서 갈라져 지금 멀리 동서양에 나뉘어 살고 있다. 우리는 유라시아 대륙을 방랑해온 민족이다. 그래서 나는 이 시를 쓴다…… 내 깜냥에는 제법 세계성까지 띤 웅장한 대서사시를 향한 포부는, 그 시가 아예 빛도 못 보는 바람에 물거품이 되고 말았다. 차르다시는 헝가리의 전통 무곡(舞曲)이며, 거기에 우리의 농악 장단을 대비한 시도야말로 '웅장' 그 자체였다. 많은 사람들처럼 '웅장' 좋아하다가 망한 꼴이었다. 아무튼 이야기는 엉뚱하게 흘렀지만, 알타이에 대한 모든 것이 나로서는 감당 못할 일임에는 어김이 없었다.

나는 그를 곁눈질하며 바다를 보았다. 이제는 독도고 뭐고 다 끝난 판이었다. 아직도 내 귀에 들려오는 소리가 있는가. 아무것도 없었다. 동해도 물의 사막이었다. 뭐? 물개와 고래의 기도 소리? 우스개도 그런 우스개가 없었다. 그것은 한낱 쓸데 없는 환청으로, 환청은 병일 뿐이었다. 그럼에도 불구하고 내 가슴에 맴도는 말이 있었다. 사랑하지 않으면 멸종하지요. 배는 기관 소리를 가쁘게 내뱉으며 파도를 헤쳐 가고 있었다.

"어떻습니까? 울릉도에서 오늘 묵어 갈 텐데 밤에 씨껍데기술 한잔 하시죠."

그가 내 의향을 물었다. 그도 그 술을 알고 있었다.

"아, 씨껍데기술, 좋지요."

"조껍데기술도 말입니다."

"좋고말고요."

나는 웃음을 지어 보였다. 우리는 그 술을 서로 알고 있다는 사실에 은밀한 정서를 나누고 있었다. 잘 지은 이름의 효과였다. 드디어 알타이의 장벽을 넘어 마음을 트는 시간이었다. 나는 마음이 한결 가벼워졌다. 술을 모르는 사람은 인생의 절반을 모르고 산다고 큰소리쳐온 나로서는 술잔을 기울이는 동안 누구에겐들 켕기지 않을 자신이 있었다. 모처럼 자신감을 회복한 나는 비로소 얼굴이 펴졌다. 우리는 벌써 술잔을 부딪친 듯 마주보며 웃음을 나누었다. 씨껍데기술을 만든 사람에게 영광 있을진저.

"그런데 말입니다. 혹시 강화도로 해서 석모도로 가는 도선을 타보셨는지요?"

그가 전혀 엉뚱한 질문을 던졌다. 그건 나도 타본 배였다.

"그럼요. 승객들이 던져주는 새우깡 같은 걸 받아먹으려고 갈매기들이 여간 극성이 아니더군요."

나는 선선히 대답했다.

"그 갈매기들, 저도 보았지요."

그는 고개를 끄덕거렸다. 외포리에서 보문사로 가려면 그 배를 타야 했다. 그때 나는 한창 열애에 빠져 있었고, 한국의 3대 기도처의 하나로 알려져 있는 보문사로 가보자는 그녀의 제안에 따라 그리로 갔었다. 그곳과 강원도 양양 낙산사의 홍련암과 경남 남해 섬의 보리암이 한국의 3대 기도 도량으로 꼽혔다. 우리는 가장 먼 보리암으로 갔다가 홍련암을 둘러 마지막으로 보문사로 갔었다. 그녀가 종교학도로서 탐구를 하려고 그러는지, 아니면 실제로 무엇인가 기도를 하려고 그러는지는 알려고 하지 않았다. 나는 오로지 그녀 옆에 있기만을 원했다. 독도로 가는 동안, 양양에 큰 불이 나서 낙산사까지 안타깝게 홀랑 타버렸으나 불행 중 다행으로 홍련암은 말짱하다는 보도에, 나는 그때를 되돌아보았다. 그럼, 그가 불현듯 보문사 뱃길을 거론하고 있는 것도, 앞에서 말했다시피, 삶은 곳곳에서 모세혈관처럼 인연이 이어져 있음을 확인시켜주는 일이 아닐까 싶었다.

"그래서 말입니다. 저기, 이 배를 따라오는 괭이갈매기 몇 마리 있잖습니까?"

그가 뒤쪽 하늘로 눈길을 주었다.

"그렇군요."

갈매기 몇 마리가 배를 따르고 있었다. 나는 관심을 기울이지 않던 일이었다. 나는 건성으로 대답하고 나서, 그래서 그게 어떻다는 거냐고 캐묻듯이 그의 얼굴을 살폈다. 설마 독도의 갈매기도 사람들에게 뭔가 얻어먹으려고 배를 쫓아오는 것은 아닐 터였다.

"독도는 예상대로 갈매기가 그리 많지 않습니다."

"예상대로라뇨?"

"물이 깊어 먹이를 쉽사리 구하기 힘들기 때문이지요."

그래서 바위 벼랑이 갈매기똥으로 덕지덕지 흰 칠이 되어 있지 않아, 맑은 해식애(海蝕崖)의 뼈대를 그대로 드러내 보이고 있다는 것이었다. 나는 절해고도에는 어디나 갈매기들이 바글바글 끓고 있는 줄 잘못 알고 있었다. 그는 순식간에 언어학도에서 조류학도로 변신해 있었다.

"독도에서 본 녀석들이 여기까지 따라오는군요."

그는 줄곧 갈매기들을 관찰하고 있었다는 이야기였다. 언젠가 가본 백령도의 바위 벼랑은 수많은 가마우지들이 눈 똥으로 말마따나 똥칠이 되어 있었다. 나는 그의 말을 기다렸다. 그는 마른침을 꿀꺽 삼키고 나서 준비한 것처럼 다음 말을 이었다. 갈매기들이 배를 맴도는 건 단순히 먹이 때문이라고 알려져 있지만, 그것도 따지고 보면 뭔가 인간과 만나야만 먹이를 얻을 수 있다는 지혜가 먼저 있고서의 행동이라고 그는 전제했다. 당연한 이치에 굉장한 진리가 깃들어 있는 것 같은 말솜씨여서 나는 내심 감탄을 거듭했다. 어째서 이 사내의 말은 그다지 대단치도 않건만 온통 철리(哲理)가 가득하게 들리는지 알다가도 모를 노릇이었다.

"만남이라는 거지요, 만남."

"아, 예."

"그런데, 갈매기 소리를 들어보셨겠지요?"

바다를 보고 갈매기를 본 사람이 소리를 못 들었으리라고 묻는 말은 아닐 것이었다. 나는 눈빛으로 아무렴요, 하는 대답을 보냈다.

"저 갈매기들은 괭이처럼 운다고 괭이갈매기라지만, 사실 그건 제가 듣기에 괭이, 고양이 소리가 아닙니다."

그는 단언했다. 저 갈매기의 특성에 맞춰 정식 명칭을 지어 놓은 조류학자들의 업적을 한마디로 일축하는 말이었다. 나는 어안이 벙벙해졌다. 고양이가 우는 소리는 여러 가지이긴 했다. 야옹야옹은 평소의 소리였다. 괭이갈매기처럼 꽤액꽤액하는 소리는 평소의 고양이 소리가 아니었다. 발정 난 암고양이 소리라고 하기에도 무리가 있었다. 그러자 고양이의 어느 때 소리를 기준으로 괭이갈매기라는 이름을 지었는지 아리송해졌다. 나는 또다시 그의 말솜씨에 걸려 들었나보다고 머리를 주억거렸다. 이건 중증인걸. 나는 속으로 부르짖었다. 그래서, 고양이 소리가 아니라면 무슨 소리냐고 퉁명스럽게 물었다. 그는 생각에 잠긴 표정을 한 채 바다로 눈길을 던지고 있었다.

뜻밖의 침묵이 흘렀다. 나는 그가 입을 열 때까지 기다렸다.

"고양이나 다른 동물의 소리를 말하는 게 아닙니다. 주제넘습니다만, 제 귀에는 그 소리가 알타이어로 들린다는 겁니다."

그의 말을 듣는 순간 나는 어, 하는 소리가 목구멍에 엉혔다. 그가 다시 알타이를 들고 나온다는 것부터가 우선 거북했다. 그런데 듣고 보니 도무지 괴이한 말이었다. 알타이, 알타이, 하더니 갈매기 울음소리도 알타이어? 지나쳐도 많이 지나쳤다. 이제껏 한 말이 다 헛소리에 불과한 것도 같았다. 나는 무엇엔가 홀린 심정이었다. 어이가 없었다. 괭이갈매기의 괘액 괘액 소리가 알타이어로 들려? 이런!

"들어봐주십시오."

그래도 그는 아랑곳없이 꿋꿋했다. 그리고 자기는 모든 사물에 정령이 깃들어 있음을 믿으며, 그 정령들과 대화를 나누는 길은 결국 자기 언어밖에 없지 않겠느냐고 호소하듯 말했다. 그러므로 갈매기뿐만 아니라 모든 동물들, 모든 식물들과의 만남은 말을 기본으로 하기 때문에 알타이어를 내세울 수밖에 없다는 것이었다. 그의 진지한 말투에 나는 조금 누그러졌다. 언어는 존재의 집이라는 둥, 나아가 존재 자체라는 둥 말한 철학자들을 나는 알고 있었다.

동물은 몰라도 나는 가끔 식물과 대화를 나누는 꿈을 꾸었다. 내 마음을 그들과 나누고 싶었다. 그들과 가까이 있을 때야말로 마음이 평화롭고 충일되었다. 나는 일찍이 식물학자가 되었어야만 했다. 그러지 못한 것이 두고두고 내 삶의 짐이었고, 숙제였다. 때로는 그렇게 다시 살았으면도 싶었다. '한 송이 꽃에서 우주를 본다'는 어느 시인의 시 구절은 잊지 못할 명구(名句)였다. 식물에 집착한 만큼 나는 샤먼들의 신목을 믿었다. 아니, 모든 나무와 풀을 신목이자 신초(神草)로 여기고 싶었다. 그러나 내가 한 송이 꽃에서 우주를 보고자 대화한다면 그 말이 무슨 말일지에 대해서는 생각해보지 못했다. 대화에는 말이 필요하다. 그렇다면 응당 한국어가 되어야 마땅했다. 꽃은 물론 우주도 한국어로 응할 것이다. 당연한 사실을 나는 비로소 깨달은 것이었다. 그는 독도의 갈매기와 대화를 나누는 마음으로 왔다고 강조했다. 그것이 그의 독도행의 의미라고도 거듭 밝혔다. 그리하여 그는 독도의 갈매기가 알타이어로 말한다고 믿어 의심치 않는다는 것이었다.

　"알타이 샤먼들도 알타이어로 하늘과, 새들과 대화합니다."

　그의 말은 끝났다. 나는 묵묵히 아래만 내려다보고 있었다. 쉽사리 머리를 쳐들 수가 없었다. 그러면서 나는 다시금 수많은 물개들과 수많은 고래들의 기도 소리가 들려온다고 여겼다. 아무리 환청이라고 물리쳐도 헛일이었다. 동해의 거친 파랑을 가르며, 물개와 고래의 기도 소리는 내 귀에 또렷이 전달되었다. 내가 모르는 말이 내 귀에 그토록 또렷이 들어와 박힐 까닭이 없었다. 한 소절 한 소절 새겨들을 수는 없어도 분명히 한국어가 아닐 수 없었다.

배의 기관이 부르르 떤 탓일까. 문득 '육체의 진동'을 느꼈는가 하는 찰나, 무엇인가 강렬한 것이 섬광처럼 빠르게 내 몸을 뚫고 지나간다. 나는 나도 모르게 온몸을 부르르 떨었다. 그 전율의 실체가 무엇인지 꼭 집어 말하기는 어려웠다. 그것을 일컬어 '영혼의 진동'이라고 해서 되는지는 더욱 모를 일이었다. 아무려나 상관없었다. 한국어로 물개들과 고래들의 기도 소리를 들은 내 마음은 이미 결정되었다.

나는 그를 뚫어져라 쳐다보았다. 그는 내 눈길을 피하지 않고 있었다. 그리고 나는 내게 말을 들려주느라 땀에 번들거리는 그 얼굴에서 샤먼, 알타이 샤먼을 보았다. 어서 울릉도로 가고 싶었다. 그곳에서 둘이 마주 앉아 조껍데기술이고 씨껍데기술이고, 아니 좆껍데기술이고 씹껍데기술이고 밤새도록 들이켜며, 앞에 앉은 그를 위대한 알타이 샤먼, 진정한 영매(靈

媒)로 받들어, 나 자신을 숨김없이 깡그리 맡기고 싶었다. 그래야만 내 삶이 온전하게 이루어질 게 틀림없었다. 멀리 갈매기가 하늘 높이 날고, 온 누리를 울리는 끼룩끼룩 꽤액꽤액 소리에 나는 나 자신을 맡기고만 있었다.

그러나 독도 행사에서 내 차례는 돌아오지 않았다. 독도에 배가 접안하지 못한 것부터 일이 꼬여서 주최 측이 애를 먹은 결과였다. 그러나 다행히도 나는 '밤새워 이야기해도 좋'을 긴 원고를 갖게 되었으므로 다음에 그것을 다시 읽으며 옮겨놓기로 한다. 비록 여러 사람들 앞에서 낭독하지는 못했다 하더라도 내 책임은 아니므로 이렇게나마 마무리를 지어야겠기 때문이다. 애초부터 꼭히 다 발표할 뜻은 없었다고도 곁들여놓고 싶다.

2

저녁의 불빛이 빛나기 시작할 무렵 어느 술집의 문을 열고 들어가는 내 모습이 나타났다. 한옆 자리에 J와 K와 또 다른 K가 둘러앉아 나를 맞이했다. 나는 대학의 같은 과 선배인 J를 예나 제나 따르고 있었고, K는 며칠 전에 시가 당선된《경향신문》기자여서 몇 번 만나고 있는 사이였다. 또 다른 K는 처음이었으나 한눈에 그인 것을 알아볼 수 있었다.

"어, 어서 와."

J가 손짓을 했다.

"아, 예."

나는 또 다른 K에게 별도의 인사를 하고 그가 내미는 손을 잡았다. 그는 나의 당선을 축하한다고 말했다. 그러자 K기자가 내 시에 나오는 '치열(齒列)'이라는 단어가 무슨 뜻이냐고 물었다. 단어 자체보다도 시에서의 의미를 묻는 듯했다. 나는 당혹스러웠다. 그런 물음이 있으리라는 생각조차도 못 해본 것이었다. 하기야 심사위원인 박남수, 김용호 선생도 '뽑고 나서'라는 심사평에서 '다만 치열이라는 시어가 모호해 그만큼 이미지가 흐려진 느낌인 것은 옥에 티라고 할까'라고 지적하고 있었다. 나로서는 무엇이 모호하다는 것인지 그야말로 모호해서 뭐라 대꾸할 거리가 없었다. 그렇다면 당선시 〈빙하(氷河)의 새〉를 먼저 읽어볼 필요가 있겠다.

　　빙하의 끝에서 나의 한 마리 작은 새는

불씨의 이삭을 물고 온다.

겨울에 눈멀어가는 착한 인류

그 마지막 몇 사람의 일초(一秒)를

바람머리에서 되살려,

외로운 길이 가을 빗속을 달려가듯이 빠져가버린

나의 치열(齒列)을

나의 안개 껴 젖은 전생애를

또 한 번 물고 온다.

방금 열린 탑의 중심에서

내 천년의 구름송이는

불과 얼음의 삶을 다시 이 땅 위에 던지고

저녁 연기를 나눠 마시며

당신과 내가 잠들었음을, 고요히

머리카락을 헝클었음을

빙하의 끝에서 작은 겨울새는

당신의 건강과 체취와 더불어 따숩게 담아 온다.

겨울의 중압에 눌려

납작해진 인류여,

불과 얼음을 나란히

끊임없이 되풀이하듯이

늘 귀로에 만져보는 사랑과 번민의

여윈 촉루(髑髏)

불의 소용돌이에선

소기(所期)의 극약을 스스로 뼛속에 갈아 넣고

그때 슬기로웠으나

피치 못한 방종

지금 또 내 겨울새는

야수의 이글거리는 눈빛으로 빙하 끝에서

생명의 불씨를 물고 온다.

부리에 가득히 물고 온다.

꺼져가던 여리고 여린 목숨을 되살려

당신과 함께 내 그림자를 띄워 보낸 가을 강

위의 목마른 높은 바람을 불러 세우며

내 인류의 치열(齒列)을, 당신의 젖은 눈매와 내 천년의

구름장을

지금 한꺼번에 물고 날아온다.

모든 생명의 불씨를, 당신과 나의 새 원천을

부리 가득히 물고 날아온다.

《경향신문》1967년 1월 1일자에 이 시가 신춘문예 당선작으로 실림으로써 나는 시인이 되었다. 지금도 치열이라는 단어는 교정되지 않은 채 시의 입안에 당연히 버티고 있다. 여전히 '특별히 이게 모호하다는 까닭이 무엇일까' 하고 갸우뚱거릴 뿐이다. 그렇게 어린 새내기 시인은 겨울 거리에 있었다.

그날 술집에서 세 선배와 무슨 대화를 나누었는지는 기억되지 않는다. 다만 또 다른 K가 무슨 말 끝에 '후생이 가외'라고 말하고는 껄껄 웃던 장면은 또렷하다. 게다가 그는 내게 '히레'라는 술을 직접 만들어주기도 했는데, 나로서는 아주 특별한 경험이었다.

"이거 한번 마셔보시오."

그는 복어의 말린 지느러미를 술잔에 넣고 불을 붙여 태웠다. 술은 청주였다. 그런 다음 마시게 되어 있었다. 지느러미의 탄맛을 술에 우린 향미가 중요한 듯했다. 그는 술잔을 들어 맛보는 나를 바라보며 매우 흐뭇한 표정을 지었다. 그 첫 만남 이래 나는 그의 평퍼짐한 얼굴이며 몸매의 어디에 그토록 섬세한 더듬이가 있는지 늘 경탄하는 마음이었다. 그는 성실하고 섬세했다. 그리고 무엇보다도 작품의 위상을 알고 있었다. 나는 그의 집에도 몇 번 갔었고, 방문객마다 내놓곤 하는 방명

록에 서투른 묵매(墨梅)를 그려놓기도 했다. 그와의 만남으로 나는 나중에 《문학과지성》의 회심의 기획인 재수록 제도에 선정되어 창간호에 작품을 싣고 나를 알렸다.

봄이 되어서도 나는 아직 평범한 대학생일 수밖에 없었다. 시인이 되었을 뿐 별다른 변화란 없이 학교 신문에 간간히 시를 발표하는 게 고작이었다. 나는 꿈속에서 헤어나오지 못한 것 같은 상태에서 허우적거리는 느낌이었다.

하늘에서 돌이 쏟아지던 그 번민은
이제 사라졌습니다.
오랜 유형 때문에 골절된 마음도
씻은 듯이 갈앉았습니다.

태풍이 유리창을 깨던 계절의 불안도
밤마다의 불면 때문에 지쳤던 세계도
아름다움의 견고한 보석처럼
빛나는 근본이 되었습니다.

고도(孤島)로 떠난 사람의 쓸쓸함을 위해

사랑이 새 물결로 출렁이듯
기적이 나를 부활케 함을 알겠습니다.

우울한 삶의 엘레지가
바로 눈앞에 장벽을 올리던
가난했던 겨울은 지났으므로
이젠 잠시라도 충만해야 하겠습니다.

 이 시의 제목은 〈봄편지〉였다. 나는 보편성, 혹은 평상심을
얻어 다시 출발을 꾀하려고 움츠렸던 것 같다. 하지만 시를 생
각하는 나날은 막막하고 괴롭기만 했다. 무엇이 진정한 시인
의 길인지 알 수 없었다. 그 봄은 길게 계속되고 있었다.

봄은,
개개인의 꿈속에 칼을 드릴까

낮잠이 든 내 불우한
찡그린 이마
속,

닳아빠진 늙은 계단을

몇 개 올리고

독파되지 않은 고전을

강요하는 노파들일까

꽃피듯 영빈 이씨(英嬪李氏) 살아나는

조선의 바람은, 아,

몽골인종(蒙古人種)의 내 살갗에

달콤한 살인을

지령하는구나.

내가 타인에게 던지는 눈빛의

흉기는,

유목민의 잔인한 창.

야비하지만 명확하다.

그것을, 그대에게 드린다.

그대의 상한 날개를

상냥히 어루만질

소금의, 창(槍).

수치스럽겠지만 그대는
잠시,
참아야 한다.

여기에는 〈혜존(惠存)〉이라는 제목이 붙어 있다. 사도세자의
어머니인 영빈이 등장하는 것은 그녀의 무덤이 그때 대학 구
내 한옆 귀퉁이에 수경원이라는 이름으로 퇴락한 채 남아 있
어서, 그곳을 지나다니던 내 발길 때문이었다. 나는 그 퇴락을
남몰래 즐겼다. 그래서 이 시의 맥락을 말해보라고 하면 그 퇴
락의 무덤길을 거쳐야 한다고 대답하고 싶은 것이다. 그때의 내
정신 또한 그러했다고 한다면, 아마 설명될지도 모를 일이다.

대학의 철학과에 들어가서도 나는 오로지 시인이 목표였
다. 목월 선생의 시 강의실에 들어가며, 유영 교수의 영시강독
을 들으며, 호라티우스의 시학(Ars Poetica)을 철학에 적용해보
며 보낸 시간들은 지금도 유효하다. 구본명 선생과 배종호 선
생의 노장, 공맹의 강독 또한 두고두고 내 뼛속에 녹아 있다고
믿는다. 장자의 '북명에 유어하니'의 '소요유'는 맹자의 '호연

지기'에 닿아 있었다.

그 무렵 시인 구자운 선생을 만난 것은 특별한 경험이었다. 그는 다리를 저는 소아마비의 몸이었으나 맑고 빛나는 눈빛의 시인이었다. 그의 시가 고적적인 세계를 보여주고 있어서 나는 옛것의 새로움을 보았다. 그는 가정적으로 어려움을 견디며 틈틈이 러시아어 번역일을 관계하고 있었다. 출판사에서 푸슈킨, 마야코프스키 번역을 보냈군. 그는 약간 코맹맹이 말투로 말하곤 했다. 그는 러시아 농민반란을 다룬 소설인 푸슈킨의 《대위의 딸》을 번역해서 내게 보여주기도 했다.

"가볼 데가 있네."

언젠가 비가 내리던 날 그는 불문학자 S교수의 집으로 나를 데려간 적이 있었다. 교수와 부인이 맞아들였다. 창문 밖으로 빗물이 흘러내리고 있었다. 그는 유리창에 입술을 대고 마치 빗물을 빨아먹는 시늉을 했다.

"이게 사랑이지요."

푸슈킨이 황량한 바깥 풍경을 내다보는 어느 초상화와 닮았다는 생각이 들었다.

"역시 시인이세요."

부인이 말했다. 아름다움은 슬픈 결을 띤다, 하면서 내 생애

에 비 오는 날 창가에서 벌어졌던 가장 아름다운 광경이 아니
었을까, 나는 기억한다.

있음이여!
오 저윽이 죽음과 이웃하여
꽃다움으로 애설프게 시름을
어루만지어라.

그의 대표작으로 일컬어지는 〈청자수병(靑磁水瓶)〉의 일부.
그의 고난에 찬 인생살이가 어디엔가 배여 있음 직하다. 그의
시 어디에도 분노나 항변이란 찾아볼 수 없으니, 고달픔도 이
일회성의 인생에는 아름다운 것인가. 그가 마지막에 술집 여
자를 얻어 살다가 세상을 떠났다는 소식을 들은 것은 그 뒤 한
두 해가 지나서였다.

다시 학창 생활로 돌아가, 대학을 마칠 마지막 해에 제주도
를 여행한 것이 한 편의 시로 남아 있다. 나중에 굿 사진으로
유명해진 후배 김수남이 자기 고향이라고 소개를 하고 앞장을
섰던 것 같지만 그와의 장면은 기억에서 지워져 있다. 그는 이
제 세상에 없고, 그의 굿 사진이 국립민속박물관에 기증되어

그 전시회에 가서 그의 모습, 그의 목소리를 앞에 하는 심정은 여러 번의 술자리 추억과 함께 가슴에 와 박혔다. 그는 이제는 세상 어디에서도 볼 수 없는 민속신앙의 현장 기록자로서도 중요한 사진가였다. 그리고 이번 전시회에서 예술로서의 사진을 확인하는 기쁨이 그에 대한 그리움으로 가슴 떨렸다.

한림(翰林)에서

방울새의 두 눈에도 전개되는
수풀을 따라가면
길은, 내 오래된 꿈의 동굴에
이를 것이다.

인간은 가까운 것에는
눈이 어둡고,
아예 보려 들지 않는다.

밤에는 저 멀리서 컹컹 짖어오는 짐승 소리를
가만히 듣지만

아침부턴 할 일 없이 서성거린다.

나의 영혼은 지금
장다리꽃이 만발한 곳에 머물다가
바다를 앞에 한다.

수긍하는 인간을 위해
저
수평선이 있었구나.

　이런 시를 언제 썼던가. 문학소년 시절은 내 것이 아닌 양
멀리 있다. 저 세월 앞에서는 할 말이 아득하여 '도무지'일 뿐
이었다. 막상 컴퓨터 앞에 앉으니 지난 젊음의 시간을 이야기
한다는 것만큼 어려운 일이 있을까 싶기도 했다. 이 자판 위에
는 없는 세계가 어디엔가 별세계로 펼쳐져 있을 것이 틀림없
었다. 결코 일목요연하게 정리되지 않을 혼돈과 질풍이 멀리
휘몰아치는 벌판에 서 있는 꼴이었다. 그러니 '도무지' 살아온
'도저한' 세월 속에 용케도 한 가지, 시를 잃거나 버리지 않고
예까지 왔다는 사실! 그 사실을 꼬투리로 붙들고 숨을 가다듬

을 수밖에 없는 것이다.

나는 고교 2학년 때 성균관대 백일장에 참가하여 뜻밖에 장원을 함으로써 운명을 문학에, 그때로서는 시에 바치리라 결심했었다. 그로부터 우리는 시에 모든 것을 다 바친 채 오리무중의 어둠 속을 헤쳐 나가고 있었다. 먼저 임정남 시인이 있다. 그는 내 고교 2년 선배로서, 대학 때부터 강은교 시인과 어울려 있었다. 나중에 부부가 되는 이들은 연인보다는 동반자라는 느낌에 가까웠다. 고등학교 문예반 때부터의 인연으로 대학에서 다시 만난 그와 나는 자연스럽게 시의 세계에서 함께 어울리는 관계가 되었고, 그녀와 나의 만남도 그렇게 이루어졌다. 그는 나는 물론 여러 후배들의 선배 노릇을 톡톡히 하며 후견인처럼 군림하고 있었다. 그것은 그녀에게도 마찬가지였다. 그도, 그녀도, 나도 아직 시인이 못 된 때였다.

아주 복합적인 인물인 그는 나에게 여러 가지 영향과 숙제를 안겨준 사람이었다. 서로 쓰고 있는 시는 다른 길에 서 있었다고 여겨지는데, 일본 소설에 관한 한 그는 나에게 신선한 통로이기도 했다. 다자이 오사무의 미란(靡爛)의 미학을 말하는 그의 눈은 빛났다. 〈앵두〉라는 거 읽어봐.《인간실격》최고야, 너. 신촌 로터리 다방에 죽치고 일본 감각의 소설을 쓰고자 하던 그의 흰 손, 유려한 문체. 미시마 유키오를 닮은 우월론자로서의 논평. 그의 미완성 장편소설은 한동안 내 공부방에 있었건만, 그와 함께 원고도 어디로 가고 말았는지.

이 자리는 그와 그녀가, 아니 그녀와 그가 어떻게 만났고, 또 어떻게 헤어졌는지를 말하는 자리는 아니다. 1969년《조선일보》신춘문예에 당선한 그는 벌써 여러 해 전에 그만 병들어 세상을 버렸다. 그리고 세월이 흘러, 지난해 어떤 시 잡지에 몇 편의 시를 발표하게 된 나는 〈고래의 일생〉이라는 다음과 같은 시를 끼워 넣었다.

> 2006년 12월 15일 장생포 앞바다에서 길이 7미터 무게
> 4톤짜리 대형 밍크고래가 그물 속 문어를 먹으려다 걸
> 려 죽은 채 끌려와 4천만 원에 경매되었다고 한다
> 1969년에 '고래'라는, 태어나지도 않은 시 동인지가 있
> 었다
> 몇 해 전에 세상을 뜬, 조선일보 당선 시인 임정남이 모
> 임에서 내놓은 이름이었다

우리는 시 동인지를 만들어 활동하기로 우리는 뜻을 모았

다. 그래서 비슷한 시기에 시단에 얼굴들에서 뜻이 맞는/맞을 김형영, 박건한 시인과도 만나 논의를 거듭한 끝에 '70년대'라는 이름을 얻어냈다. 위의 시는 그때의 상황을 그린 것이다. 그리고 창간호를 낸 뒤, 정희성과 석지현이 가세하기에 이른다. 우리의 시인 활동에 이 동인은 매우 중요한 역할을 해주었다. 동인지를 펴냄으로써 이루어진 고은 시인의 만남이 두드러지게 기억된다. 돌이켜보면 왜 '고래'로 하지 않고 한시적인 연대인 '70년대'에 집착했는지, 짧은 눈에 머리를 갸우뚱거리게 되지만, 그 무렵 정서는 그랬던 것 같다. 우리 현대시의 역사가 겨우 육십 년쯤 되던 무렵 아니었던가. 우리는 종로의 서점으로 책값을 수금하러도 갔고, 동인지가 팔린다는 사실에 흥분하기도 했다. 강은교가 외국의 유수 도서관들에 동인지를 소장케 해야 한다는 제안을 한 것은 영문학 전공자의 안목이었으리라.

그녀가 허무를 노래하기 시작한 때가 언제였을까. 첫 시집 《허무집》은 나에게는 당혹스러운 제목이었다. 허무는 그녀의 영역이 아니라고 생각하고 있었던 것일까. 다만 그녀를 볼 때마다 종종 내가 느꼈던 혼돈의 이미지 그것 자체를 시화(詩化)한 것이라는 생각이 들기는 했다. 그녀가 노래한 허무는 그러니까 혼돈을 바라보며 얻은 모색의 얼굴이었기에, 허무라기보다는 삶의 청규(淸規)에 가깝게 다가왔다. 시인이란 자기 속에 허무의 절규를 감추려고 하는 자이지 나타내려 하는 자일 수는 없다는 깨달음을 담은 시는, 허무를 노래하지 않고 허물어짐을 노래해야만 한다고 나는 생각했다. 그러나 그녀는 허무를 극복하고 새 질서를 얻고자 하는 듯했다. 극복, 극복이야말로 숙제였을 것이다. 그 몸부림이 루이제 린저같이 겉으로도 드러난다고, 내 눈은 보고 있었다.

그녀가 허무를 쓰고 있을 때는 실상 우리가 자주 만날 때였다. 임정남은 그녀와 결혼하기 전에 봉천동의 내 거처를 아지트 삼다시피 했으며, 학교를 마치고 샘터사에 들어가서 그녀를 옆에 데려다 앉히더니 다른 직장에 잘 다니는 나까지도 끌어갔다. 우리는 함께 그 조그만 잡지에 매달려 한솥밥을 먹었다. 염무웅 평론가가 편집의 팀장이었다. 그러면서 우리는 예전보다 멀어지는 관계가 되어가고 있었다. 항용 있는 인생사였다. 결국 나는 그 직장을 떠나 시흥의 국화밭 농장 일꾼으로 갔다. 그녀가 병에 걸려 수술을 했다는 소식이 들렸다. 동인은 어느덧 깨져 있었다.

물은 평화와 사랑이다. 그러나 그것은 기다림에 지나지 않으며, 아직 불구덩이에서 단련되고 있는 그녀의 모습이 보인다. 생명의 물을 기다리며 '아직 처녀인' 새로운 세상을 꿈꾸지만, 막상 '지금'은 '불로 만나려 한다'는 스스로의 화기(火氣)를 어쩔 수 없다. 늘 끓고 있으면서도 차가운 이마로 세상에 탄주할 수 있는 자 누구인가. '파괴=창조'의 공식을 기조로 하고, 운명의 노예임을 깨닫고 있는 그녀가 여전히 극복을 갈망하는 가운데 뿜어내는 기도 소리. 그것은 만리 밖에서도 안타깝고 아름답게 들려서, 슬프다. 그러나 슬픔은 정화되어 '우르르 우르르 비 오는 소리'로 이념의 지상에 흐른다. 죽음의 사랑과 병마를 이겨내야 한다는 주술을 읊조리며, '죽은 나무와 뿌리'조차 적신다. 물과 불의 이율(二律)의 사랑법이다. 그러나 그녀의 '지금'은 영원히 배화(拜火)의 사제(司祭)임을 어쩌하랴. 아니, 그녀가 불 자체임을 어쩌하랴.

그녀가 부산으로 옮겨간 뒤부터 우리의 만남은 뜸해졌다. 그리고 어느 사이 운동권 투사로 변신한 임정남은 나중에는 엉뚱한 당의 공천으로 부산에서 국회의원 선거에 출마하는 일까지 벌어졌다. 그는 이제 내 어두운 글 토굴에 기어들어와 문학이 무엇인가 열혈을 뿜던 선배가 아니었다. 나는 '팔 할이 바람'인 그런 그의 성향을 예전에 이미 감지했었다. 그러나 나는 불안감을 씻어내지 못한 채 변죽만 울리는 방외인일 수밖에 없었다. 그러다가 그는 남긴 시 몇 편을 뒤로하고 사라져갔다.

그녀가 시 '치료'를 말하며, 남들이 보기에 좀 특이한 시 운동을 한다는 소문도 들려왔다. 생명에의 경의가 느껴지는 대목이었다. 우리 누군들 치료를 필요로 하지 않을 사람 어디 있겠으며, 시는 하늘에 올리는 기도이기에 그녀가 사제의 직분을 맡아 나선 것이라 짐작되었다. 이는 또한 내향성에 갇혀 '긴 그림자'를 남겨온 그녀의 외향성이 허무의 광야를 지나 모습을 드러낸 것이기도 하겠다. 그래서 이 배화 사제의 노래를 나는 '지금' 새삼스럽게 들으며, 나를 비롯한 뭇 이교도들의 방황하는 영혼을 위하여 한 구절 옮김으로써 방점을 찍고자 한다.

부서지면서 우리는

가장 긴 그림자를 뒤에 남겼다.

—강은교, 〈자전 1〉에서

우리는 《70년대》를 냄으로써 시단에 신선한 충격을 던지리라 했었다. 그 무렵 《현대시》와 《육십년대사화집》과 《시단》 같은 영향력 있는 동인지들이 포진하고 있는 시단 풍토에 일종의 반기를 든 셈이었다. 우리가 오늘 모여서 순간적으로 그때의 마음으로 돌아갈 수 있는 원동력이야말로 우리의 열정을 대변해준다 하겠다. 그리고 우리는 시와 함께 시 속에서 이 삶을 불사르며 '하늘을 우러러' 굽힘 없이 오늘에 이르렀다고 자부한다. 이런 과정을 거쳐 우리는 동인이 되어 동인지를 냄으로써 각기 한 사람의 시인으로서 발돋움하는 데 든든한 발판을 얻게 되었다고 나는 믿는다.

이에, 먼저 몇 해 전에 김형영 시인이 내게 보내준 글을 본다. 내가 그의 시집에 대해 쓴 글이었는데, 막상 내게는 보관되어 있지 않았다. 그에게도 없었는지 '시인 강인한씨가 타이핑해서 보내온 원고'라는 설명이 붙어 있었다. 내가 그의 첫 시집《침묵의 무늬》에 대해 쓴 글〈눈의 변증법〉이었다(《현대시학》1974년 3월). 내게 그 원고가 없음을 알고 일부러 찾아서 보내준 것이었다. '서평'이라고 붙여져 있으나 어수룩한 그 글은 '시가 한 인간(시인)의 상황을 가장 잘 말할 수 있는 길은 물론 성실성에 있다'고 제법 준엄하게 입을 떼고 있다. '그리고 그 성실성이라는 것은 끊임없이 대상의 궤적을 추적하며 그 변전을 솔직하게 받아들이지 않으면 얻을 수 없는 것'인데 김형영은 '그 변전을 솔직하게 받아들이기 위해서 자신의 아집에게 궁형까지도 가할 준비가 되어 있는 드문 시인의 한 사람'이라고 적고 있다. 그리 길지 않은 글을 만들기 위해 이리저리 단어를 동원한 노력이 가상하지만 그 글을 다 옮길 필요는 없을 것이다. 글의 마지막은 다음과 같다.

《침묵의 무늬》는 한 인간의 애증에 대한 거짓 없는 기록이다. 애초에 '대낮의 어둠 속에서' 태어난 그는 섣불리 아름다움을 말하려 하지도 않고 섣불리 추함을 말하려 하지도 않는다. 그는 단지 모든 것을 사랑하는 법을 알려고 노력하고 있음을 보여줄 뿐이다. 그 시를 대하는 태도, 인생을 대하는 태도의 거리낌 없는 성실성이 우리를 매도한다.

아울러 첫 시집에서 인용한 다음과 같은 시 구절을 읊는다.

나는 가진 것이 없어도 행복하다
기다리는 반짝임의 이 호젓한 시간,
나는 얼굴이 없어도 행복하다
　　　　　　　　　　　—김형영, 〈서시〉에서

위의 김형영의 편지 가운데, 여기에는 빠져 있지만, '다모거사'란 인물이 등장하고 있음을 밝혀두기로 한다. 누구를 일컫는가. 말할 것도 없이 석지현이다. 일찍이 불법에 귀의한 그는 지금은 먹물옷을 벗었다 하더라도 어김없이 승가의 세계에 있다. 그러므로 재가불자 '거사'라기보다 '다모관음'이라고 나는 소설에도 등장시켰다. 내 소설을 영어로 번역할 때 번역자가 묻기도 했었다.

"관음을 아무리 찾아봐도 다모관음은 없는데요?"

나는 웃음을 지으며 사실을 말해주었다. 나는 그런 그에게 종종 경의 뜻을 묻곤 한다. 그러나,《금강경》의 핵심은 '환지본처' 같은데 어떻소? 같은 엉뚱한 물음은 물음이 아니라 내 해석을 추인해달라는 말에 다름 아니다. 아, 물론. 물론. 그는 이미 내 뜻을 읽고 있음에 틀림없다. 섣부른 공부에 면박을 주지 않기 위함이다. 그 경의 핵심이야 도처에 있지 않던가. 처음 어울렸던 1970년 무렵, 그의 고향에 함께 가서 고란사의 고란초를 눈여겨보던 그 무렵부터 인도를 거쳐 미국을 거쳐 지금에 이르기까지 나는 한 청정승려를 만나고 있음에 감사드린다. 그의《혜초의 길을 따라서》는 내가《둔황의 사랑》을 쓰는 힘이 되기도 했다. 그가 머물던 도량마다 찾아가 시를 이야기하던 날이 무릇 기하였던가.

"침향 그거 다 썼는지?"

어느 날 그는 묻는다.

"아직…… 좀 있긴 한데."

그는 내게 침향을 더 주겠다고 한다. 나야 어느새 커피에 물든 몸, 침향의 그윽함이란 내게 가당키나 한 것일까. 그야말로 '끽다거'가 아닐 수 없는데 그는 얼마 전에도 '오래도록 앉아 있음(止管打坐)'의 몸가짐에 대해 알려주었다. 일본 스님 도겐 (道元)의 말이라고 했다. 스승이 따로 없는 것이다. 그런 그가 쉬지 않고 시를 써왔고 이번에 내겠다고 해서 놀라면서, 이 시집을 펼칠 날을 기다린다.

그러자 '저문 강에 삽을 씻고' 있는 누군가의 모습이 보인다. '누군가'가 아니다. 우리 문학의 큰 산맥인 작가회의 이사장을 역임하고 여전히 시에 온몸을 던지고 있는 우뚝한 모습이다. 정희성은 내게는 고등학교 선배로서 먼저 다가온다. 그리고 웬일인지 큰 책가방 가득 무슨 책인가 무겁게 넣어 들고 다니며 소설을 쓰겠다던 모습. 그래서인지 《동아일보》 신춘의 당선시는 얼마나 서사적이며 학구적인 작품이었던가. 그가 시인이 됨으로써 우리 동인은 성립될 수 있었다는 점에서 그의 존재는 중요성을 띤다. 언제나 깐깐한 선비인 그는 날카로운 비판정신으로 귀감이 되어왔다.

어느 날 당신과 내가 날과 씨로 만나서
하나의 꿈을 엮을 수만 있다면
　　　　—정희성, 〈한 그리움이 다른 그리움에게〉에서

각자가 시 한 구절을 써넣기로 한 백지 위에 그는 쓰고 있다. 이러한 만남의 직조로 그리는 '하나의 꿈'이 이 시집으로 실현되기를 나 역시 비는 마음이다. 아니, 그 옛날 임정남이 들고 나왔던 '고래'라는 동인지 이름을 오늘 우리가 이 시집에 쓰기로 함으로써 '하나의 꿈'은 여실히 실현되었다고 해도 좋을 듯하다.

앞에서 '또 하나의 K'로 소개한 김현 평론가가 내게 시집 출간을 제안한 것은 70년대 중반의 일이었다. 그는 민음사에서 시집 시리즈를 내기로 했다면서 나를 첫 몇 명에 올려 추천했다고 말해주었다.

"괜찮은가요?"

그는 남이 바라는 일을 하고도 그 뜻을 조심스럽게 타진하는 사람이었다. 나는 가슴이 뛰었다.

"저야, 영광이지요."

이 사실과 명단은《서울신문》에도 보도되었다. 시집 내기가 워낙 어렵던 때여서 기삿거리가 되었다고 여겨진다. 그러나 곧이어 김현이 프랑스의 알자스-로렌으로 유학을 감과 함께 없던 일처럼 되어버렸다. 이 계획이 문학과지성사의 시집으로 옮겨와서 그 첫 배본이 되었음을 알 수 있다. 내게 물고기즈느러미 술을 만들어주고《문학과지성》창간호에 작품을 재수록해준 김현은 이렇게 내 시의 옹호자였다.

시집을 내기 전에, 그 무렵 시 원고를 썼던 백지책을 그의 집에 들고 갔다가 놓고 나오고 말았다. 온통 고친 글자들, 구절들로 어지러운 공책이었다. 연락을 하고 찾으러 가는 발걸음은 보여줘선 안 되는 비밀을 보여준 것처럼 무거웠다. 그는 기다렸다는 듯 나를 맞아들였으나 아무 말도 않고 돌려주기만 했다. 그 순간의 말없음이 내내 나를 괴롭혔다. 하지만 벌써 오래전에 그는 이 세상을 떠나고 말았다. 말없음만이 뒤에 남았다고 나는 기록한다.

김현의 미셸 푸코 연구서《시칠리아의 암소》에는 사람을 불에 달궈 죽이면서 고문하는 기구인 '시칠리아의 암소'의 첫 희생자는 그 고안자였다고 씌어 있다. 그 이야기는 단순하지만은 않은데, 우리는 우리가 만든 틀에 스스로 책임져야 한다고 가르친다. 죽음이 따른다 해도 말이다. 자기의 시는 가장 확실한 자기 운명이며 희망이자 절망이어서, 마침내 스스로의 질곡이기 때문이다.

3

내가 준비한 이야기는 끝났다. 이것이 문학 지망생들에게 어떤 참고가 될지는 알기 어렵다. 그렇게 독도의 행사는 모두 마감되었다. 그러나 나는 독도의 새와 내 당선작의 새가 만나고 있는 장면을 그려보고 있었다. 전혀 예상하지 못한 일이었다. 알타이 샤먼이 내 이야기에 찾아온 듯싶었다. 그러므로 알타이어를 듣고 말하는 새가 있고, 얼어붙은 빙하에서 불씨를 물고 날아온 새가 있다. 나는 이 둘이 만남으로써 어떤 세계를 이룩하는 곳에 내 문학을 세우고 싶었다. 이것이 독도의 가르침이라고, 그 가르침에 따르리라고 나는 마음에 새겼다.

알타이 샤먼은 하늘과, 새와 대화한다.

그렇다면 그가 시인이 아니고 무엇일 것인가. 하늘과 새란 우리에게 주어진 자연과 생명이며 모든 존재에 펼쳐진다. 나는 다시 독도를 바라본다. 비록 발을 디뎌보지는 못했을지라도, 나는 우리말을 하는 갈매기를 알게 되었다. 빙하의 끝에서 날아온 새는 독도의 갈매기와 마찬가지로 우리말로 내게 생명을 말한다. 내 귀는 그 말을 듣기 위해 언제나 열려 있을 수밖에 없다. 언제 어디서든, 그 말을 듣고 서로의 뜻을 나누어야 한다. 나는 시인인 것이다.

꽃의 말을 듣다

1

무인구(無人區)란 무슨 뜻일까. 그런 곳이 세상에 있다는 상상만으로도 내 흥미를 끌기에 충분했다. 더군다나 그곳은 단순히 사람이 살지 않는 구역이라는 뜻으로만 쓰이는 것이 아니었다. 티베트의 오지에 속하는 그곳은 날아가던 총알도 멈추게 되며 나침반이 방향을 가리키지도 못하는 곳이라고 했다. 정말 믿거나 말거나였다. 나는 순간 프레더릭 브라운이라는 소설가의 단편소설이 머리를 스쳤다.

마지막 원자전쟁 뒤, 지구는 죽었다. 아무것도 자라지 않고, 아무것도 살지 않았다. 마지막 사람이 방 안에 앉아 있었다. 그때 누가 방문을 두드렸다.

물론 이 단편소설은 무인구와는 아무런 관련이 없었다. 나는 이것이 소설 한 편의 전부인 '가장 짧은 소설'이라는 사실로서 알게 되었을 뿐이었다. 그런데 난데없이 무인구라는 말이 덧씌워지게 된 것이었다. 그리고 잊어버렸던 어느 날 새벽녘의 풍경이 되살아나기 시작했다. 하지만 그 풍경이 더욱 또렷해지자면 나는 몇몇 산기슭을 더 헤매지 않으면 안 된다는 생각이었다. 도대체 무인구란 어떤 곳일까.

그것은 얼마 전 산악인들의 모임에 갔다가 한 권의 책을 소개 받음으로써 내게 다가온 말이었다. 그 책은 국가금구(國家禁區) 지역으로 지도에서조차 지명을 찾을 수 없는 미지의 세계를 탐험한 책이라고 했다. 티베트, 무인구, 국가금구, 모두 생소하기 이를 데 없는 말이었다. 나는 귀를 기울였다.

"여러 차례 시도한 끝에 티베트 측으로부터 공동 탐험 제의를 받아 세계 최초로 무인구를 횡단하게 된 것이지요."

그 책은 저자가 무인구를 탐험한 기록을 사진으로 담아 펴낸 것이었다. 수억 년의 세월이 묻혀 있는 심오한 땅, 돌 하나도 태초 그대로의 것인 무인구를 느낌 그대로 카메라 필름에 담았다고 했다. 이 책을 통해 인간의 손이 전혀 닿지 않은 자연의 장엄함과 태고의 신비함을 느낄 수 있으며, 미지의 세계

를 탐험하는 탐험가의 열정과 정신에 감회되리라는 선전문이
곁들여져 있었다.

'수억 년의 세월이 묻혀 있는' 그 땅에서 내가 원자전쟁 뒤
의 죽은 지구를 본 것은 옳은 일이었을까. 나는 누구에겐가 지
구의 재앙을 쓴 글들이 숱하게 인류의 고전으로 남아 있다고
말했던 기억을 되살려보았다. 지금 우리가 살고 있는 시대야
말로 재앙의 시대라고 걱정될 때, 이 짧은 과학소설은 많은 생
각을 머금게 한다고도.

방문을 두드린 것은 누구였을까. 사람이 아닐지도 모른다.
아니, 마지막 그 사람 스스로인지도 모른다. 그러나 그가 어떤
존재든지 상관없이, 작가로서의 또 다른 모습이라고 나는 상
상한다. 그러므로 우리는 쓰지 않을 수 없다고, 방 안에 남아
있는 마지막 한 사람일망정 참다운 삶을 일깨우려면 쓰지 않
을 수 없다고, 그것이야말로 삶의 본령이라고 나는 깨달았던
것이다.

그러나 실상 위의 '가장 짧은 소설'은 우연히 내 눈에 띈 것
이었다. 내가 일찍이 '가장 짧은 소설'이라고 기억하고 있었던
작품은 다른 것이었다. 어디서 보았더라? 나는 이 책 저 책을
뒤적거려서 찾아내기에 이르렀다. 하마드 렐리호라는 소설가

가 쓴 〈독일군의 선물〉이었다.

전쟁이 끝났다. 그는 독일군에서 되찾은 고국으로 돌아
왔다. 불이 침침한 길을 그는 급히 걷고 있었다. 어떤 여
인이 술 취한 듯한 목소리로 말을 건넸다.

"어디 가시나요? 우리 집에 가는군요. 그렇죠?"

그는 웃었다.

"아니요. 난 내 색시를 찾아가고 있소."

그는 여인을 돌아보았다. 두 사람은 가로등 옆으로 왔
다. 그러자 여인이 갑자기 소리쳤다.

"앗."

그가 여인의 어깨를 잡아 불 밑으로 끌어당겼다.

그의 손가락이 여인의 살 속으로 파고들었다. 눈이 빛
났다.

"요안!"

그는 여인을 포옹했다.

과연 짧은 소설이었다. 대학생 때 이 소설을 읽은 나는 전쟁
의 비극을 간단명료하게 그린 사실에 놀랐었다. 나아가서 전

쟁의 비극을 넘어 사랑의 의미를 부각시키고 있는 점이 마음을 움직였다 할 것이었다. 그런데 그다음에 이보다 더 짧은 소설이라고 소개되어 있는 작품이 있었다. 이번에는 전쟁이라고 할지라도 더욱 근본적인 파국을 다루고 있었다. 그것은 국지적인 승패가 아니라 지구의 종말을 다루고 있었다. 무인구와 종말. 불과 네 개의 문장 어디에도 무인구를 말하는 부분은 없었지만, 나는 티베트의 황량한 풍토를 머리에 떠올렸다. 산악인들과의 모임에 참석한 여파 때문인지도 몰랐다. 몇 해 전에 티베트로 가서 고산병에 시달린 경험도 되살아났다. 나는 '새들만이 오갈 수 있는 금단의 나라 티베트'라는 책의 안내문을 들여다보았다.

티베트 무인구 대탐험 | ISBN 978-89-8222-353-2 | 타블로이드 변형
| 양장 | 164쪽 | 값100,000원

저자는 티베트의 라싸 대학을 방문했을 때 총장으로부터 신기하고 호기심에 찬 이야기를 들을 수 있었다고 했다. 창탕(羌塘)의 북부 고원에 사람이 살지 않는 무인 지역이 있다는 것이었다. 그곳은 현재 사람이 살 수 없음은 물론 미래에도 범접하

지 못할, 베일에 싸인 신기한 세계이며, 국가금구 지역으로 출입이 불가능한 곳이라는 것이었다.

"이 책에서 다루는 티베트의 '정복되지 않은 대지'는 마치 이 세상 풍경이 아닌 듯 아름답고 평화로운 티베트의 자연을 있는 그대로 전해줍니다. 일억 년 전 바다 밑이 솟아올라 수천 년 전 기억을 간직한 소금 호수, 형형색색의 고원 등이 끝없이 펼쳐집니다. 사람 흔적이 없는 무인구에서 뛰노는 야생 당나귀 떼, 야생 야크와 티베트 영양 치루 등 희귀동물의 모습은 '거대한 자연 동물원'으로 티베트의 대자연을 느끼기에 부족함이 없습니다."

사회자는 안내문을 충실히 소개하고 있었다.

티베트의 총면적은 122만 제곱킬로미터이며, 6개 행정 자치구로 구분되어 있다고 했다. 그중 나취(那曲) 지구 일부와 아리(阿里) 지구 일부가 창탕 고원으로 들어 있다. 창탕은 북방의 하늘이라는 뜻으로, 창탕 고원의 북쪽으로는 쿤룬(崑崙) 산맥과 커커시리(可可西里) 산맥, 동쪽으로는 녠칭탕구라(念靑唐古拉) 산맥과 헝뚜안(橫斷) 산맥, 서남쪽으로는 히말라야 산맥과 깡디스(崗底斯) 산맥으로 둘러싸여 있어 밖에서 안으로 들어갈 수 없는 폐쇄된 지역이다. 북부에 있는 쿤룬 산맥과 커커시리 산맥 밑으로 지세가 높고 생태 환경이 특수한 지역이 있는데, 이곳을 무인구라고 부른다. 무인구는 지도에서는 지명을 찾을 수 없다.

창탕 고원의 면적은 60만 제곱킬로미터이며 그중 20만 제곱킬로미터는 무인구 지역으로 평균 해발 고도는 5천 미터다. 일 년 중 팔 개월은 매우 추우며 특수한 자연 환경 덕분에 무인구의 신비스러운 면모를 간직하고 있다. 끝없이 펼쳐진 설원과 황막한 고원, 신비스러운 소금 호수와 민물 호수, 그리고 그곳에만 서식하는 야생동물과 조류, 고산식물, 이 모든 것들이 태초의 심오한 모습으로 펼쳐져 있다.

저자는 1962년 한국 최초 히말라야 진출, 1971년 최초의 8천 미터급 로체샤르 원정, 그리고 1977년 한국 에베레스트 초등에 성공하였다. '무인구'라는 말을 한국에 처음으로 소개한 탐험가로 세계 최초로 티베트 무인구 횡단에 성공한다. 무인구의 생태계 연구자료를 수집한 공로를 인정받아 티베트과학조직위원회로부터 '장북 고원 무인구를 세계 최초로 탐험한 과학자'임을 증명하는 인증을 받기도 하였다. 이렇게 약력을 살피면 알 만한 사람은 다 알겠기에 그의 실명은 생략해도 되리라 여겨진다. 어쨌든 나는 그가 산악회에 관여하고 산행 기록을 남긴 사실을 읽어나가다가 특히 티베트의 꽃에 대해 책을 쓴 부분에 눈길이 쏠렸다. 그리고 책의 어떤 페이지에 들꽃들이 와그르르 쏟아져 피어 있는 골짜기 사진.

내가 티베트를 여행하게 된 것은 루이(如意)가 고향으로 돌아가고 나서였다. 그녀는 한국에 와서 한국어를 공부하며 특이하게도 티베트 문화에 심취해 있었다. 대학의 경영이 어려워지자 중국에서 학생들을 모집해 와서 학생 수를 메꾸는 일이 흔해진 마당에 그녀도 그저 그런 여학생이려니 했던 나는 그녀를 눈여겨보았다. 그녀는 내게 한국어를 배우는 학생이라기보다 중국으로 틔어 있는 창구로서 더 중요한 역할이었다고 해야 할 것이다. 다 알다시피 티베트는 달라이 라마가 히말라야를 넘어 인도로 망명하고 정세가 어지러웠다. 루이는 자기할 일이 없음을 한탄하고 있었다. 몇 해 사이에 문을 연 티베트 찻집에 자원봉사자로 나가서 티베트 전통차나 소품들을 팔거나 가끔 광화문 거리에 나가 티베트 티셔츠를 팔며 소극적인 시위를 하는 정도였다. 하기야 그녀가 아니더라도 나는 티베트에 언젠가 한 번은 가보리라 했었다.

'별을 보고 꿈꾸지 않는 나―죽은 재의 빛.'

루이는 내게 한 줄의 글을 써 보이기도 했다. 중국에 돌아가서 한국어를 가르치며 사는 게 꿈이라는 말 끝이었다. 그리고 무슨 뜻인지 알겠느냐고 그녀는 자문인지 자답인지 말을 던졌다. 그녀가 말하는 '별'이 티베트에서 보는 별 자체를 뜻하는지 어떤 이상을 뜻하는지 나는 알 수 없었다. 그녀의 마음속에서 말이 별이 된다는 것일까. '꿈보다 해몽'이어서는 곤란했다. 아직 그녀와 나는 작은 느낌에도 맞장구를 칠 만큼 언어 소통이 자유롭지는 않다는 게 내 판단이었다. 그렇지만 내 마음은 나도 모르게 어느새 점점 티베트로 향하고 있었다.

그녀가 고향인 청두(成都)로 돌아간 그해 가을 서울에서 직항로가 연결되었고, 그에 따라 티베트로 가는 길도 쉽게 열렸다. 예전에는 네팔의 카트만두로 돌아가는 반대편 길이 겨우 열려 있는 형편이었다. 다녀온 사람의 말만 들어도 숨이 찼다. 게다가 청두는 티베트와 가까워서 그녀가 왜 티베트 문화에 심취했는지 알 것 같았다.

"청두에 오시기를 기다려요."

"언제 가게 되겠지."

"티베트로 가는 길이니까요."

그녀는 기다리겠다고 몇 번이나 말했다. 그곳은 예전에 유비가 세운 촉한의 도읍이라고도 했다. 촉한의 도읍이든 뭐든 티베트로의 길목이 내게는 관심거리였다. 나는 그녀가 남긴 청두의 주소를 챙겼지만, 막상 그곳에서 그녀를 찾는다는 것은 불가능했다. 워낙 빠듯한 일정 탓도 있었다. 하지만 그곳 어느 거리에 한국어를 말할 수 있는 그녀가 살고 있을 것이었다. 그러자 나는 비로소 '별을 보고 꿈꾸지 않는 나'를 떠나 '별을 보고 꿈꾸'는 나를 꿈꾸었다고 해도 좋다는 생각이 들었다. 한국에서 무슨 천문대에 찾아가 별을 관측하기는 했어도 그건 건성의 일일 뿐이었다. 티베트로 가는 길은 별을 향해 가는 길이었다.

별을 향해 가는 길에 길잡이가 있다면 티베트와 우리의 언어가 같은 범주에 든다는 사실이었다. 한글은 내게는 신화보다 더 큰 의미였다. 물론, 내가 한글을 만든 '과학적 원리'에 대해서 자세히 살펴본 바는 없었다. 고등학교 문법 선생님이 혀를 꼬부리며 알려주었어도 알려고 하지 않았다. 그러나 글을 쓰며 살아온 지 수십 년이 흐르는 동안 '아!' 하고 한글의 훌륭함, 위대함에 감탄을 거듭하지 않을 수 없었다. 한국에서 글을 쓰며 살아간다는 것은 한글의 위대함을 확인하는 길일 뿐이었다.

어떤 선생님이 '한글로 글을 쓰며 사는 행복'을 일생의 보람으로 꼽았듯이 나 역시 그랬다. 단순히 문인이 되어 글을 쓰며 사는 행복에서 한 걸음 더 나아가 한글로 글을 쓰며 산다는 것! 한글로 내 뜻을 헤아리며 내 넋을 노래할 수 있다는 것! 이 사실은 내가 나 자신에게 아무리 강조한다 한들 모자랄 뿐이었다. 한글만큼 쉽고 아름다운 글은 지구상 어디에도 없다는 믿음. '어 해서 다르고 아 해서 다른', 알뜰살뜰 마음을 달래고 녹이고 높일 수 있는 글이 어디에도 있을 수 없다는 믿음. 내게 '푸른, 푸르른, 파란, 새파란, 파르스름한, 퍼런, 시퍼런, 푸르뎅뎅한……' 저 하늘을 글로 나타낼 수 있게 해준 한글. 그러니 내 넋은 한글로써 노래하는 대상이 아니라 일찍이 한글로써 만들어진 그 자체임을 나는 깨닫곤 했다.

언젠가 인도네시아의 어느 부족이 그들의 말을 표기하는 데에 한글을 채용하기로 한 사실을 보도를 통해 알고 기쁜 마음이었다. 그 일을 위해 발 벗고 나선 학자들과 기업에도 감사하는 마음이 컸다. 그러다가 신문에서 또 하나의 기사를 읽기에 이르렀다.

남미 볼리비아의 원주민 아이마라(Aymara) 부족에게 본격적으로 한글을 보급하기 위한 프로젝트가 추진된다는 것이었다. 아이마라족은 210여만 명에 달해 2009년 한글을 공식 표기 문자로 정한 첫 사례인 인도네시아 원주민 찌아찌아족(6만 명)보다 34배나 많다. 볼리비아 인구의 55퍼센트(508만여 명)를 차지하는 36개 원주민 인디언 부족들은 고유문자가 없어 스페인어로 발음을 표기하지만 정확한 발음을 표기하는 데 어려움을 겪고 있다. 이번 한글 표기 사업 대상이 되는 아이마라족은 페루 남부와 티티카카 호수 주변 등에 거주하며, 께추어 부족(250여만 명)에 이어 둘째로 큰 부족이다. 현 대통령인 에보 모랄레스 대통령과 다비드 초케완카 외교부 장관도 이 부족 출신이다.

그리고 이르면 내년부터 현지 언어 전문가를 초청, 한글을 배우도록 하는 사업도 추진할 예정이다. 현지에 한국문화원을 설치하는 계획도 추진키로 했다. "볼리비아 정부가 원주민들에게 한글을 보급하는 사업에 호의적"이라며 "앞으로 문자가 없는 여러 남미 원주민들에게도 한글을 보급하는 게 목표"라고 말했다.

기사를 읽으며 나는 여간 기쁘지 않았다. 물론 그들이 한글의 표기법을 채택한다고 해서 한글로 뜻까지 펼 수 있게 되는 것은 아니다. 하지만 형식이 내용을 만들어낸다는 말도 있는 것이다. 그러면서 한편으로 우리의 친척 몽골에서 러시아 문자가 사용되고 있음을 알았을 때의 씁쓸함이 살아나기도 했다.

루이가 한글 교실에 처음 왔을 무렵 우리는 광화문광장에 세워진 세종대왕 동상에도 갔었다. 많은 사람들이 모여 설명도 듣고 사진도 찍고 있었다. 그 며칠 전 몇몇이서 그곳을 걸어가다가 누군가가 '우리나라의 발전의 원동력은 세종대왕, 즉 한글'이라고 명쾌하게 진단하는 말을 들은 기억이 새로웠다. 그는 글과는 거리가 있는 사람이어서 나는 놀랐다. 그런데 그는 내 뜻을 그의 말로 나타내고 있었다. 나는 루이에게 그 사실을 자랑스럽게 들려주었다. 그리고 내친김에 세종대왕의 흔적을 찾아 발길을 옮겼다.

"세종대왕이 태어난 곳이 있어. 한글을 만드신……"

"정말요?"

나도 그런 곳이 있는 줄은 몰랐었다. 서울의 서촌이라는 이름이 왠지 마음에 들었는데, 이곳에 사는 사람들이 세종마을이라고 부르자고 결정한 지 그리 오래되지 않아서였다. 세종대왕이 태어난 동네. 우연히 그 동네 한 귀퉁이에 작업실을 마련한 나로서는 줄곧 관심을 기울이고 기회가 있을 때마다 의

견을 내보이곤 했다. 그러나 아직 세종마을은 그리 친숙한 이름은 아니었다. 나 역시 서촌을 마음에 두고 있기도 했다. 서촌에 대해 반대하는 사람들은, 서쪽이 기울어가는 저녁녘을 일컫는 데다가 예로부터 서촌이라고 부르지 않았다는 근거까지 들고 있었다. 이미 북촌은 여전히 북촌으로 굳어져 있는데 그 이웃의 서촌은 왜 그렇게 되면 안 되는가.

그들은 말했다. 서촌과 북촌을 같은 선상에서 놓고 볼 수 없다고. 왜냐하면 북촌은 예로부터 그렇게 불러온 뿌리를 가지고 있는 반면 서촌은 얼마 전에 새로 갖다 붙인 이름에 불과하다는 것이었다. 그렇다면 왜 세종마을인가. 어디선가 밝힌 대로, 세종마을이라면 더 이상 비교할 대상이 없는 이름이기는 했다. 우리 역사상 세종대왕을 따를 인물은 없었다. 글을 써서 살아가는 나로서는 한글에 대해 아무리 자랑해도 모자라다는 사실을 늘 말해왔다. 한글이야말로 우리의 뜻, 마음 그 자체라고.

처음에는 세종대왕의 동상에만 가보려고 했었다. 그러다가 언젠가 마을길인 자하문로를 걷다가 발견한 표지석에서 본 내용이 새롭게 되살아난 것이었다. 세종대왕이 탄생한 마을. 그녀에게 꼭 보여줘야겠다는 생각이 들었다. 마을 이름을 서촌에서 세종마을로 부르자는 결정적인 단서가 틀림없는 그 표

지석을 루이에게 보여줄 겸 나 자신 다시 한 번 확인하지 않을
수 없었다. 나는 그녀를 이끌고 지하철 경복궁역을 지났다. 막
상 쉽게 눈에 띄지가 않았다.

"여기 어딘가…… 있었는데……"

나는 혹시나 하여 얼버무렸다. 잘못 기억하고 있는지도 몰
랐다. 만약의 경우 발뺌할 일이 생길지도 몰랐다. 아니, 그녀로
하여금 직접 발견하도록 하고 싶기도 했다. 나는 길가를 두리
번거렸다.

"아, 여기요, 여기."

그때 그녀가 발걸음을 멈추었다. 그녀가 가리키는 곳에 아
닌 게 아니라 '세종대왕 나신 곳'이라고 쓴 표지석이 나지막하
게 붙박여 있었다.

"음, 그래 맞어. 서울 북촌 준수방(이 근처)에서 겨레의 성군
이신 세종대왕이 태조 6년(1397) 태종의 셋째 아드님으로 태
어나셨다……"

나는 괄호 속의 글자까지 소리 내어 읽었다. 그렇다면 이곳
을 세종마을로 부르자는 사람들의 주장도 설득력이 충분하다
고 새삼 깨달았다. 다만 '이 근처'라고 하는 '준수방'이 무엇인
지는 알 길이 없었다. 경복궁의 서쪽에서 인왕산 사이에 자리

잡은 이 마을은 본래 높은 지위의 사람들이 살던 곳은 아니라고 했다. 이른바 중인들이 터전을 닦고 나름대로의 문화를 이룩한 곳이었다. 그런 가운데 화가 겸재 정선이나 서예가 추사 김정희 같은 우뚝한 예술인들이 나왔고, 근래에는 문학인 이상도 나왔다. 한때 시인 윤동주가 살았었다고 얼마 전 자하문 고개에 '윤동주 시인의 언덕'을 조성하고 시비도 세웠다.

하여튼 나로서는 모두가 고마운 일이었다. 세종대왕이 태어난 곳이라는 표지석을 다시 확인한 것이었다.

"자, 악수해야지."

나는 손을 내밀었다. 우리는 그렇게 손을 맞잡고 표지석 앞에 서 있었다. 지나놓고 보니 이 순간 또한 한 장의 사진이 필요한 장면이었다.

한국어를 배우며 티베트를 바라보는 루이가 KBS 다큐멘터리 〈차마고도(茶馬古道)〉를 좋아한 것은 결코 우연이 아니었다. 중국인이라 해도 티베트의 혹독한 환경과 특이한 생활이 어떠한지는 채 상상하지 못했노라고 했다. 특히 오지 마을에서 소금을 채취하여 차나 생필품으로 바꾸기 위해 머나먼 마을로 향하는 그들에게서 삶을 배운다는 자세였다. 주로 차와 말을 바꾸곤 하던 옛날에는 차와 말이라는 뜻의 '차마'고도가 맞

왔겠지만, 이제는 차와 소금이라는 뜻의 '차염(茶鹽)'고도라고
도 이름 붙이는 게 좋겠다고도 말했다. 나 역시 같은 생각이었
다. 생명을 이어가기 위한 필수품인 차와 소금을 바꾸는 무역
에 말은 동원되는 수단일 뿐이었다.

"오체투지, 알아요?"

그녀는 내게 물었다. 다큐멘터리에 나오는 오체투지는 내가
알던 정도의 것이 아니었다. 그들은 몇백 리, 몇천 리를 '삼보
일배'로 땅에 온몸을 던지며 순례를 하고 있었다. 도무지 알 길
없는 순례의 길이었다.

"몰라."

나는 모른다고밖에 대답할 수 없었다. 일생에 한 번은 라싸
를 다녀와야 한다고 차마고도를 가는 사람들이 오체투지 고행
을 하고 있었다. 말들이라고 해서 다르다고 할 수는 없었다. 우
리 모두는 실상 형태가 다르다 하더라도 오체투지의 고행을
하고 있지 않은가. 그녀와 함께 그 다큐멘터리를 보는 동안은
우리도 오체투지의 순례객들이었다. 그리고 그녀는 혼자서 더
머나먼 순례를 떠나듯 중국으로 돌아간 것이었다. 그녀가 가
고 난 다음 그녀의 한국어 공부 또한 다른 종류의 오체투지 순
례라는 생각을 지울 수 없었다.

그 얼마 뒤 루이가 떠난 직후 서촌을 둘러보던 나는 그곳에 '이상의 집'에도 들르게 되었다. 그녀에게 그곳까지 소개하지 못한 것이 아쉬웠다. 그러나 그녀에게 이상 시인은 너무 어려워서 무리였을 거라는 생각도 짙었다.

2

어디에선가도 말했듯이 내게는 '아바나의 방파제'라고 이름 붙일 만한 그림 한 점이 있다. 아바나란 물론 쿠바의 수도를 일컫는데, 그곳 바닷가의 방파제는 관광객들이 둘러보는 코스로도 이름나 있다. 실상 그렇게 내가 부른다 해도 그건 어디까지나 내 나름의 제목일 뿐, 화가가 직접 뭐라고 붙였는지는 나로서는 알 수가 없다. 어느 해 여름, 그곳으로 여행을 갔다가 장터에 벌여놓은 난전에서 부랴부랴 산 그림. 나는 다시금 'DANLO 92'라는 화가의 사인을 확인한다. 뭐 특별히 살 만한 게 없나 살펴보다가 조악한 쇠촛대 하나를 흥정한 다음 문득 눈에 띄어 집어든 3호 정도 크기의 작은 그림. 이게 아마 10달러였지.

나는 등장인물들의 통통한 몸매를 들여다본다. 강아지도, 성모상(聖母象)도, 아기 예수도, 예배자들도 여전히 통통. 바다는 청람색. 오른쪽의 등대. 변한 것이 있을 리 없다. 그러나 늘 보던 평화로운 풍경에 왠지 긴장감이 서려 있다고 나는 느낀다.

쿠바에서 돌아와 〈부에나 비스타 소셜 클럽〉의 음악가들을 영화로 보며 들은 음악이 다시 살아나는 듯하다. 아바나의 낡고 후미진 길목. 헤밍웨이의 발소리는 어디에 묻혀 있을까. 그도 방파제에 올라 저 풍경을 보았으리라.

저 그림의 어디에 긴장감이 깃들어 있을까. 나는 '삶이란……' 하고 후렴구를 또 한 번 외면서, 내가 갔던 길의 가장 끝에서 만난 섬을 기억한다.

작업실 벽에 그림 액자를 걸다가 뒤에 붙여놓은 인쇄물을 읽었다. 이런 걸 다 썼었군. 몇 해 전에 '소셜 클럽'이라는 안내판에 '소셜'을 'social'이라고 해석해놓은 카페가 있어서 한두 번 드나든 일이 떠올랐다. 그 뒤로 이 서촌에 작업실을 마련하고 싶은 마음이 마침내 이루어진 것이다. 더군다나 지하층에 미술 전시장이 들어서서 뭔가 어울리는 구조라는 생각이 들었다. 'PROJECT SPACE 사루비아다방'이 그것이었다. 이 전시장에서 열리는 전시 제목이 '번역 안내소'나 '세미콜론이 본 세계의 단위들'이라는 데서부터 보통의 화랑과는 차이가 있음을 나타내고 있었다. '프로젝트 스페이스'는 무엇이며 게다가 '세미콜론이 본 세계의 단위들'이라니, 심상치가 않았다. 사루비아다방은 그러니까 한마디로 다방하고는 거리가 멀었다. 오래전에 인사동에 들어설 때는 착실한 다방이었다고 하지만 점차 장사가 되지 않던 차에 그만 미술 전시장으로 탈바꿈해서 이곳으로 옮겨 왔다는 것이었다. 그래도 이름은 여전히 '사루비아다방'이었다. '사루비아'란 본래는 깨꽃이라고도 하는 샐비어의 잘못된 표기였겠다. 다방은 실험미술의 전시장으로 정평이 나 있었다.

"얘, 여기 다방이 있구나. 사루비아."

"옛날 동네니."

"사루비아 피는 학교 꽃길. 생각나."

손가락질을 하며 지나가는 젊은 여자들도 있었다. '옛날 동네'는 맞았다. 오래된 예전부터의 모습 그대로 개발을 모르고 뒤처져 있던 마을이었다. 경복궁을 놓고 건너편이 북촌이라는 이름으로 사람들 입에 오르내리자 서촌이라는 이름으로 알려지며 기지개를 켜고 있었다. 최근에는 서촌이 근거가 없다고 다시 이름을 지어야 한다며 세종마을을 내세우는 사람들도 신문 기사에서 보았다. 그러나 내게는 무엇보다도 문인 이상이 살았던 동네라는 사실이 큰 의미로 다가왔다.

이상의 '막다른 골목'은 어디일까.

어느 날, 지하철 경복궁역 4번 출구로 나서서 청와대 쪽으로 고즈넉한 길을 걷다가 '보안여관'이라는 얄궂은 이름의 낡은 간판을 보았다. 옛날 여관은 이런 몰골이었지, 하며 과거의 나로 돌아가 기웃거리는 순간 입구의 작은 안내판이 눈에 들어온다. 깨알 같은 글자 가운데 '서정주 등이 《시인부락》을 만든 곳'이라는 구절을 읽는다. 아, 그랬었구나. 여관 건물은 옛 모습을 그대로 간직한 채 지금 미술 전시관으로 사용되고 있다. 그리고 신문 기사에서 다음과 같은 구절도 검색한다.

일제강점기인 1936년 서울 종로 통의동에 스물두 살의 청년 서정주가 나타났다. 경복궁 근처 허름한 여관에 짐을 푼 서정주는 김동리, 오장환, 김달진 등 동년배의 시인들과 문학동인지 《시인부락》을 만들었다. 통의(通義: 의가 통하다)라는 동네 이름 때문이었을까. 뜻을 같이한

이들의 작업을 오늘날의 학자들은 한국 현대문학의 본격적인 등장이라고 평가한다. 이들이 머리를 맞대고 젊음의 꿈과 희망, 현실에 대한 불만을 토론하던 곳. 1930년대 문을 연 통의동 2-1번지 보안여관은 처음 등장부터 일반 여관과는 달랐다.

청와대와 경복궁, 광화문, 영추문, 통인시장, 북악산, 인왕산으로 둘러싸인 통의동은 독특한 공간이다. 멀리 조선시대에는 겸재 정선과 추사 김정희가 태어나 수많은 얘기를 남겼고 시인 이상은 〈오감도〉에서 통의동을 '막다른 골목'이라고 표현했다. 《서울신문》박건형 기자)

이상이 살았던 집은 길 건너 통인동이라고 했다. 하기야 말했다시피 엎어지면 코 닿을 거리라고 표현해도 되는, 같은 동네. 올망졸망한 동네들의 서촌은 온통 골목길이 미로처럼 얽혀 있다. 그 '막다른 골목'들마다 이상의, 혹은 이상의 아해들의 그림자가 어려 있는 곳.

2010년은 그의 탄생 백 주년이 되는 해. 언제나 현실이 아닌 환상 속 인물로 여겨지던 그였다. 그는 건축을 공부했고, 시와 소설을 썼으며, 또 그림도 그렸다. 예전의 그가 관념 속의 이상이었다면 나는 비로소 그의 존재를 현실 속에 구체적으로 받아들이고 있었다. 게다가 최근에 그의 난해한 시들을 새로운 독법으로 일목요연하게 정리한 권영민 교수의 《이상 전집》도 큰 도움이 되었다. 친구인 구본웅 화가가 선물한 오얏나무(李) 화구상자(箱)에서 본명 김해경 대신 필명 이상을 쓰게 되었다든가, '且八'은 '具'의 파자라든가, 지하실에서 씹고 있는 '콘크리트'는 빵의 비유라든가 하는 해석은 쉽고 유효했다. 아울러 가수 겸 화가인 조영남이 그를 '최초 최후의 다다이스트'로 추앙하여 벼르다가 쓴 책 《이상은 이상(異狀) 이상(以上)이다》의 진정성도 살갑게 다가왔다.

그러나 어쨌든 모든 설정을 떠나서 그는 언제나 '막다른 골목'의 수수께끼 같은 모습일 뿐. 암호와 상징의 문학이요, 삶이다. 아니, 언어도단의 문학이 신기루처럼 저기에 있다. 그러니까 그 자체를 실상으로 받아들이지 않으면 안 된다. 백 년이 된 사람이 지금의 우리보다 더 현대적으로 읽히기도 하는 마술이다. 그가 앓은 폐결핵이 〈동백꽃〉의 김유정이 앓는 폐결핵과는 다른 '거동 수상'의 치명(致命)을 말하고 있는 것도 같은 맥락이다.

숨 막히는 현실에서 그의 '날개'란 한낱 남루의 이름에 지나지 않았는가. 그의 영혼의 방황에 그저 가슴이 막막할 뿐이다. 하지만 지금도 우리는 누구나 스스로에게 '날자꾸나'를 외치며 발버둥 칠 수밖에 없는 존재라 할 때, 그 역시 시간을 뛰어넘어 현존재로 어느 골목엔가 살아 있다. 그래서 서촌의 미로를 헤매면 여기저기 자리 잡은 카페마다 그가 경영했던 제비, 무기(麥), 69 등의 카페 이름이 떠오르며, 봉두난발의 그가 담배를 피워 물고 최후의 신음처럼 '날자꾸나!'를 내뱉는 소리가 들리는 듯하다.

뒤늦게 일본으로 간 그는 '거동 수상자'로 경찰에 붙잡혀 조사를 받고 병약한 몸을 이승에서 거두고 만다. 이십칠 세의 젊은, 어린 나이였다. '반도인'으로서 하는 일도 없는 폐결핵 환자인 만큼 거동이 수상하기야 했겠지만, '날개'를 달고자 한 그의 의지가 더욱 그렇게 보였으리라.

그의 탄생 백 주년을 맞이하여 민정기, 서용선, 오원배, 황주리, 김선두, 이인, 최석운, 한생곤, 이이남 등 화가들이 그의 모습을 담은 작업을 선보였다. 이상 자신이 화가였으니, 화가들의 작업은 이제까지와는 남다른 면모를 보여줄 것이라는 기대와 함께. 그러나 어떤 화가라 할지라도 그를 그리는 건 아예 불가능할지 모른다. 그의 예술 자체가 불가능의 비상(飛翔)을 뜻하기 때문이다. 그렇다면 그의 '날자꾸나'를 화폭에 담아낼 불가능의 미학 또한 우리의 몫이 아닐까.

교보문고가 주최한 '이상 탄생 백 주년 기념'행사에 여러 화가들과 함께 참여하게 된 나는 지난해부터 이상의 〈오감도〉를 생각하고 있었다. 이상, 할 때 〈오감도〉는 뭐 그리 특별한 생각도 아닐 것이다. 그러나 정확하게 말하면, 그의 시에 나오는 '육면체'가 늘 머리를 떠나지 않았다고 해야 한다. 나는 오래전부터 그가 노리고 있는 포인트는 무슨 까마귀 종류나 골목보다도 이 '육면체'의 정체에 있다는 생각이 짙었다. 이 '육면체'란 무엇인가. 그것은 '정육면체'로서 '순수'라고 그는 시 구절에서 알기 쉽게 암시하지 않았던가. 그는 건축학도이므로 구(球)보다는 '면체(面體)'에 더 집착할 수밖에 없었고, 다라서 그의 지향점이라고 나는 받아들였다.

나는 그림을 그렸다. 이상의 친구인 화가 구본웅이 그린 '초상'을 본뜨고 물론 까마귀 비슷한 새도 그렸다. 거기에 나는 정육면체를 놓았던 것이다. 그림은 직접 볼 수 있는 것이겠기에 이만 설명하겠지만, 그럼 그림을 그린 텍스트는 구체적으로 어떤 작품이란 말인가. 〈오감도〉이긴 한데 어느 한 작품으로 한정시키고 싶지 않은, 한정시키지 못하는 내 의지가 있었다. 그리하여 다음과 같은 시가 그림에 붙게 되었다.

오감도—시 제64호

오(烏)는 새가 아닌 새가 되므로 백안(白眼)이 정육면체로 움직인다. 질주의 자유는 곰방대의 토혈을 통해 언오(焉烏)씨의 나무(南無)를 가능한 세계의 통의(通義) 막다른 골목에서 창성케 한다. PUBLIC의 유리막은 여자들을 가둔 박하 잎을 먹고 새를 들여보내 염탐하려 하건만, 그만 건축무한정육면체가 착시를 유발하여 상(箱)을 모으고 그 속에 들어 있는 추억을 고정한다. 새가 보는 상(箱)들은 어느 것이 거울 속의 것인지 날개를 달아 두렵지 않다고 한다.

그림과 시는 광화문 교보문고 매장의 전시 장소와 부남미술관과 선유도 전시장에 내걸렸고, 도록에도 실렸다. 그런데 문제는 이상의 〈오감도〉는 '시 제30호'까지밖에 없는데 웬 '시 제64호'냐는 데 있다. 그럼에도 아무도 주목하지 않고, 의문을 제기하지 않아서 나는 섭섭했고 씁쓸했다. 한마디로 말해 이 시는 이상이 쓴 시가 아니다. 즉설주왈건대 이상을 참칭한 나의 즉흥시였던 것이다. 과연 그래도 되는지 힐문이 있을 수 있다. 속았다고 화를 내는 사람이 있을 수도 있겠다. 그러나 어쨌든 나는 이렇게 이상을 그리고 쓸 수밖에 없었다. 그럼에도 불구하고 아무것도 속 시원히 나타낼 수 없었고 되레 '무한'에 어떻게 접근해야 하느냐는 과제만 영구 미제로 부각되었을 뿐이다. 참고로 밝히자면 'PUBLIC'은 내 작업실과 붙어 있는 카페의 이름이었다. '뉴욕풍'으로 꾸민다고 했지만 뉴욕 풍을 알 수 없는 나로선 감을 잡지 못할 인테리어였다. 어쨌든 이 카페에서 요즘 젊은 음악을 가끔 접하는데, 대표적으로 '크라잉 넛'이라는 밴드의 이름을 안 것도 그런 계기에서였다.

우리 문학의 골목에서 '날자, 날아보자꾸나!'를 외치는 사람에게 어느 날 '정육면체'의 비밀이 저절로 풀릴 것은 물론, 그 자신도 막다른 골목에서 환히 벗어나리라는 희망을 품어본다. 이상은 언제나 희망과 절망의 양면 얼굴로 저기에 담배를 피워 물고 있구나.

이상 탄생 백 주년 기념행사 무렵 일본에 간 것은 단순히 바람 좀 쐬고 오자는 뜻이었다. 신주쿠의 호텔에 숙소를 정하고 이곳저곳 기웃거리는 게 일이었다. 뒷골목의 작은 라면집이나 이자카야, 기념품점을 돌다가 길거리 테이블에서 커피도 마시며 두리번거렸다. 모리미술관에서 현대미술을 보기도 했다. 티베트 승려들의 모습을 담은 필름도 돌아가고 있었다. 그런 어느 순간 나는 이상을 기억해냈다. 그 언저리가 이상이 헤매던 곳이었다. '거동 수상자'라는 누명이 나를 붙들고 놓아주지 않았다. 이른바 '봉두난발'에 담배를 꼬나문 핼쑥한 폐병쟁이는 가만히 서 있기만 해도 거동 수상자임에 틀림없었다. 도쿄에 가면 모리 오가이의 '다카세부네(高瀬舟)'가 오르내리던 에도 강변에 서고 싶었던 마음이 이상의 담배 연기에 휘감겨 바뀐 것이었다. 그러나 스물일곱에 죽은 젊은이의 흔적이 남아 있다면 그는 정말 거동 수상자가 아니었겠는가. 그러나 나는 이미 한국의 신세계백화점에서 그를 보고 오지 않았던가. 〈날개〉의 주인공이 '날아보자꾸나!'를 외치는 장면은 지금의 신세계백화점 옥상이 무대였다. 그 연장선상에서 얼마 전에 신세계백화점의 리모델링 가림막에 여기저기 줄줄이 벽면을 타고 내리는 우산 쓴 남자 그림을 본 나는, 수많은 이상이 날개를 달고 하늘에서 내려오는 장면이라고 받아들였다. 가림막 작가가

르네 마그리트의 초현실주의 그림을 가져다 썼든 말든 상관없는 일이었다. 이상은 그렇게 날개를 달고 날아 지금 나타나고 있었다.

일본에서 돌아오자마자 나는 작업실 얻기를 서둘렀다. 이상이 줄기차게 나를 따라다니고 있는 셈이었다. 이상의 옛집도 내셔널트러스트 같은 곳에서 사들인다는 보도도 나왔다. 드디어 〈아바나의 방파제〉를 벽에 걺으로써 작업실은 완성되었다. 그러나 작업실에서 '작업'은 어떡하고 어제도 오늘도 서촌 길을 어슬렁거리는 게 일이었다. 작업실에서 무엇을 '작업'하느냐는 뒷전이었다. 이상의 망령 때문이라고 한다면 좀 견강부회의 구실이 될지도 모른다. 그러나 아니라고 해도 마땅치가 않았다. 우선 사루비아다방에 들르는 일은 기본이었다. 하지만 나의 직접적인 작업이란 무엇이란 말인가. 나는 늘 내 공간을 찾아왔기에, 오로지 내 공간 만들기가 목적인 것처럼 여겨졌다. 공간 만들기 자체가 목적이었던 인생이라고 해도 할 말이 없었다. 어찌보면 그 공간에서 멍청히 머물 자유를 갈망했던 것처럼도 보인다. 그뿐인가? 나는 스스로 묻곤 했다. 아무것도 이렇다 하고 높이 치켜들 게 없었다. 그냥 무심코 앉아 있다가 지금 내가 무슨 생각을 하지? 하는 게 생각인 때도 많았다. 이게 인생이란 말인가? 하는 생각도 따르긴 했다. 억지로 갖다 붙이자면 '세미콜론이 본 세계의 단위들'이 작가 나름대로의 무슨 행위였다 하더라도 나는 또 나름대로 짤막한 시 한 편을 얻기도 했다.

　길은 온갖 부호들로 가득 차 있다
　나는 부호들을 찾아간다
　모스부호밖에 모르는
　아니 모스부호라는 명칭밖에 모르는
　나는 문법에 쓰이는 . , ! ? 들을 찾아간다

그러니 이 시라는 것도 부호 같기만 했다. 암담하기는 마찬가지였다. 그래서 생각 끝에 여기 어느 골목 모퉁이에서 '아바나의 방파제'로 나가는 길목 같은 느낌을 받을 수 있다면, 하는 생각에 이르렀고, 그것을 과제처럼 여기자는 목표 아닌 목표를 세우기에 이르렀다. 작업실 벽에 〈아바나의 방파제〉를 걸어놓은 게 화근인 모양이었다. 난데없는, 어이없는 목표였다.

　나는 〈아바나의 방파제〉를 바라보며 그곳으로 나를 데려다

놓는다. '모던 보이' 이상보다야 덜 '모던'하겠지만 담배를 꼬나문 골초라는 점에서는 그를 못 따를 바 없었다. 게다가 나는 파이프도 몇 개 가지고 있으며, 그중에는 호박(琥珀) 파이프도 있었다. 나는 담배를 피워 물고 아바나의 거리를 걸어간다. 몇몇 해 전인가, 그 거리를 걸어서 시장을 구경하다가 구입한 기념품 중에서 소중하게 건진 게 〈아바나의 방파제〉였다. 그 밖에 어부들이 그물질을 하는 '이발소 그림'도 있었고 조악한 쇠촛대도 있었다. 도무지 살 게 없어서 호텔 전시장에서 산 도자기 몇 개는 그래도 놓고 볼 만했다. 새와 새알 그림에 'CUBA MANUEL' 사인.

멕시코의 휴양지 칸쿤으로 가서 쿠바로 간다는 말에 서울의 일정을 어기며 따라 나선 여행이었다. 언젠가 지구의 끝까지 가보고 싶다는 젊은 날의 욕망은, 그런 다음에는 뭔가 새로운 발자국을 뗄 수 있으리라는 기대 때문이었을 것이다. 끝까지 가서 다시 내딛고 싶었던 세계는 어디였을까. 그렇다고 북극 남극이나 에베레스트 꼭대기 같은 끝은 내게는 해당되지 않았다. 나는 인간이 스쳐간 흔적의 끝을 찾고 싶었다. 그 흔적의 희미한 그림자를, 그림자조차 사라진 뒤안길 어디를 초점 없는 눈동자로 더듬어볼 수 있다면 최상이었다. 흐린 눈동자에 얼핏 스쳐 보이는 어떤 잔상에서 내 뒷모습을 볼 수도 있지 않을까. 나는 사라짐을 그런 식으로 보고자 했던 듯싶었다. 번듯하고 수려한 풍경보다는 가령 인도 북부 고대 잔스카르 왕국의 유적처럼 스산한 회백색 흙벽돌의 풍경 속에 나를 데려가고 싶었다. 그래서, 물을 스페인어로 '아구아'라고 한다는 걸 배운 칸쿤에서 휴양은커녕 데킬라 술에 젖어 흐물거리다가 '아구아, 아구아' 하면서 쿠바로 간 것이었다.

카리브 해의 대표적인 섬나라라고 해서 쿠바가 특별히 물과 관련이 깊은 것은 아니었다. 다만 그곳은 내게 혁명과 공산주의와 카스트로와 시가로 알려졌었다. 그러니까 공산 혁명과 담배였다. 그러나 공산 혁명이든 시가든 내게는 그리 친근한 것들은 아니었다. 그곳에는 내가 바라는 풍경이 없었다. 카스트로가 이끈 열몇 명의 혁명 동지들이 바티스타 왕정을 결국 무너뜨린다는 이야기도 여러 혁명 이야기들 가운데 진부한 내용일 뿐이었다. 그리고 왜 기사가 그렇게 유명한지는 내내 모르는 채였다. 그곳 헤밍웨이의 집도 여행 스케줄에 나와 있었으나 실상 특별히 호기심을 끄는 장소는 아니었다. 차라리 어디론가 달려가던 차창 밖에 덩그러니 서 있던 마피아 두목 알 카포네의 별장이 더 흥미로웠다. 그러려니 했는데 헤밍웨이는 여러 곳에 진을 치고 있었다. 그가 자주 갔다는 카페도 있었고, 소설《노인과 바다》의 무대가 된 바닷가 마을도 있었다. 배를 타고 낚시를 나가곤 하던 마을이었다. 아바나 뒷골목 카페에서 그가 즐겨 마셨다던 칵테일을 마시며 낚시에 걸려 올라온 청새치인지 하는 큰 물고기를 머리에 떠올려보았다. 그 연상조차 여행객의 스케줄처럼 여겨졌다. 그러나 그의 집 벽을 가득 채울 듯 걸려 있는 큰 사슴의 박제 머리들에 나는 놀랄 수밖에 없었다. 그는 너무나 많은 큰 사슴들을 쏜 사냥꾼이었다. 자랑스럽게 걸어놓은 엽총들과 머리통들은 거대한 기념탑 군(群)처럼 나를 압도했다. 나는 밖으로 나와 숨을 몰아쉬었다. 휴우. 사냥한 사슴의 목을 베는 그의 모습이 어디선가 나를 보고 있는 듯했다. 사내라면, 거기에 작가라면 사슴 목쯤이야. 닭모가지 하나 제대로 비틀지 못하는 주제에. 휴우. 예전에 읽은 짤막한 소설〈떠오르는 아침해에 무릎을 꿇고〉에서처럼 스페인 내란의 패잔병이 되어 경건하게 기도하던 게 과연 그였을까. 그러자 한 마리의 청새치는 수많은 청새치가 되어 목이 잘려 냉동 창고로 들어가고 그의 고독한 투쟁은 어부의 고기잡이가 되어갔다. 나는 한 작가의 고투를 폄하하지는 말자고 하면 할수록 큰 사슴 머리통들에 내 머리가 휘둘렸다. 그런 점에서 나는 카스트로를 이해하기 어려웠다.

마침 그곳에서는 '세계청년축전'이 열리고 있었다. 그 지난
해 북한에서 공산주의 나라 청년들을 모아 주도한 대회라고
알려져 있었다. 평양 대회에 임수경이 참가하여 떠들썩했던
첫 번째에 이어 두 번째가 쿠바에서 열리는 모양이었다. 어두
운 저녁, 공항에 내려 시내로 들어갈 때, 붉은 주먹을 불끈 쥔
팔뚝 그림에 '세계청년축전'의 한글 포스터가 눈에 띄어서 안
사실이었다. 어, 저런 게. 내용이 뭐든 뜻밖에 보게 된 한글 포
스터였다. 나는 몇 번이나 뒤돌아보며 한글을 확인했다.

"북쪽 사람들이 많이 와 있을 거요. 조심해야 해요."

누군가 소곤거렸다.

"쉿. 조심, 조심."

그곳은 북한 동맹국 쿠바였다. 나는, 우리는 식당에서도 잔
뜩 움츠리고 자리 잡았다. 잘못하다간 납치를 당할지도 모른
다는 두려운 분위기였다. 악단이 계속 생음악을 연주하고 있
었으나 고등학교 때 교과서에 실려 있던 그 노래 〈배를 타고
아바나를 떠날 때〉는 울려퍼지지 않았다. 왕정이나 제국주의
에 의한 회고조의 노래로 찍혀 있는 것일까. 그런 분위기에 북
한 사람들이 노리고 있어서 망고스틴 하나 맛보기 힘들단 말

인가. 하기야 그쪽 사람들과 우연히 무슨 이야기를 나누고 나서 '접선'이라고 곤욕을 치른 사람들을 나는 알고 있었다. 내용보다 '접선'이 앞섰다. 더군다나 그곳 카리브의 외딴섬에서는 북한이 이끄는 '세계청년축전'이 열리고 있지 않은가.

거리 시장에서 그림과 촛대를 산 다음 바닷가 성곽에 올랐다가 간 곳이 방파제였다. 흔히 방파제는 바다 가운데로 돌출하여 안쪽 항구를 보호하는 역할을 하는데, 그곳은 아니었다. 방파제 안쪽은 시가지의 도로였다. 그러니까 도로와 나란히 붙어 있는 방파제는 바깥쪽 파도로부터 시가지를 보호하고 있었다. 그림에 산책을 나온 사람들이 그려져 있는 것은 그래서였다. 그림대로 통통한 개를 끌고 나온 사람이라도 있으려나 했으나 방파제에는 아무도 없었다. 다만 파도는 생각보다 높았다. 카리브의 침입자들이나 해적들을 막아내려는 성곽의 일부인 듯한 시멘트 방파제는 우람하고 견고해 보였다. 나는 어디서나 물의 끝인 방파제를 좋아했다. 거기에 가서야 나는 나와 대화를 나눌 수 있을 것 같았다. 자기와 대화한다는 건 자기를 들여다본다는 의미였다. 물의 끝이 바다의 끝과 만나는 경계에 내가 있었다. 아바나의 방파제는 그 의미를 강조해주는 듯싶었다.

그런 다음의 일정은 나중 기억으로는 뒤죽박죽 섞여 있었다. 중심가의 넓은 광장이 독립광장으로 불렸는지 혁명광장으로 불렸는지 호세 마르티 광장으로 불렸는지도 아리송했다. 다만 독립 영웅 호세 마르티의 동상을 마주 보며 광장을 향한 빌딩 한 면에 가득 그려져 있는 체 게바라의 초상은 눈에 익었다. 수염을 기르고 베레모를 쓴 검정 초상. 기념품점에서도 가장 흔한 얼굴, 일본 아사쿠사의 센소지(淺草寺) 앞에서 산 라이터에도 찍혀 있던 얼굴. 끝까지 가정적이었던 그가 출세를 내팽개치고 혁명을 외치며 볼리비아의 밀림에서 죽어간 이야기가 그 얼굴에 겹쳐졌다. 한국을 떠나오기 며칠 전에 어느 잡지에서 그의 시를 읽었다. 그는 시인이었다. 쿠바를 떠날 때, /누가 나에게 말했다./'당신은 씨를 뿌리고도/열매를 따먹을 줄 모르는/바보 같은 혁명가'라고……/내가 웃으며 그에게 말했다./'그 열매는 이미 내 것이 아닐 뿐만 아니라/난 아직 씨를 뿌려야 할 곳들이 많다./그래서 나는 더욱 행복한 혁명가'라고…… 이런 구절은 내게 모든 혁명가는 시인이라는 생각을 굳혀주었다. 그러나 나는 그의 검정 초상이 그려진 티셔츠를 입을 용기는 없었다.

  '우리 모두 리얼리스트가 되자. 그러나 가슴에는 불가능한

이상을 품자.'

멋진 말을 하고 있는 검정 초상이 내게는 너무 멀었다. 차라리 동상으로 서 있는 호세 마르티와 밤새 시를 이야기하고 싶었다. 호텔로 돌아온 나는 문득 시인이 되어 메모지에 끼적거렸다.

아바나 여송연(呂宋煙)을 피워 물고

혁명광장의 호세(Jose) 옆에서

이제 세상을 이야기하기엔

지구는 너무 늙었다고 말한다

연기와 함께 그을어버린 이데올로기를

비웃(靑魚)처럼 뜯으며

이게 뭐냐고

카리브 산호뼈 바다의

청람색(靑嵐色) 눈물로 늙은 몸을 씻는다

시인 호세 옆에서 아바나 여송연을 피워 물고

지구처럼 늙은 옛사람

사랑하는 사람

그 이름을 부른다

제목을 달지 못한 메모가 시가 되는지 어떤지는 다음 문제였다. '늙었다'와 '늙은'이 반복해 나오는 까닭도 불분명했다. 그 가운데 '산호뼈 바다'란 바닷가의 백사장이 실은 모래가 아니라 산호의 뼛가루라는 사실을 처음 알고 써넣은 구절이었다. 산호가 식물이 아니라 동물임은 알았으나, 죽은 다음에 뼈가 모래알처럼 쌓여 백사장을 만든다는 생각에는 이를 수가 없었다. 서인도제도 연안의 바닷가들의 특징이었다. 나는 그 눈부시게 희고 고운 산호 뼛가루를 비닐봉지에 넣어 가방 안에 간직하기도 했다.

"알 카포네 별장에는 안 가나요?"

나는 안내자에게 물었다.

"어디요? 아, 거긴……"

그는 난처해했다. 얼마 전에 카포네의 권총이 경매에 나왔다는 기사를 읽은 탓에 나온 말에 지나지 않았다. 콜트 38구경 리볼버 권총으로, 양복 안주머니에 넣어도 티가 나지 않을 정도로 작고 가벼워 도시의 갱들이 선호했던 것이라는 설명을 나는 기억하고 있었다. 북한에 유학했다는 안내자는 아무 대답이 없다가 시간이 있으면 잠깐 둘러볼 수 있다고 대꾸했다. 아무리 미국의 전설적인 마피아 두목이라고 해도 그런 인물에

까지 관심을 기울일 여유는 없었다. 그런데 헤밍웨이처럼 그도 그곳에 별장을 가지고 있었다. 워낙 관광거리가 없기는 했다. 차라리 〈부에나 비스타 소셜 클럽〉을 그때 알았더라면 조금은 더 흥미로웠을 것이었다. 그러나 어디든 낡게 허물어진 모습뿐이었다.

서촌의 골목들을 돌면서 나는 카포네의 별장 근처 어디를 밤에 헤매던 날이 머리에 떠올랐다. 아마도 술집을 찾아서 나간 날이었을 것이다. 그 호텔에는 문 앞에 여자들이 진을 치고 있지도 않았다. 첫날 투숙한 카리브 호텔 앞에는 여자들이 겹겹이 둘러싸고 '그라시아스'를 외치고 있었다. 영문을 몰라 어리둥절해 있는 우리에게 안내자는 "물 좋아요" 하고 우리말로 설명을 달았다. 호객 행위? 이 또한 듣도 보도 못한 일이었다. 우리는 여자들을 헤치고 나가야 했다. 나중에 안 바로는 여자들은 호객 행위만을 위해 그러고들 있는 게 아니었다. 호텔 욕실에 있는 일회용 비누니 샴푸니 치약이니 뭐니 누군가에게 부탁해서 갖다주기를 기다린다는 것이었다. 세계 어디서든 여자 값이 보통 신발 한 켤레 값이라는 등식도 해당되지 않는다고 했다. 우리는 어두운 길을 달려갔다. 헤밍웨이가 낚싯배를 타고 드나들던 포구로 가는 길목이기도 했다. 카포네의 별장 근처 어디였다. 밤이면 더 짙어지는 꽃향기가 바람을 타고 있었다.

어둠 속에서 덩그러니 더 커 보이는 희끄무레한 이층인가 삼층 별장 건물은 별 기교 없는 외관에 관청 같아 보였다. 우리는 그것도 여행 기념이라고 근처에 차를 세웠다. 그 불과 얼마 동안을 나는 헤맸다고 말하고 있는 것이다. 더군다나 그곳이야말로 암흑가가 아니었던가. 그리고 어느 영화에서 카포네가 주머니에 감추고 있던 권총을 기억해냈다. 나중에 경매에 나온 그것이었음에 틀림없었다. 그는 권총을 쏘아 조직원들을 숙청한다. 어디선가 총성이 들릴 것만 같은 어둠 속의 몇 발짝에서 내가 찾은 것은 무엇이었을까. 여행에서 돌아와 우연히 강남의 인터컨티넨탈 호텔에도 아바나 클럽이라는 업소가 있음을 알았고, 혹시나 헤밍웨이가 마시던 칵테일로 한잔할 수 있을까 해서 들어갔으나, 데킬라로 만족해야 했다.

오래전 집 장롱 안에도 권총 한 자루가 있었다. 아버지가 군에서 물러나오면서 가지고 나온 것이었다. 어느 날 그걸 발견한 나는 아무도 없을 때면 살짝 꺼내보거나 몸에 지녀보거나 어디를 겨눠보거나 하며 시간을 보내곤 했다. 고등학생인 내 손 안에도 만만하게 잡혔던 작고 반질반질한 것이었다. 호신

216

용이 아니면 요인 암살용이라는 설명이 붙을 만했다. 나는 그것을 물려받고 싶었다. 그러나 아버지는 돈 될 만한 재산은 물론 권총 한 자루 남기지 않고 세상을 떠났다. 권총은 어디로 갔을까. 카포네의 권총이 경매에 나왔다고 했을 때, 나는 아바나의 별장과 아버지의 권총을 거의 동시에 연상했다.

옆의 카페에서 감미롭고 관능적인 음악이 흐른다. 뉴욕 풍이 아닌 것만은 확실했다. 저녁부터 자정을 넘게까지 왁자지껄 젊은 남녀 술꾼들의 대화와 웃음이 넘쳤다. 나는 작업실에서 그들의 교감을 암호처럼 듣는 게 좋았다. 나도 한때는 저렇게 밤을 지새웠었다. 그러나 내 귀는 어느새 , . ! ? 부호들만을 듣고 있다고 해도 괜찮게끔 농월의 시간을 지나왔다. 세상이 험악한 악다구니 대신에 부호들로만 이루어져 있어도 살 만할 것이라고 여겨졌다.

'오늘도 아슬아슬 재주넘지만 곰곰이 생각하니 내가 곰이네, 난쟁이 광대의 외줄타기는 아름답다, 슬프도다, 나비로구나.'

'부모 형제 고종사촌 이종사촌 조폭에게 팔아버리고 퍽 치니 억 죽고 물 먹이니 얼싸 죽고 사람이 마분지로 보이냐.'

'개새끼 소새끼 말새끼 씨발새끼 웃기지도 않는다고라.'

라틴 음악을 지나 '크라잉 넛'의 흥겨운 가사를 듣는 저녁은 감미롭고 관능적인 시간 속에 나를 맡길 수 있었다. 모든 감미로움과 관능은 고즈넉한 고독을 음미하게 한다. 아무렇게나 내뱉는 듯한 가사는 비판에서 그치지 않고 자기 자신에게 메아리로 들려온다. 나는 형광등도 켜지 않은 어둑어둑한 작업실에서 벽면의 〈아바나의 방파제〉를 걸어 먼 카리브 해를 헤엄치고 있었다. 언젠가 극단 학전의 기금 모집 공연을 보러 갔던 날도 '크라잉 넛'은 한대수와 함께 나와 노래하고 있었다. 그러나 나는 언젠가부터 노래 가사가 내게 메아리처럼 울려오는 걸 싫어하고 있음을 알았다. 지나친 감정의 고양을 경계해야 했다. 그렇다면, 이제 나는 다른 시간을 향해 가야 하는 것이었다.

〈아바나의 방파제〉는 다른 시간을 향해 가는 길을 열고 있다. 바깥은 푸르스름한 빛 속에 청람색을 안고 지나는 바람이 느껴졌다. 나는 경복궁 옆길을 향해 걸음을 옮겨놓았다. 플라타너스와 가죽나무가 높게 자란 길이었다. 한때 학생 혁명으로 사상자가 발생함으로써 시대가 바뀌게 되는 역할을 했던 길이었다. 보통 때는 일부러 피하고자 하는 길이기도 했다. 운수가 사나우면 쓸데없는 검문을 당할 우려도 있었다. 젊은 날 그 많은 검문을 교묘히 거쳐 살아온 나날이야말로 '아슬아슬 재주넘'던 하루하루였다. 그러다 보니 불시에 나이 먹은 인생이었다.

고궁의 돌담이 길게 뻗어 있다. 바다로 향한 길처럼 나를 이끌고 있다. 나는 방파제를 걸어 뭍의 끝으로 가고 있다. 산호들이 삐죽삐죽 자라는 바다 밑으로 이어진 길이다. 세상에서 가장 외로운 길을 찾고 싶어서 헤매 다닌 내가 모습을 나타낸다. 나는 나를 보고 싶었다. 돌담에 내 그림자가 구불구불 우줄거린다. 단지 불빛의 얼비침일지라도 내 그림자가 그 속에서 숨을 쉰다. 홀로 가고 있는 시간만이 나의 시간이다. 그리하여 나의 산호들은 뼈모래를 쌓는다.

"어디 가십니까?"

누군가가 나를 붙들었다.

"왜 그러시죠?"

나는 그를 바라보았다. 경찰인 모양이었다. 아무 표정도 읽히지 않았다.

"어디 가십니까?"

다시 똑같은 물음이 들려왔다. 무슨 부호를 말하고 있는가, 하는 어간에 검문임을 알아차린 나는 선뜻 대답할 말을 찾지 못했다. 작업실까지 마련했기에 검문을 당하리라고는 예상치 못한 일이었다.

"어딜 가든 무슨……"

나는 나도 모르게 심사가 사나워졌다.

"안 됩니다."

완강한 말이 들려왔다. 그와 나 사이가 팽팽한 긴장으로 가로막혔다. 머리가 핑 돌았다. 나는 주머니에 권총이 들어 있다고 말하고 싶었다. 이건 권총이야. 내 권총이야. 아니, 알 카포네의 권총이라도 좋아. 콜트 38구경 리볼버 권총. 웃음이 나올 말이지만 나는 격양되어 있었다. 몸까지 부들부들 떨렸다. 그러나 그는 물러설 기세가 아니었다.

"안 되다니, 이상을 살려내라고."

"뭐라구요?"

"몰라도 상관없어."

내 목소리는 높아졌다. 이상의 이름이 나온 건 뜻밖이었다. 나 역시 '거동 수상자'로 보였다는 혐의 때문이었을까. 아닌 것 같았다. 조금 전까지만 해도 생각조차 하지 않았던 일이었고, 이름이었다. 그런데 알 수 없는 것은, 나올 이름이 나왔다는 생각이 순간적으로 뒤따랐다는 점이었다. 이십칠 세의 젊은, 어린 나이. 잊혀서는 안 되는 나이였다. 나를 검문한 사람하고는 아무런 관련이 없었다. 그가 이상을 알 까닭이 없다는 사실도 그랬다. 도무지 이치에 닿지 않는다 해도 아까운 나이는 아까운 나이였다. 어쩔 도리가 없었다. 도대체 이상에게는 무슨 잘못이 있었던 것일까. 어디에도 속 시원히 밝혀져 있지 않았다. 나는 다만 권총을 믿고 싶었다. 그러나 권총이 있다 한들 그 또한 아무런 도움이 될 물건이 아니었다.

"이상을 살려내라니까!"

나는 더욱 목청을 높였다. 어느 틈에 사람들 몇 명이 나를 에워쌌다. 그들은 무슨 사태인가 알지 못해 어정쩡한 몸짓을 하고 있었다. 사태를 알지 못하기는 나도 마찬가지였다.

"이상을, 이상을 살려내라니까!"

나는 소리치면서도, 있지도 않고 필요도 없는 권총을 찾는 내가 가련해서 견딜 수 없었다.

3

티베트로 가게 되었을 때, 나는 다시 한 번 〈차마고도〉를 볼 기회가 있었다. 인기 다큐멘터리들을 판매한다는 광고에서 보고 일부러 구해 본 것이었다. 그녀 말대로 '차마고도'는 분명히 '차염고도'가 되어야 할 터인데 어쨌든 사람들은 말들을 끌고 위태위태한 절벽 길을 계속 가고 있었다. 울긋불긋 말장식이 산모퉁이를 돌고 돌았다. 쇠줄에 매달려 강물을 가로질러 건너기도 했다. 자칫 잘못 걸음을 헛디뎠다가는 낭떠러지로 굴러떨어지기도 한다는 것이었다.

그런 어느 순간이었다. 산간지대의 그들이 소금이 아닌 동충하초며 패모(貝母)를 채취하는 장면이 비춰져 지나갔다. 그것들도 마을의 시장에 가져가서 생필품과 바꿀 수 있었다. 동충하초는 애벌레나 번데기에 기생한 식물이 자란 것이었다. 식물이 숙주가 되는 동물의 영양분을 빨아먹고 자라면 동물은 죽을 수밖에 없었다. 살아 있다고 하더라도 결국 식물의 먹이가 되고 만다. 이 관계 때문에 동충하초는 귀한 약재로 취급되었다. 그러면 패모란? 어느 해 봄에 길거리에서 본 그 꽃의 이름이 패모였다. 흑살색 바탕에 흰 반점이 박힌 꽃은 밑쪽이 아니라 위쪽을 향해 피었다면 영락없는 튤립 형태였다. 그 패모가 티베트의 패모일까. 나는 티베트의 꽃에 대한 책을 기억해냈다. 티베트에도 여러 가지 꽃들은 필 만큼 피었고, 역시 국화과의 꽃들이 주종을 이루고 있었다.

패모는 아이를 못 갖는 여자가 먹고 아이를 가졌다고 해서 붙여진 이름이라고 했다. '패'는 보배의 원말인 '보패'에서, '모'는 '어미 모'에서 따온 이름이었다. 그러나 그것으로는 미심쩍기 그지없었다. 나는 이리저리 뒤져보았다.

> 백합과의 여러해살이풀로서, 높이는 30~60센티미터이며, 잎은 돌려나고 선 모양이다. 5월에 자주색의 종 모양 꽃이 줄기 끝에 피고 열매는 삭과(蒴果)로 6개의 날개가 있다. 관상용이고 약용한다. 중국이 원산지로 한국의 함경도와 중국 등지에 분포한다.
> 맛은 맵고 쓰며 성질은 약간 차갑고, 폐와 심장에 작용한다. 폐의 열을 내리고 담을 삭이며 기침을 멈추고 가래를 없애는 약. 마른기침에 가래를 뱉거나 가래에 피가 약간 끼는 증상 등을 개선시킨다.

첫 부분은 평범한 내용이었으나 그다음에 적혀 있는 내용은 쓸모가 있었다. 그러니까 폐와 심장에 약재로 쓰는 식물이었다. 어려서 폐를 앓았던 나로서는 다시 한 번 눈길이 가는 내용이었다. 한때 시골에 가서 살아볼까 약초 재배를 계획했을 때에도 나는 폐에 좋은 약을 끼워 넣었었다. 그러나 그런 것들도 생계를 꾸리기에는 아무래도 자신이 없었다. 허브 농장도 허황된 사치에 지나지 않았다. 나는 하릴없는 백면서생일 뿐이었다. 그런데 티베트의 골짜기에 패모의 비늘줄기를 캐며 살아가는 사람들이 있었다. 아무도 눈여겨보지 않는 산골은 여전히 나를 유혹하고 있었다. 루이도 그런 말을 한 적이 있었다. 아무도 없는 산골에서 기도하며 외롭게 사는 인생. 별을 보고 꿈꾸는 인생.

그녀가 옆에 있었다면, 하마터면 나는 고백할 뻔했다. 저 골짜기에서 약초를 캐며 사는 것도 괜찮을 것 같군. 괜찮을 것 같다는 건 무슨 뜻일까. 그녀에게 같이 살자는 프러포즈란 말인가. 때때로 상대방의 의사와는 상관없이 내 주관만으로 고백을 늘어놓곤 하는 버릇 탓일 것이었다. 상대방이 어떻게 받아들이든 나는 고백하곤 했다. 그것은 꼭히 그 상대방에게 하는 말이 아니었다. 그래야만 숨이 틜 것 같았다.

"저 골짜기에서 약초를 캐며 살기로 해요. 우리."

하지만 그녀는 고향으로 돌아가 있었다. 그럼에도 불구하고 나는 봄이면 뻐꾸기 울음소리와 함께 깨어난다는 것의 행복을 그녀에게 들려주고 싶었다. 그리고 파릇파릇 새로 돋아나는 새싹들을 그녀에게 가르치고 싶었다.

비자나무—잎이 '非' 자처럼 생겨서 붙은 이름. 떨어진 가지가 닭뼈를 닮았으며 잎의 수명이 육칠 년에서 때론 십 년 넘어.

머귀나무 — 울퉁불퉁한 수피는 가시가 퇴화한 것. 늙은 어머니 젖가슴에서 비롯되어 젖 '먹이'가 머귀로.

무환자나무 — 중국 무당이 나뭇가지로 귀신 몰아냄. 껍질 가지에 계면활성제가 있어 인도에서는 비누로 사용.

붉은대극—꽃게 다리 같은 새순. 유독성 하얀 액 몹시 써.

앉은부채—앉은 부처. 열로 눈 녹여 핌. 살이삭꽃차례가 부처 머리 닮아. 따뜻한 속은 벌레 안식처.

등등. 나는 여러 메모들을 가지고 있었다.

"구게 왕국 알아요? 그런 데서 뻐꾸기 소리를 듣는 봄날처럼……"

나는 느닷없이 고백하고 있는 것이다. '구게 왕국'이란 지금은 사라진 작은 나라였다. 후배가 대학을 졸업하고도 취직이 어렵다며 차린 포장마차의 이름을 지어달라고 조르는 통에 무심코 갖다 붙인 이름이었다. 예전에 또 한 번 '카타르시스'라는 포장마차 이름도 지었었다. '카타르시스'에서 '구게 왕국'까지는 아무런 연결 고리도 없었다. 술에 취해 퍼마시던 무렵 밤 늦게 홀로 포장마차에 앉아 있을라치면 잃어버린 왕국들의 이름이 가물거렸다. 이어서 술집, 찻집, 꽃집도 다 마찬가지라는 느낌. 구게 왕국은 인도 어디에 있다가 사라진 흙집에 벽화들이 남아 다큐멘터리에 나오고 있었다. 나는 그림을 배운답시고 술김에 달걀노른자든 간장이든 닥치는 대로 찍어 수선화나 새를 그리다가 그 벽화를 흉내 내기도 했다. 어떤 학생이 '낮에는 소동파를 배우고 밤에는 댄스를 배운다'고 적어냈을 때처럼 나는 나 자신이 놀라웠다. '카타르시스'와 '구게 왕국'의 연결이 그렇듯이 도무지 걸맞지 않은 세계가 내 안 어디에 있었던가. 뻐꾸기 소리 들리는 아련한 봄날, 그런 외딴 흙집에서 밖으로 나와 외로운 세계를 홀로 맞이하고 싶었다. 그런데 그 옆에 그림자처럼 서 있는 그녀를 상상하는 것은 무슨 까닭인지 모를 노릇이었다.

곰곰 돌이켜보면 나는 루이와 꽤 어울려 다녔다. 중국 그림과는 다른 한국 그림들을 보여주겠다는 욕심 때문에 구본웅과 나혜석도 찾아다녔다. 구본웅의 그림 〈장미〉라든가 나혜석의 〈풍경〉은 나로서도 발견에 꼽혔다. 둘 다 강한 붓질로 존재를 외치고 있었다. 흰색의 벽이 외롭고 강렬하다. 그리고 한번은 홍천의 수타사라는 절에도 간 적이 있었는데,《월인석보》를 전시한다 해서였다. '예올'이라는 문화단체에서《훈민정음》의 글자로 집자를 하려 해도 '올' 자가 나오지를 않는다고 했다. 그것이《월인석보》에는 나온다는 것이었다. 한국어를 배우러 온 외국인에 대한 배려치고는 내 마음은 깊었다.

그런 한편 내가 그녀에게서 본 것은 무엇이었을까. 광장에는 티베트 바라가 부딪치고 고둥피리가 울리는데 밀전병 한 장과 야크 버터 차 한 잔. 이국인을 외롭고 깊게 한다. 무릎을 접고 쉬는 야크는 코를 쿵쿵거려 먼 얼음 냄새를 맡고 옥수수밭을 돌아오는 그녀의 눈망울에 비치는 투명한 별빛. 그녀의 고향이 그토록 멂에도 불구하고, 다시 그녀의 말을 돌이켜서, '별을 보고 꿈꾸'는 나.

평소에도 나는 누구든 헤어질 때의 어긋나는 틈새에 언뜻언뜻 눈매를 내보이는 영원한 이별에 걸음을 삐끗거렸다. 이것이…… 진정 마지막이라는 것도 이런 것에 지나지 않겠지…… 각자 집으로 향해 '또 보자'며 헤어질 때마다 도사리고 있는 마지막. 왜 각자 헤어져 가야만 하는가. 버스를 타고 차창 밖으로 손을 흔들 때 더욱 빤히 보이는 이별. 비행기를 타려고 면세구역으로 들어갈 때야말로 이별은 가차 없었다. 얼굴을 바꾼다는 말은 따로 있는 게 아니었다. 더더욱 침대에 누워 손을 흔들며 병원 수술실로 들어가던 때의 참담함이 겨우 의지하고 있는 것이 마지막임은 설명조차 되지 않는 일이었다.

고향으로 돌아가는 그녀를 배웅하고 돌아오면서 나는 이야기를 잃어버렸다는 생각이 들었다. 이럴 경우에도 '이야기의 소멸은 거대한 희망'이라는 말이 위안이 될 수 있는가. 나는 김정환 시인이 어디선가 쓴 구절에 밑줄을 치던 나 자신이 미웠다. 그러므로 시인은 애증의 대상일 수밖에 없었다. 그의 나라에서 시인을 추방하고 싶었던 어느 철인의 태도는 이해가 되고도 남았다.

"다시 볼 때까지 건강해. 공부 열심히 하고."

아니, 내가 무슨 말을 하고 있는 거지? 그녀를 다시 만난다는 보장은 어디에도 없었다. 그런데도 기껏 평소보다도 더 같잖은 말로 나는 마지막을 맞고 있지 않은가. 그녀는 촉한의 사라진 나라로 가서 티베트 바라 소리처럼 바람결이 내 귓바퀴를 스치듯 살아갈 것이다. 그리하여 우리는 인생을 지나고 촉루의 흰빛으로 어느 언덕 위 타르초의 깃발처럼 나부낄 뿐일 것이다. 촉루조차도 믿을 바 못 되었다. 모든 건 그저 바람소리 같은 것일 뿐이었다.

"티베트에 같이 가요. 연락주세요."

그녀도 잠깐 헤어지는 것처럼 일상의 말을 하고 떠났다. 나는 기껏 인사동 포장마차로 돌아와 이제는 술도 끊어야지 하며 늦게까지 퍼마시며 이별을 받아들이고 말았다. 술을 늦게까지 퍼마신 정도야 일상이기도 했다. 저 골짜기에서 약초를 캐며 살아가고자 한 덧없음도 한때의 꿈이었을까. 구게 왕국의 뻐꾸기 소리를 함께 들으며 허물어진 벽화를 더듬어 살고자 한 아득함도? 그러나 모든 것은 떠남 앞에 남아 있는 헛됨뿐이었다.

조캉 사원 앞에는 많은 순례자들이 오체투지를 하고 있었다. 문을 열 시간이 안 되었다기에 나는 사슴 두 마리가 마주 보고 있는 광장에서 뒤편 기념품 시장을 한 바퀴 돌고 다시 순례자들 틈에 섰다. 나는 건너편 포탈라 궁을 바라보며 그녀도 나처럼 이곳에 서 있었으리라 스스로 위안했다. 위안이란 이루어지지 않음에 대한 예의였다. 그리고 타실룽포 사원의 거대한 탕카를 보기 위해 얄룽창포 강을 따라 달렸다.

어두운 새벽녘 잠에서 깨어난 나는 창밖의 희부윰한 산기슭을 마주 보고 앉았다. 아침이 시작되려면 한참을 기다려야 했다. 나는 방 안의 불빛도 밝히지 않은 채 침대 모서리에 걸터앉아 무엇이라도 생각하려고 정신을 모았다. 이것이 고산병 증세일까. 몽롱하게 어둠이 내 바깥과 내 안에 들이차 왔다. 그럴 리 없건만 무인구가 이곳이 아닐까 싶었다. 나는 아무 생각도 할 수 없었다. 중국식 원호(圓弧)의 벽기둥 장식 안으로 먼 하늘이 회갈색의 산기슭을 몰고 들어왔다. 오래전부터 나는 아무도 만나지 못하리라는 막연한 절망을 해오고 있었다. 그녀 탓만이 아니었다. 지구상의 나는 이미 너무 많은 길을 걸어온 것이었다. 아무 기대도 할 수 없이 먼 길이 내 발뒤축에 묻어 있었다. 다만 어두운 저 산기슭에 내가 바라는 것이 있다면 한마디 뻐꾸기 울음소리 같은 것이리라 싶었다. 나는 더욱 몽롱하게 고개를 숙이고 있었다.

지구는 죽었다…… 아무것도 자라지 않고, 아무것도 살지 않았다…… 마지막 사람이 방 안에 앉아 있었다…… 그때 누가 방문을 두드렸다……

나는 짧은 소설의 구절을 겨우겨우 기억해냈다. 누구세요? 나는 응답을 했는지도 모른다. 나는 간신히 걸음을 옮겨 방문을 열었다. 이곳은 구게 왕국의 허물어진 벽화 흔적만이 있을 뿐이라오. 나는 벽 속의 벽화에 그려진 흐린 사람일 뿐이라오. 나는 어둠 속에 다가오는 발소리를 들었다. 영원히 이별한 그대는 누구란 말이오? 그러자 낯익은 얼굴이 이별 속에서 윤곽을 드러내며 손을 뻗쳐 왔다. 무슨 말을 하려는 것일까. '차염' 고도의 모퉁이를 방금 돌아온 순례의 꽃. 나는 낯익은 얼굴이 말을 건넨다고 여겨졌다. 그와 함께 한 줄기 꽃대의 얼굴이 내 폐부의 흉터 속에 피어올랐다. 나는 비늘줄기 위에 피어난 꽃을 받아들여 가슴에 품었다.

아이를 낳은 산모의 몸을 북돋운다고 내가 믿고 있는 그 패모였다.

4

티베트의 몇 군데를 돌아보던 어느 날을 나는 또렷이 기억하고 있었다. 아마도 지독한 고산증으로 시달림을 받아서 더욱 기억에 남았는지도 모른다. 그렇다고 고산증과 소녀가 어떤 관계가 있다는 얘기가 아니다. 머리가 어질거리고 속이 메

슥거리는 가운데 나는 소녀를 처음 만났고, 며칠 뒤 다시 만났던 것이다.

궁전은 사원이기도 했다. 안쪽으로 들어갈수록 통로는 복잡해졌다. 어둑어둑 비쳐 오는 빛 가운데 세월의 때 혹은 켜를 입은 칙칙한 형상들이 눈에 익으면서 알 수 없는 세계를 열어 주고 있었다. 무엇인가 나타나고 사라진다. 통로라고 해야 할지 실내라고 해야 할지 서로 연결된 내부는 하나의 긴밀한 공간을 이루며 나누어졌다가 합쳤다가를 거듭했다. 우리의 오방색, 색동저고리의 색깔이 파랑, 하양, 빨강, 노랑, 초록으로 표현된 게 여기의 오방색일까. 그러나 내부의 모든 형상들은 암갈색 속에 휩싸여 있다. 나는 층계를 오르내리며 방방이 그득한 신성(神聖)을 거치고 또 거쳤다. 파드마삼바바, 총카파, 송첸 캄포 대왕, 그리고 많은 링포체들과 달라이 라마들, 여행에 앞서서 대충 읽어둔 이름들의 실체가 다가왔다.

어디쯤일까. 이쪽 방에서 저쪽 방으로 가기 위해서 실내를 나온 나는 어김없이 담배 생각이 났다. 그러나 이곳은 사원의 경내. 나는 이러지도 못하고 저러지도 못하고 머뭇거렸다. 누군가가 담배를 피우는 사람은 고산병 증세가 없다는 말을 들려주었었다. 담배를 피운 탓에 희박한 산소에 익숙해져 있기 때문이라는 그럴듯한 이유도 곁들였다. 그것도 남아메리카의 마추픽추에 올라서 터득한 사실이라는 것이었다. 나는 그 말에 기대를 걸었다. 티베트 여행은 3천 미터를 넘는 라싸에서부터 고도를 높여가는 행로였다. 시가체, 장체를 지나자 고도는 4천 미터를 오르내렸다. 담배와 고산병은 아무 상관이 없었다. 나는 몸과 머리가 함께 희미해진다고 느꼈다.

며칠 동안 허청거리며 돌아보고 라싸로 돌아와 마지막으로 포탈라 궁전을 보는 일정에 따라 움직이는 도중이었다. 실내를 나왔다곤 해도 그곳은 아래쪽 방의 지붕에 해당되었다. 아무래도 담배는 안 되리라 싶었다. 그런 어느 순간, 나는 소녀를 다시 보았다. 누구일까. 얼굴이 어딘가 익다는 생각이 든 순간, 소녀 쪽에서도 나를 바라보았다. 아, 너로구나…… 내가 알은체를 하자 소녀도 마주 미소를 띠었다. 강변의 길가에 좌판을 벌여놓고 여행객들을 기다리던 소녀였다. 나는 미국 담배 말보로와 중국 담배 중난하이(中南海)를 한 갑씩 샀다. 티베트 담배는 없었다. 가져온 담배에 여유가 있었지만, 다른 물건이라곤 음료수와 껌, 과자뿐이어서 더 확보해놓자 싶었다.

소녀는 며칠 전처럼 청바지 차림이었다. 그래서 내 눈에 쉽게 들어왔음 직했다. 그곳에서 청바지라니 뜻밖이기도 했다.

사실 그리 흔치 않은 차림이었다. 나는 무슨 말인가 건네려고 머뭇거렸으나, 입이 떨어지지 않았다. 말이 우선 짧았다. 저번에 버스를 타며 던진 말은 '짜이지엔'이었다. 나는 그저 미소를 짓는 수밖에 없었다. 무슨 말인가 아주 특별한, 간곡한 말을 하고 싶었다. 그러나 생각뿐이었다. 마음속에 간절한 말이 있음에도 불구하고 내놓지 못하는 상황의 안타까움. 나는 한숨지었다. 그리고 한국으로 돌아왔다.

그리고 티베트에 관한 한 행사에 참여하기로 마음먹고 나는 한 편의 시부터 썼다. 소녀를 만났을 때 못한 말을 할 기회라는 생각이 들었다. 내 간절함을 표현하고 싶었다. 소녀에게 전달되고 안 되고는 다음 문제였다. 나 자신을 위해 말하지 않으면 안 된다. 상대방이 응하든 어떻든 나는 마음을 전달해야 한다는 신조를 지녀왔다. 그것으로 나는 최선을 다한 것이다. 산다는 게 무엇이건대, 이승이 무엇이건대, 못다 한 말을 가슴에 품고 떠날 수는 없는 노릇이었다. 그러나 처음 쓴 시는 소녀와는 전혀 동떨어진, 자못 이념적인 것이 되고 말았다.

한국의 새
한국말을 하고

티베트의 새

티베트말을 한다

그래도 우리 서로 알아들으니

이 말쓰미 듕귁과 다르니

　겨우 이렇게 써놓고 나는 망연히 앉아 있었다. 시의 앞 다섯 줄에서는, 한국의 새와 티베트의 새가 서로 말을 알아듣는다는 비유를 통하여 우리와 티베트의 만남과 동질성을 이야기했으며, 마지막 한 줄에서는, 한글을 만든 뜻을 밝힌 '훈민정음'에서 따온 구절을 써서 중국과의 이질성을 강조했다. 요컨대 중국과는 뜻을 나누는 게 다르다는 것이었다.

　어쨌든 소녀는 이념에 묻혀 모습이 감춰지고 말았다. 게다가 어딘가 단순하게 읽히기도 하여, 이래저래 마음이 놓이지를 않았다. 애초에 행사에 참여하게 된 것부터가 잘못인 듯싶기도 했다. 어쩔 수 없었다. 이제 와서 그만두겠다고 뒤로 물러날 수는 없었다.

　나는 《티베트 사진집》을 뒤적였다. 행사에 참여하기로 결정하고 나서, 어떤 단서라도 발견할 수 있을까, 대뜸 찾아낸 사진집이었다. 행사의 정식 명칭은 '티베트의 길, 자유의 길'이라고 했다. 사진집은 1880년에서 1950년 사이의 티베트 풍경을 찍은 것으로, 영어 제목은 'TIBET-The Sacred Realm'이며, 13대 달라이 라마가 머리말을 썼음이 표지에 밝혀져 있었다. 지금의 달라이 라마는 14대였다. 사진집은 아마도 M이 책방을 열었다가 말아먹고 남은 흔적의 일부이리라. 여러 해 전에 본 적이 있지만, 펼쳐볼 계기가 없어서 '있다'는 것만 잊어버리지 않겠다고 마음먹고 있던 터였다. 달라이 라마의 머리말이라는 페이지를 열어보니, 직접 쓴 필체의 꾸불꾸불한 글이 찍혀 있고 그 밑으로 영어 번역이 곁들여 있었다. 티베트 문장이 영어보다 짧은 것으로 보아 티베트 문자는 함축적일 거라는 생각이 들었다.

사진들은 티베트 풍경과 사원들을 비롯하여 승려들, 관리들, 군인들, 백성들의 모습을 보여주고 있었다. 사진을 찍은 사람들은 당연히 사진작가이자 탐험가였다. 페이지들을 넘기며 클로드 화이트, 다비드 넬, 앨버트 셸턴, 조지 테일러, 일리아 톨스토이…… 등등의 이름과 사진을 보아가던 나는 한 사진에 눈길이 머물렀다. 호숫가에 천막이 세워져 있고 말 두 마리가 땅에 주둥이를 대고 있는 흑백 사진이었다. 1901년, 북쪽 티베트, 스벤 헤딘(Sven Hedin), 그리고 그가 쓴 글도 소개되어 있었다.

길! 야생의 야크, 당나귀, 영양 들이 헤집고 지나간 길 말고 거기에 다른 길은 없었다. 우리는 만들었다. 문자 그대로 우리의 길을 만들었다. 그 사이에 나는 지방의 길을 지도로 만들고 정상이 눈으로 뒤덮인 거대한 산맥과 굽이치는 미궁 같은 계곡의 면면을 가능한 한 많이 시야에 담아서 내 스케치북 곳곳에 붙잡아두었다.
우리는 미지의 세계로 점점 더 깊이 꿰뚫고 들어갔다. 하나의 산맥을 넘으면 또 다른 산맥이 우리 앞에 서 있다. 지나갈 때마다 새롭고 신비로운 지평선이, 눈 덮인 정상의 완만하고 또 뾰족한 윤곽선이 길게 이어진 쓸쓸한 풍경이 펼쳐진다.

스벤 헤딘? 내가 알고 있던 그 이름이 이 이름일까. 같은 사람일까. 그렇다 하더라도 확인해보지 않으면 안 된다 다행히 책 뒤쪽에 약력이 붙어 있었다. 다비드 넬이 프랑스 여자라는 사실과, 일리아 톨스토이가 그 유명한 소설가 톨스토이의 손자라는 사실을 건성건성 읽으며, 내 눈길은 스벤 헤딘에 가서

멎었다. 스웨덴의 탐험가(1865~1952). 그렇다면 어김없이 그였다. 이십 세 때 카프카스, 페르시아, 메소포타미아를 탐험, 이어 중앙아시아와 타림 분지, 고비 사막, 히말라야, 로브 호수 등지를 탐험. 스웨덴과 프랑스의 과학원 회원. 75권이나 되는 여행기를 남겼다고 했다.

"카프카스와 로브……"

여행의 자유화와 함께 여러 곳을 가보았어도, 내게 특별한 지명들이어서 새삼스러웠다. 카프카스는 산맥 이름이었고, 로브는 호수 이름이었다. 전혀 동떨어져 있는 두 곳이었다. 내게도, 그 두 곳 언저리를 지나가던 어느 날들이 있었다. 그러나 무엇보다도 그는 오래전에 이미 내게 실크로드의 로우란 고대 유적을 발견한 사람으로 머릿속 깊이 각인되어 있었다. 나는 책꽂이에서 《김춘수 시전집》을 꺼내 기억을 더듬었다. 그리고 일찍이 내가 읽은 시의 한 구절을 확인했다.

스웬 헤딘이 로브 호의 사구에서 본 것은 귀인의 무덤이 아니라 늑대 뒷다리 부분의 화석이다. 동체(胴體)와 두부(頭部)는 서북쪽을 바라고 구름처럼 뭉개지고 있었다. 타림 분지 머나먼 하늘은 달과 밤뿐이다.

이 역시 제목이 〈누란(樓蘭)〉이었다. 시인은 같은 제목으로 두 편의 시를 썼다. 나는 다른 한 편을 내 소설에 인용하기도 했다. 그리고 다시 그 언저리를 여행하며 누란의 현지 발음을 로우란으로 할까 로울란으로 할까 망설였었다. 그곳에서 산 포도주병에는 'LOU LAN'이라고 표기되어 있었다. 한 글자씩 떼어 적어놓은 것이었다. 또한 시인은 스벤이 아니라 스웬으로 썼다. 예전에는 그쪽 언어의 'V' 자를 ㅂ이 아니라 ㅇ으로 적는 법도 있었다. 가령 블라디보스토크가 아니라 울라지보스톡으로.

"티베트에 가보셨나요?"

행사에 참여하자고 권유하는 청년은 물었다. 나는 고개를 끄덕거렸다.

"내가 고산증 환자인 줄 처음 알게 됐죠."

도무지 무기력해서 한 걸음 한 걸음 떼어놓는 것도 싫던 기억이 났다. 담배를 피우는 사람은 산소 결핍을 일상으로 삼아서 고산병에 강하다던 그 누군가의 말이 원망스럽게 기억된 것은 그때였다. 하지만 그에게 잘못을 탓해서는 안 되었다. 산소고 뭐고 아예 체질의 문제인 듯했다. 미운 사람 있으면 티베트에 보내라는 말은 결코 우스개가 아니었다.

티베트를 향한 내 관심은 꽤 오랫동안 끈끈하게 이어져온 것이었다. 《티베트에서의 7년》이라는 책이나 동명의 영화를 비롯하여 여러 매체에서 본 풍경은 신비로웠다. 그러나 막상 그곳에 대해서 아는 것은 별로 없었다. 라싸의 드높은 포탈라 궁전과 사원들은 실제 어떤 모습이며, 사람들은 어떻게 살아가고 있을까.

그래서 몇 해 전 티베트로 가는 여행 상품이 나오자마자 집을 나섰다. 그런데 중국 청두에서 비행기를 갈아타다가 그만 카메라를 잃어버리고 말았다. 꽉 찬 좌석 맨 뒤 칸에 쑤셔박혀 있다가 착륙과 함께 혹혹 숨을 몰아쉬며 탈출하듯 빠져나와 활주로를 걷다가 뭔가 허전함을 느낀 순간, 카메라를 놓고 내린 사실을 알았다. 하지만 이미 때가 늦어 있었다. 카메라는 어디에도 없었다. 이 무슨 변일까. 하는 수 없었다. 여행에서 사진을 찍는 걸 어느덧 소홀히 하여 겨우 한두 장 챙겨 오는 게 고작이던 터라 그냥 눈으로만 찍어 오자고 마음먹을 수밖에. 여기에는, 내 기억 속에 남아 있지 않은 것은 내 것이 아니다, 그러므로 잊어도 그만이다, 하는 평소의 생각이 작용하고 있기도 했다. 젊을 적의 나는 기록을 소홀히 하여 나중에 글로 옮기는 데 애를 먹으면서, 그 또한 내 아이덴티티라고 스스로 우기지 않았던가.

티베트는 실로 오지였고, 그 풍경은 상상하던 대로였다. 나는 실제의 포탈라 궁전과 조캉 사원을 비롯한 여러 사원들과 스님들, 순례자들, 만년설 덮인 산, 소똥과 야크똥 줍는 사람들, 강과 호수 등을 신비롭게 바라보았다. 타실룽포 사원도 물론 여행 코스였다. 스벤 헤딘이 와서 사진을 남긴 곳이었음을 알았다면 구석구석 더 뜻깊게 살폈을 텐데, 그냥 돌아보았을 뿐이었다. 게다가 나는 사진 한 장 찍지 못하는 처지였다. 그러나 평소의 생각대로, 나중에 기억 속에 남아 있지 않다면 내 것이 아닐 것이므로 그저 열심히 눈에 찍어두는 수밖에 없었다. 유채꽃 노랗게 핀 드넓은 밭은 반갑고도 놀라웠다. 그리고 그곳의 큰 강 이름을 비로소 배웠다. 얄룽창포. 히말라야의 눈 녹은 물이 흐름이 된 강. 인도로 흘러가서 브라마푸트라 강이 된다. 그러다가 잠깐 쉬는 강변에서 미제 깡통이나 담배, 과자, 음료수 따위를 좌판에 벌여놓고 지키고 있는 소녀를 본 것이다. 청바지 차림이 도드라졌다. 사진에서 본 만년설 아랫동네 아이들은 영어가 씌어진 모자들을 쓰고 있지 않았던가. 열 살 남짓 되어 보이는 청바지 소녀는 그러면서 향을 만들기 위해 돌아가는 작은 물레방아도 돌보고 있었다. 향나무를 갈아

앙금을 만들어 벽돌처럼 빚어내는 것이었다. 쓰임새에 따라 잘게 나눠 쓰도록 된 향 덩어리라고 했다. 그런데 이상한 것은, 소녀에게 담배를 사고 좌판을 훑어보는 동안 한국으로 돌아가면 티베트 공부를 좀 더 해봐야지 하는 마음이 강하게 일었다는 사실이었다. 파드마삼바바, 총카파의 삶은 어떠했는가. 달라이 라마와 판첸 라마는? 티베트는 러시아와 영국과 중국 사이에서 어떻게 대처했는가. 시인 L이 내게 보내준《티베트 사자의 서》에 씌어 있는 삶과 죽음의 정체는?

돌아와서 돌이켜보면 카메라에 담아오지 못한 풍경들이 역시 아쉬웠다. 그것들이 내 기억 속에 남아 있는가. 어떤 무엇이 머릿속 가득한데, 어느 경전의 표현대로 '본심미묘'하다고나 할까. 티베트의 어려운 상황을 들으며, 다만 이 같은 기억만을 더듬고 있어야 하는 처지가 안타까울 뿐이었다. 물론 티베트 공부는 여전히 뒤로 미뤄놓은 채였다.

"전 아직 못 가봤어요. 이번 행사는 티베트를 위하자는 건데, 사실 티베트 독립을 돕자는 것까지는 곤란하다고 생각해요."

언젠가 인사동 모퉁이를 돌다가 티베트를 위해 모금한다는 사람들과 마주친 적이 있었다. 현지 사람인 듯 누군가는 노래를 부르고 있었다. 그 가수가 이번 행사에도 와서 티베트 마두금을 켜며 노래한다고 했다. 몽골에서 연주되던 마두금은 몽골만의 전용 악기가 아닌 모양이었다.

"어쨌든 티베트에서 많은 사람들이 곤경을 겪는다니까……"

"기본적으로 시는 써주셔야지요."

"시?"

시를 써서 행사장에 걸어놓는 것은 도식적이고 낡은 발상이라고 나는 제쳐놓고 있었다. 더군다나 무언가 외치는 데는 서투르게 살아온 나로서는 선뜻 나서기가 망설여졌다. 그러나 어차피 행사는 외치는 쪽의 행사였다. 어정쩡하게 반응하는 동안 나는 어느새 참여 쪽으로 빠져든 셈이었다.

그곳에서 독립을 요구하는 운동이 확산하며 매스컴에 크게 소개된 것이 얼마 전이었다. 중국 군인들이 시위대를 폭력으로 진압하여 많은 사람들이 죽고 다쳤다는 보도였다 오래전에도 똑같은 일이 벌어졌었고, 위기는 언제나 잠복되어 있었다. 나는 난생처음 고산증이라는 걸 직접 몸으로 겪은 티베트에서의 며칠이 몽환처럼 되살아났다. 결코 쉬운 며칠이 아니었다. 몇 걸음을 걷는 데도 그저 아득하여 모든 것을 그만두고 서울로 돌아가고만 싶었다. 속절없이 쓰러져서 곧장 돌아간 사람도 있다는 말이었다. 그 사람보다는 낫다고 자족하는 게 속편

했다. 그런 가운데, 험한 산비탈을 양 몇 마리 몰고 어디론가 가고 있는 사람이나, 어느 골짜기에 아득하게 자리 잡고 있는 마을을 만나면 마음이 가라앉곤 했었다. 그리고 낯익은 풀 한 포기에 그냥 지나치지 못하고 반가움이 솟아 힘을 얻게 되기도 했다.

얄룽창포 강의 협곡이 내려다보이는 길모퉁이에 밭뙈기가 일구어져 있어서 도대체 무얼 심었을까 살펴보니 반하였다. 천남성과의 여러해살이풀. 큰천남성이며 두루미천남성이며 앉은부채까지 이 동아리에 속하는 식물들을 길러보고자 몇 번 심곤 했으나 잘되지 않아 속이 상했던 경험이 새로웠다. 반하도 그중의 하나였다. 갸름하고 기다란 꽃덮개가 두루미천남성의 것과도 닮았다. 거담제로 쓰이는 알뿌리를 얻기 위해 재배하는 모양이었다. 티베트의 시장에는 우리 채소들과 같은 채소들이 많았다. 그러나 시장에서와는 또 다른 감회로 나는 반하의 갸름한 꽃대를 바라보았다. 어딜 가나 꽃들을 기억하려는 것은 내 인생이기도 했다.

그리고 라싸로 돌아와 기념품 상점에서 그림 한 점을 샀는데, 많은 티베트 식물들이 그려져 있는 것이었다. 무슨 식물들일까. 한 포기는 물론 잎 하나, 꽃술 하나가 정교했다. 정교하다기보다 어떤 움직임마저 표현되어 있는 듯했다. 그림의 가운데에 늠연한 모습의 부처, 약사여래. 그러니까 내가 이름을 모를 뿐, 티베트 문자로 일일이 이름이 적혀 있는 식물들은 약초가 분명했다. 약사여래의 온몸은 푸르다. 그 푸른빛이 우리들 중생의 아픔에 물들어 그렇다고 누구에겐가 들었다. 그 푸른 몸은 우리들 몸과 마음의 병이 말끔히 낫기까지 언제까지나 그럴 것이다.

일찍이 어떤 식물이 독이 되고 약이 되는지 알아낸 인물은 중국의 신농씨라고 읽은 적이 있지만, 어느 한 사람이라고 꼭 집어 말할 수는 없을 것이다. 티베트의 그림에서 나는 약사여래라고 대답해도 좋다고 생각해보았다. 인류의 병을 낫게 할 신비한 식물의 세계가 그곳에 있다고 믿고 싶었다. 몸과 마음이 병들어가는 만큼 나는 식물의 세계에 의존하는 나를 발견한다. 주목이나 은행잎에서 유명한 암 치료제가 나오고 그 밖에 많은 식물에서 갖가지 신약들이 나온다는 사실은 쉬운 상식이 되어 있었다. 실제로 나 또한 가시엉겅퀴에서 추출했다는 카르두스마리아누스엑스가 든 간장약을 복용하지 않는가. 그러니 약사여래의 푸른 몸을 맑게 하기 위해서라도 우리는 건강해지지 않으면 안 된다고 그림의 약초들은 내게 말하는 것 같았다. 이상한 모습의 그들이 영혼을 내게 불어넣으려고 약사여래를 에워싸고 있는 듯이 보이기도 했다. 그러자 티베트의 불우한 현실을 치유하게 할 명약을 약초들과 약사여래는 알고 있으리라는 생각에, 나는 먼 그곳 하늘 쪽을 쳐다보았다. 그리고 나는 무슨 글인가 적기 시작했다.

> 티베트를 위하여 우리가 무엇을 할 것인가,
> 티베트를 위하여 우리가 무엇을 할 수 있을 것인가,
> 아득하기만 합니다.
> 우리의 힘은 아무 데도 미치기 어렵습니다.
> 외쳐도 메아리마저 들려오지 않습니다.
> 그러나 주저앉아 있을 수만은 없습니다.
> 그러기에 우리는 기도합니다.
> 티베트를 위하여 기도합니다.
> 그것이 우리를 위한 길이기도 하기에 말입니다.
> 티베트를 위하여 오늘 우리는 기도합니다.

적어놓고 읽어보니 구체적인 내용은 어디에도 없이 뜬구름 잡는 글에 지나지 않다고 판단되었다. 나는 다시 《티베트 사진

집》을 뒤적거리며 행사에 어떤 방식으로 참여할까 생각을 좁혀가고 싶었다. 말마따나 기본적으로 시는 한 편이라도 써내야 할 것 같았다. 하지만 스벤 헤딘이 머리에서 떠나지를 않았다. 사진집에 실린 그의 사진은 여러 장이었다. 황량한 바위산과 강변의 풍경과 타실룽포 사원, 관리들, 군인들, 백성들, 사진들은 하나같이 그의 탐험에 걸맞은 어떤 무엇으로 행사에 갈음하라고 부탁하는 듯싶었다. 지금의 여행과 그때의 탐험에는 엄청난 차이가 있을 것이었다. 그래야만 조금이나마 티베트의 현실에 동병상련으로 동참하는 격이 되리라 싶었다.

"카프카스와 로브 호수……"

나는 그곳으로의 탐험을 행사 어디에 담고 싶었다. 로브 호수가 있던 지역은 그래도 가까운 편이긴 해도 카프카스는 먼 곳이었다. 티베트하고 아무런 직접적인 연관이 없었다. 다만, 내가 들여다보고 있는 티베트 사진을 찍은 스벤 헤딘이 처음 탐험한 곳일 뿐이었다. 그럼에도 그곳이 뇌리에서 떠나지를 않았다. 러시아의 대표적인 시인 푸슈킨이 마지막 살다 간 집의 서재에 걸려 있던 긴 칼이 떠올랐다. 그곳에서 가져온 것이라 했었다. 나는 흑해로 가기 위해 카프카스를 지날 때 그것과 똑같지는 않더라도 비슷한 칼을 사려고 상점을 기웃거렸었다.

나무 비싸지는 않을까 걱정이었다. 그러나 그런 걱정은 쓸데 없었다. 진열대에는 진짜 칼은 없고 기념품으로 만든 조잡한 것들만 늘어놓여 있었다.

카프카스는 유배지이기도 했다. 귀족이었던 푸슈킨이 자유주의 장교들의 개혁 운동에 끼어들었다가 그곳으로 유배를 갔던 사연은 여기서는 자세히 다룰 시간과 공간이 없다. 다만, 푸슈킨의 서재에 걸려 있는 긴 칼이 그냥 가져온 게 아니라 그 유배의 소산이라는 사실은 알아둘 필요가 있을 것이다. 훨씬 뒤에 소설가 톨스토이도 그곳에 갔다가 〈카프카스의 포로〉라는 소설을 썼는데, 이 제목은 푸슈킨이 이미 쓴 것을 따온 것이라는 사실과 함께.

칼은 사지 못하고 나머지 무료한 시간을 보내기만 한 그곳의 카페가 한가하게 눈앞에 어렸다. 상점에서 나온 나는 어둑어둑한 거리를 걸어가고 있었다. 아침에 무얼 먹었던가, 나는 겨우 커피 한 잔을 마신 것뿐이었다.

모든 한 잔의 커피는 러시안룰렛처럼 육분의 일 확률의 무슨 운명을 띠고 있다고 느끼는 순간이었다.

카프카스에 관한 연상이 지나치게 감상적으로 흘렀지만, 사진집을 보면 볼수록 나는 스벤 헤딘이 왜 내 뇌리에서 떠나지 않는지 알 듯했다. 그의 고난에 찬 탐험의 저편에서 그가, 푸슈킨의 칼을 뽑아들고 나를 응시하고 있다고 한다면 과장일까. 어쨌든 나는 탐험, 독립, 자유 등등 지고지선의 모든 것을 뭉뚱그려 나타내려 하고 있는 것이었다. 내가 티베트를 위하여 도움을 줄 방법이나 역할이 무엇일까. 별달리 떠오르지도 않았다. 그러므로 여기 가만히 앉아서 할 수 있는 만큼만은 충실해야 한다. 그것을 스벤 헤딘의 사진이 말하고 있었다. 나 자신 오래전부터 다져온 뜻일 수 있었다. 생각할수록 막막한 작업이었다. 행사 담당자는 전화에 대고 어느덧 지난 마감 일자를 거듭 밝혔다. 내 욕심이 지나친 것일까. 그러나 이러쿵저러쿵 더 이상 머뭇거리고 있을 겨를이 없었다. 시를 써야 했다. 소녀를 향한 간절함을 말해야 했다. 그리하여 서둘러 적은 제목, 〈티베트의 야크똥 줍는 소녀〉.

알롱창포 강변에서 소녀는
겨울 땔감 야크똥을 줍는다
돌흙길 비탈길 멀리 하늘 너머
천장(天葬) 터 새들이 발라먹은 뼈다귓빛
하얀 눈이 내릴 때

야크똥 연기는 향(香)이 된다

봄부터 가을까지

순례자를 태운 트럭이 기우뚱거려

카일라스로 가는 길은 먼지로 자욱하고

수미산, 수미산,

웅얼거리며 두 손 모으며

옴 마니 밧메 훔, 오체투지하는 사람들

강변 머나먼 길은 하늘로 향한다

그 길 바라 소녀는 야크똥을 줍는다

히말라야를 넘다가 죽은 사람들

어디론가 사라진 사람들

바람소리가 사랑하는 소녀의 정강이뼈 피리소리라고

빈 밥그릇이 사랑하는 소년의 해골바가지라고

기도하며 사라진 모습들

소녀는 야크똥 땔감을 향으로 줍는다

땔감이 향이 되는 얄룽창포 강변의

소녀의 손길

그것이 소녀의 오체투지

사라진 사람들을 위하여

겨울 야크똥 연기의 향을 피우기 위하여
높은 산과 긴 강이 하나 된 소녀의 오체투지
소녀는 야크똥을 줍는다
말없이 야크똥을 줍는다

　나는 소녀가 야크똥을 줍는 모습을 목격하지 못했다. 야크
는 히말라야 고산지대에 살고 있는 짐승이었다. 티베트에서는
겨울 땔감으로 쓰기 위해 어디서든 쇠똥, 야크똥을 널어 말리
는 광경을 볼 수 있었다. 그러니까 소녀는 쇠똥, 야크똥을 땔감
으로 줍는 여자가 시화(詩化)된 모습이었다. 그리하여 소녀가
돌보던 물레방아에서 만들어지던 향이 야크똥 태우는 연기의
향으로 살아나는 과정과, 티베트에서 흔히 볼 수 있는 오체투
지의 사람들이 어울린 세계를 담으려고 애썼다고 해야 했다.
그리고 얼마 뒤, 이 시를 화가 김점선에게 보여줄 기회가 있어
서 야크를 그린 삽화도 받아 가질 수 있었다.
　천장이란 조장의 일종이었다. 사람이 죽으면 산에 올려놓
고 새가 먹기 좋게 갈가리 찢어놓는다. 그 역할을 맡은 사람은
따로 있었다. 일찌감치 독수리들이 빙빙 돌며 기다리다가 주
검의 살점이며 내장이며 골수까지 말끔히 발라먹는 것이었다.

July 2008

이런 천장터 풍경까지 곁들여 소녀를 중심인물로 들여앉힌 시였다.

나는 먼저 쓴 시에서처럼 다시 망연해졌다. 고산증이 되살아났다고 해도 될 법했다. 게다가 이제껏 그토록 나를 짓누르던 스벤 헤딘의 세계는 그대로 미해결이었다. 해결이라는 낱말 대신에 화해라거나 극복이라는 낱말을 써도 결과는 마찬가지일 것이었다. 나는 도리어 외면하고 있었다.

더 나아가지 않으면 헛일이었다. 다시 사진집에 의존해야겠다는 마음이 일었다. 군인들이 있었다. 군인들은 긴 총의 총신을 받침대에 올려놓고 '엎드려쏴' 자세를 하고 있었다. 뒤에 서 있는 지휘관인 듯한 군인은 뾰족한 패랭이 같은 군모를 쓰고 칼을 뽑아 앞쪽을 가리키고 있었다.

여기서 다시 '그렇다면' 하는 말을 쓰지 않으면 안 된다. 이렇게 시를 쓰고 나자 좀 더 적극적으로 참여해야겠다는 의욕이 부추겨지는 것도 사실이었다. 나는 골똘히 생각했다. '그렇다면, 그림'이란 말인가.

언제부터인가 그림에 빠져들어 틈틈이 붓을 들어왔다. 처음에는 동아센터와 화가 Y의 집에도 드나들었다 데생이며 스케치며 기본이 아예 없는 내가 갈 수 있는 길은 어디일까를 궁

구한 과정이었다. 그림이란? 나는 알려고 헤맸다. 그러다가 그림이란 그리면서 터득해야 한다는 평범한 교과서에 눈을 돌렸다. 예술이란 그것이 무엇인지 알아가는 과정 자체였다. 모든 것은 인생과 같다는 것. 뜻대로 되든 안 되든 상관없었다. 핵심이 확연히 있는 게 아니었다. 그러므로 핵심을 얻기 위해서, 다만 그린다는 것. 꽃도 그리고 산도 그리고 새도 그렸다. 염전도 그리고 협궤열차의 기찻길도 그렸다. 인도 녹야원의 초전법륜탑도 그렸다. 어림해보니, 예닐곱 해는 헤아리는 세월이었다.

행사가 행사니만치 뭔가 강렬한 메시지를 생각하지 않으면 안 되었다. 행사의 취지대로, 중국이 보다 철저하게 티베트를 지배하려는 정책에 항의하는 내용이 담겨야 했다. 나는 마음을 가다듬었다. 때마침 집에서 쓰던 실리콘에 눈이 간 나는 그것으로 무엇인가 그리자고 마음먹었다. 빗물이 새는 창문틀을 메꾸고 남은 것이었다. 실리콘으로? 가능하다고 생각했다. 그리고 티베트의 대표적인 동물인 야크가 떠올랐다. 시에는 직접 등장도 못하고 겨우 똥을 내세워 등장하는 짐승. 그래서는 안 된다. 야크라는 갸륵한 동물의 기도를 그려야 한다. 내친걸음이었다. 그림을 그리기로 작정하기까지가 어려운 과정이었다. 티베트의 새가 나를 이끌었을까, 하는 생각과 더불어 새는 소녀의 모습으로 날고 있기도 했다. 새는, 야크똥 줍는 소녀에게 야크의 길을 가르쳐주고 있었다.

실리콘은 거칠게 뿜어졌다. 숙련된 손이 아닌 탓이었다. 그래도 하는 수 없었다. 구도는 설산과 평원과 강이 있는 풍경이었다. 그런데 막상 야크는 커다란 뿔로만 한가운데 덩그렇게 그려졌다. 어쩌면 하늘에 기도를 올리는 두 손을 형상화한 것 같기도 했다. 야크는 뿔로만 남아 있는가. 그러나 그 뿔은 살아 있는 뿔이라고 나는 나름대로 의미를 붙였다. 야크는 대지 속에, 산과 강 속에 살아서 뿔을 드러내고 있으며, 따라서 언제까지나 죽지 않는 생명을 상징한다.

야크의 뿔을 그리고 난 나는 격양된 심정을 쉽게 달랠 수가 없었다. 앞에서 내친걸음이라고 했지만, 직설적인 메시지로 더 나아가 붓을 움직이고 싶었다. 마침 인사동 홍백화랑에서 가져온 캔버스도 나를 기다리고 있었다. 언젠가는…… 하고 준비해둔 것이었다. 그 언젠가가 닥쳤으니, 숨을 고를 틈도 없었다. 제14대 달라이 라마가 말을 타고 히말라야를 넘어 인도로 망명할 때의 흐릿한 사진을 넣은 사진들이 한가운데 배치되었다. 그는 중국의 압제를 피해 인도의 다람살라로 가서 망명정부를 세웠다. 여전히 산과 들과 강이 있는데, 달라이 라마로부터 비쳐 나온 무지개를 그린 것이다. 여기에 대해서는 티베트의 신화가 작용했다. 티베트 신화에서는, 관세음보살인 첸리시보살이 무지개를 수컷 원숭이에게 보내 인간으로 진화하게 했다고 한다. 달라이 라마는 이 무지개를 '에너지' 또는 '좋은 인연'이라 불렀다. 7세기에 티베트를 통일한 송첸 캄포는 첸리시보살과 인연이 있었고, 죽어서 무지개로 변해 첸리시 보살의 목상(木像) 속으로 들어갔다고 전해지고 있었다.

그러니까 달라이 라마에게서 비롯된 무지개가 설산 너머 하늘로 떠서 전 세계, 온 우주로 뻗쳐 나간다는 메시지를 신화적으로 그리고 싶었던 것이다. 모든 것이 순간적인 충동에 따른 과정이었다. '티베트를 위하여 오늘 우리는 기도합니다'라는 글의 '기도'의 내용을 무지개로 채우고 싶은 마음이 그렇게 움직이게 했다고밖에는 말할 수 없었다. 그러지 않고서는 '기도'는 허공에 맴돌기만 했을 것이었다.

마지막으로 무지개의 보라색을 길게 뻗쳐 그린 나는 캔버스 옆에 쓰러지듯 벌렁 드러누웠다. 내가 그림을? 뜻밖이라든가, 뿌듯하다든가 사족을 달 필요는 없었다. 이미 그려진 것이었다. 다만, 스벤 헤딘은 이제 극복되었는가 하는 문제는 아직 미지수였다. 모를 일이었다. 그것은 내가 판단할 문제가 아니었다. 더 이상 어쩌는 수도 없었다. 그것으로 행사에 참여하면 그만이었다. 나는 할 수 있는 능력껏 한 것이었다. 소녀에게 내 마음을 전달하는 길은 어디 달리 있을 것 같지 않았다. 소녀는 오늘도 아무 일 없이 안전하게 좌판 앞에서 담배와 음료수를 팔며, 향 만드는 물레방아를 돌보고 있을까. 위험이 닥치지 않기를 바랐다. 그리하여 나의 또 다른 '짜이지엔'이 전달될 수 있기를. 포탈라 궁전에서 소녀에게 던진 마지막 말도 겨우 그것이었다. 뭔가 미진하고 안타까웠다. 간절한 마음을 담은 말은 허공을 맴돌 뿐이었다.

그런데 그림을 그려놓고 나자 내 머리를 치는 깨우침에 나는 퍼뜩 몸을 일으켰다. 소녀에게 무심코 던진 '짜이지엔' 때문이었다. 또 만나자는 그 말만큼 간절한 말은 없었다. 헤어진 뒤에 또 볼 수 없는 수많은 만남이 있었다. 이 세상 어디에서도 또 만날 기약이란 없는 수많은 아픈 이별이 있었다. 그 만남들에게 만사 제쳐놓고 가장 절실한 것이 다시 만날 약속인 것이다. 그것은 단순히 지나가는 인사가 아니었다. 이승에서 진정할 말이라곤 그것밖에 없었다.

그런데, 그런데, 소녀를 향한 그 말은 '짜이지엔'이라는 중국말이어서는 안 된다는 사실을 나는 비로소 깨우친 것이었다. 티베트말, 티베트말이어야 한다. 그랬었군. 나는 저절로 탄식이 새어나왔다. 티베트 사람들이 중국의 정책에 맞서서 자기 말을 지키려고 안간힘을 쓰고 있다는, 다람살라 르포를 본 기억이 드디어 생생하게 떠올랐다. 그렇지만 나는 티베트말은 인사말 한마디 배워 오지 못했다. 아니, 배울 마음조차 없었다. 부끄러웠다. 아, 소녀를 만나 티베트 인사말 한마디만 해줄 수 있다면.

그때 어디선가 티베트 무지개의 빛깔이 스쳐 지나간다고 느꼈다. 그것은 이제야 안 것만 해도 축복이라고 알려주려는 빛으로, 얄룽창포 강변과 포탈라 궁전의 청바지 소녀의 머리 위를 지나온 것이라는 생각이 들었다. 나는 몸을 바로 하고 멀리 있는 소녀를 향해 기도하듯 말했다.

안녕, 또 만나.

우리말이었다. 그와 함께, 맨 처음에 쓴 시를 다시 들여다보았다. '한국의 새/한국말을 하고/티베트의 새/티베트말을 한다/그래도 우리 서로 알아듣느니/이 말쓰미 듕귁과 다르니'. 서로의 말을 알아듣는다는 구절이, 새들의 울음소리로 하늘에서 울려 오기라도 하듯 나는 귀를 기울였다. 그리하여 누군가가 내 행동에 대해 묻는다면, 티베트의 무지개가 이어주는 만남의 길을 바라보는 중이라고 대답해주어야지, 하고 나는 먼 하늘을 우러렀다. 먼 하늘 그곳에 꽃 한 송이 피어 있으리라, 하고.

"안녕, 또 만나."

그리고 우리말의 인사를 보냈다.

'분노의 강'을 향하여

늘 다니던 길에 언제 이런 좌판이 놓여 있었던가, 하고 나는 이리저리 둘러보았다. 어디에서 가져왔는지도 알쏭달쏭한 물건들이 잔뜩 늘어놓여 있었다. 나무인형, 불상, 돌그릇, 칼, 붓, 향로, 연적, 먹줄통 등등에 무엇인지도 모를 것들도 있었다. 주인에게 물어보니, 중국이나 동남아 것들에다 특별히 티베트 것도 있다고 했다. 불교 의식에 쓰인다는 고둥나팔이 티베트 것이었다.

  "미얀마 건 뭐 없어요?"

  "미얀마요? 아, 미얀마, 버마 말이죠?"

  주인 남자는 머리를 가로저었다. 나는 막상 물음을 던지면서, 없기를 바라고는 있었다. 살 생각까지는 없었던 것이다.

미얀마에 가서 '분노의 강'을 바라본 것은 불과 열흘 전이었다. 대한항공에서 인천—양곤을 오가는 직항로를 열어, 새로운 관광지가 된 지 불과 한 달. 미얀마의 양곤에 있는 거대한 탑 쉐다곤에서 안내자는 '쉐'가 황금이라는 뜻이라고 알려주었다. 방방곡곡마다 앞에 '쉐'가 붙는 휘황찬란한 금탑이 높이 솟아 있는 나라. 그러자 우리말의 한자어 읽기에서도 금을 '쇠'라고 한다는 사실이 떠올랐다. 본래 같은 뿌리에서 나온 말일 터였다. 옛날옛날에 동방을 여행한 서양 사람들은 우리 신라를 '황금의 나라'라고 기록해놓았다는데, 그 금탑을 보면 그곳은 정말 그랬다.

　붉고 노란 다이몬 레드와 다이몬 옐로 꽃이 핀 길을 지나, 이라와디 강을 건너 드디어 '분노의 강'에 이르렀다. 그곳에는 풍경 사진이나 싸구려 토산품 따위를 들고 따라와 '천 원'을 끈질기게 외치는 아이들이 없었다. 관광지마다 떼 지은 아이들은 물건을 팔기보다 한류(韓流) 문화를 접하는 데 더 흥미를 보인다는 것이었다. 어디선가 짙은 향기가 풍겨 왔다. 하와이에서는 플루메리아라고 하고, 우리나라에 들어와 '러브 하와이'라는 얄궂은 이름이 붙은, 캄보디아의 참페이는 그곳에서도 희게 꽃피어 짙은 향기를 내뿜고 있었다. 며칠 전의 연꽃도 다시금 머리를 스쳐갔다.

수많은 금탑과 벽돌탑 들을 돌아보던 어느 날 호숫가에 이르렀다. 그리고 하루 종일 호수 위에서 갸름한 쪽배를 타는 여행이었다. 점심도 호수 위 나무 집에서 먹고, 연잎 줄기에서 실을 뽑아 옷감을 짜는 공방도 둘러보고, 황금 불상이 놓인 사원도 참배했다. 그러다가 배가 들어간 곳이 토마토 농장이었다. 호수의 물풀을 모아 띄운 배양토에 방울토마토를 심어 가꾼다는 것이었다. 그때까지 흐리게 보이던 호숫물이 맑기 그지없어서 밑바닥까지 들여다보였다.

수로를 접어들어가자 한 소년이 마중하듯 배를 저어 오더니 한 사람 한 사람 연꽃을 나눠주었다. 반쯤 핀 것도 있고 봉오리도 있었다. 소년은 이렇다 저렇다 아무 말도 없었다. 여행지마다 부채니 사진이니 들고 집요하게 따라다니는 아이들에게 시달린 터라 조용한 소년의 행동은 유달라 보였다. 그것은 마치 사원에 꽃을 올리는 것처럼 경건해 보이기도 했다. 잔잔한 감동 때문에 일행은 모두들 주머니를 뒤져 사탕이며 과자며 꺼내 소년에게 답례했다. 밑바닥까지 맑게 들여다보이는 호수 위에서 말없는 한 소년으로부터 받아든 한 송이 연꽃!

나는 과연 과거의 어느 한때라도 외국 사람에게 우리 꽃 한 송이 안겨준 적이 있었던가. 없다. 외국 사람은커녕 우리 사람에게도 꽃 한 송이 제대로 전하지 못하고 살아온 삶이었다. 그저 먹고살기 바빠서 허덕거리고 온 삶이었다. 지금 우리가 제법 살게 되었다고 거들먹거려도 내 눈에는 모두가 허덕거리는 모습을 벗어나지 못한 몰골로만 보인다. 올바른 가치관 없이 각박하게 몰아붙이는 이 사회, 서로 자기만 옳다고 우기는 악다구니에 넌덜머리를 내고 있는 우리 모두들. 가련할 뿐이다. 일행은 소년처럼 말없이, 연꽃처럼 봉긋한 마음을 안고 수로를 빠져나왔다.

그런데 농장을 떠나면서 뒤를 돌아본 나는 의아한 광경을 목격하고 말았다. 소년이 그 어머니인 듯한 사람에게 무엇인가 꾸중을 들으며 머리를 조아리고 있었다. 무엇을 잘못한 것일까? 물음이 스치는 순간, 나는 알았다. 소년은 사탕이며 과자 부스러기를 받아서는 안 되었다. 돈을 받았어야 하는 것이었다. 어머니는 소년의 서툰 연출을 꾸짖고 있음이 분명했다. 나는 못 볼 것을 본 듯싶었다. 그러나 아니다. 나는 볼 것을 본 것이다. 그것은 소년의 잘못이 아니라 이쪽의 잘못이었다.

우리 속어 '쐬'는 돈을 뜻한다. 그러니까 '쉐'와 '쇠'와 '쐬'는 모두 일맥상통한다. 어차피 돈을 주고 하는 여행인데, 착각했었다. 그러므로 소년의 연꽃을 받았으면 돈을 주었어야 한다. 거래는 거래답게 해야 한다. 지구상에서 가장 천민자본주의에 물든 우리임에도 불구하고 엉뚱하게 순수를 요구하는 이중 잣대가 문제였다. 내게 소년의 연꽃을 순수하게 받아들 수 있는 마음이 있는가, 그것부터 가슴 깊이 물어보지 않으면 안 된다, 하고 나는 생각했다. 그래서인지 숙소로 가져와 컵에 꽂아둔 연꽃 봉오리는 빠른 속도로 힘없이 수그러들고 있었다.

그 나라로의 직항로가 열리자마자 나는 하루라도 빨리 '분노의 강'을 보려고 조바심을 쳤다. 중국 사람들이 '노강(怒江)'이라고 하는 걸 풀어 쓴 이름이었다. 그 강 언저리에서 죽을 고생을 한 사람을 나는 알고 있었다. 일본 점령 시대에 태평양 이 구석 저 구석으로 끌려가서 전쟁에 시달린 사람이 한두 명이 아닐 터인데, 그는 내게는 여러 가지 가르침을 준 은사였다. 선생이 살아 있을 때, 우리는 함께 타이완과 일본도 여행했었다. 그가 쓴 글에 '분노의 강'은 살르윈 강이라는 이름으로 소개되어 있었다. 지도에는 그 발음의 영어 표기가 'SALWIN'이었다. 살윈 아니면 샐윈.

그는 일본에서 대학을 다니다가 별것 아닌 사건에 얽혀 그만 전쟁터로 끌려갔다. 독서회를 이끌던 선배를 몇 번 만난 게 화근이었다. 일본 경찰에 의해 불온한 사상을 가졌다고 붙잡힌 선배 때문에 그도 끌려 들어갔고, 형무소로 가겠느냐 전쟁터로 가겠느냐는 윽박지름에 그만 후자를 택하고 만 것이었다. 그 무렵 전쟁은 일본이 거의 패망하기 직전이었다. 따라서 형무소를 택하는 것이 백번 나은 선택이었다. 전쟁터는 곧 죽음의 장소였다. 그는 '후회막급!'을 외쳤지만, 이미 때는 늦었다. 남지나해를 지나는 일본 배들은 폭격을 당해, 전쟁터에 가기도 전에 줄지어 바다를 가라앉고 마는 형편이었다. 그리하여 간신히 '분노의 강' 언저리까지 도달한 그는 중국 쪽으로 이어지는 '지옥가도(地獄街道)'를 오르내리며 사경을 헤맨다.

나는 그런 일이 벌어진 현장을 보고, 느끼고 싶었다. 아니, 그와 보낸 시간을 되돌아보며 우리의 약속을 지켜야 했다. 그런데, 막상 그곳으로 가기 며칠 전. 나는 '우리의 약속'에 대해 버럭 의구심을 가졌다. 그와 미얀마를 여행하고자 우리가 약속을 했던가. 웬일인지 그 부분이 어렴풋했다. 그 부분이라기보다 가장 중요한 핵심이라고 해야 한다. 그를 도와 여러 가지 자료를 수집하는 일을 맡아 했으니, 당연히 그랬을 공산이 컸다. 하지만 그때까지만 해도 미얀마는 먼 나라로만 느껴졌을까. 도무지 약속의 기억이 흐렸다. 정년퇴직을 한 뒤, 그가 늦게

나마 기록을 남기겠다고 교자상 앞에 앉아 수건으로 이마를 동여매고 있던 모습이 눈에 어른거렸다. 약속을 했든 안 했든 나는 그와의 약속을 지켜야 한다는, 이상한 상황에 사로잡혔다.

나는 다른 곳보다도 '지옥가도'와 '분노의 강'을 가보고 싶었다. 그곳이 '약속'의 현장인 것이었다. '지옥가도'는 예로부터 버마 루트 혹은 버마 로드라고 알려진 길과 그리 다르지 않았다. 오늘날 양곤에서 라시오를 거쳐 중국의 쿤밍에 이르는 버마 루트가 더 오래전부터의 길이라면, 버마 로드는 중국과 일본의 전쟁 때 중국에 물자를 나르기 위한 길이었다. 1천 킬로미터에 달하는 이 길을 일본은 '원장(援蔣) 루트'라고 불렀다. 새겨보면, 장(蔣)은 일본에 대항한 중국 국민당의 장제스를 말하니까, 그 군대를 돕는 길이라는 명칭이었다. 나는 살윈 강을 '분노의 강'이라고 부른 것을 단순한 글자 풀이로 받아들이기 싫었다. 이 '지옥가도'와 '분노의 강'에서 선생은 살아 돌아와 머리에 수건을 질끈 동이고 교자상을 끌어당겼던 것이다.

선생은 말(馬)을 돌보는 일을 맡은 졸병이었다. 일본말로는 뭐라 읽는지 몰라도 우리 발음으로는 어자(馭者). 거의 쓰지 않는 글자였다. 애초부터 잘못 끌려간 것이었다. 전세는 벌써부터 뒤집어져 참전 자체가 우스꽝스럽게 되어 있었다. 연합군은 탱크를 앞세워 진격해 오고 있었다. 상대가 되지 않는 군대였다. 이미 패잔군에 불과한 일본군은 도망쳐 다니는 게 일이었다. 말도 없어져버린 판국에 말을 돌보는 어자는 본디부터 약골인 몸을 이끌고 우기의 아열대 수렁 속을 헤맨다. 패잔군과 동떨어진 또 한 부류의 도망자들이 있다. 이른바 종군위안부라는 여자들이다. 그런 가운데, 그는 언젠가 만났던 위안부와 맞닥뜨리기도 하지만, 말도 제대로 붙이지 못하고 헤어지지 않으면 안 된다. 혼비백산, 목숨을 건지기에만 급급한 판이다. 그는 여자에게 조금도 도움을 주지 못하는 자신의 처지를 한탄한다. 그는 그녀가 살아서 고국 땅으로 돌아가기만을 기도한다. 그러나 나중에 함께 귀국선을 탄 위안부들이 몇백 명이나 된다는 놀라운 사실을 적어놓으면서도, 그녀를 만났다는 구절은 보이지 않는다.

나는 '분노의 강'을 바라보며 선생이 그 여자와 맞닥뜨리는 광경을 그려보고자 했으나, 내 머리는 도무지 움직이질 않았다. 세월이 간다는 것은 상상력의 고갈과 다른 일이 아니구나, 나는 내 살아온 시간을 탓할 수밖에 없었다. 뭘 하겠다고 아등바등 남들과 키재기를 하며 살아와야 했는지 한심했다. 어떤 조강 지게미가 나를 불편하게 했는가. 어떤 고량진미가 나를 편안하게 했는가. 삶이란 한갓 뜬구름이 일어남(浮雲起)일 뿐이며, 죽음이란 한갓 뜬구름이 사라짐(浮雲滅)일 뿐이다. 옛말에서 따온, 선생의 말이기도 했다. 그런가. 부운, 그런가? 나는 플루메리아, '러브 하와이' 꽃송이에 물음을 던졌다. 그 강이 왜 '분노의 강'이라는 이름을 가졌어야 하는지도 쉽게 납득하기 어려웠다. 이제 '지옥가도'에는 중국과 교역하는 자동차들이 달리고 있고, '분노의 강'에는 관광객을 부르는 유람선들이 떠 있었다.

실상 선생과 위안부가 맞닥뜨리는 장면은 얼마 전에 뜻하지 않은 곳에서 내게 얽혀든 적이 있었다. 그가 위독하다는 소식을 듣고 부랴부랴 찾아간 날의 일이었다. 병원에서도 손을 놓아 집에 돌아와 누워 있다고 해서, 나는 그를 알고 있는 동료 B와 어울려 경기도 퇴촌 어딘가로 발길을 옮겼다. 차 없는 내가 B를 동원한 셈이었다. 우리는 곤지암 어디로 해서 길을 접어들었다. 쉽게 찾을 수 있는 집이 아니었다. 몇 차례 길을 물어 찾아간 집에, 그러나 그는 없었다. 낭패가 아닐 수 없었다. 게다가 부인마저 없다는 상황은 더더구나 예상치 못한 일이었다.

"계십니까? 누구 없어요?"

문고리를 비틀기도 하고 집 주위를 돌기도 했다. 얼마 전에 병원에서 나왔다는 말을 분명히 들었는데, 아픈 몸으로 어디를 갔을까. 알 수 없었다. 담장 대신에 사철나무며 회양목이 심겨 있고, 마당 여기저기에 모란과 산수유와 명자나무와 주목 등이 어우러져 있었다. 나뭇잎 하나하나에도 그의 지문이, 체취가 어려 있는 듯해서 나는 찬찬히 들여다보곤 했다. 여러 번 '계십니까?'를 외쳐도 결국 아무 기척이 없었다. 병원에서 나와 드러누워 있다는 사람이 어디 가랴 하고, 연락도 안 하고 찾아간 것이 불찰이긴 했다. 나로서는 연락을 하는 게 어쩐지 형식 같고 예의가 아닌 듯 여겼었다. 마지막에 수첩의 낱장을 찢어 몇 글자 적은 다음, 들고 간 과일 봉지 안에 넣어 문 앞에 내려놓고 되돌아서는 수밖에 없었다.

그런데 다음 날 부인에게서 연락이 왔는데, 그때, 우리가 집에 갔을 때, 선생은 방에서 혼자 잠들어 있었다는 것이었다. 어이없는 일이었다. 우리는 더 열심히 문을 두드리고, 고래고래 소리쳤어야 했던 것일까. 아무 기척을 못 느낀 우리는 주위를 빙빙 돌기도 하고, 아마도 서재로 쓰였을 별채를 기웃거리기도 하다가 속절없이 그곳을 떠났다. 방에 잠들어 있는 그를 그냥 둔 채.

며칠 뒤, 선생은 세상을 떠났다. 삶이란 것에 대해 갈피를 잡기 어렵다는 생각이 얼핏 스쳐 지나갔다. 삶이란…… 이별이란 과일 봉지 속에 끼적거려놓은 몇 글자 인사말로 마감되는 것…… 왜 절체절명의 그것이 간단한 요식행위에 명운을 내맡기고 맥없이 당하고 마는가. 정말 부운멸, 너, 맞는가. 영결식장에 가서 소주를 잔에 따라 목젖을 적시고 적셨으나, 그는 안에 잠들어 있고 나는 주위를 맴돌고 있다는 생각뿐이었다. 그제야, 안에 누운 그가 언젠가 내게 선을 보게끔 먼 친척 처녀를 소개해준 적도 있음을 새삼 기억해낼 수도 있었다. 그랬었구나. 그렇게 어디론가 떠났다, 그는.

선생을 못 만나고 발걸음을 돌린 그날, 길을 잘못 들어 차를 세우자 앞에 '나눔의 집'이라는 간판이 나타났었다. 선생이 누워 있는 집과 그리 멀지는 않았다.

"뭘 하는 집이지?"

"글쎄 말야. 한국에도 별 곳이 많아."

뭔가 느낌이 다르기도 해서, 이왕에 그리된 김에 내려보자고 나는 말했다. 마당은 깨끗하게 정돈되어 있었다. 어딘가의 스피커에서 〈봉선화〉 노래가 낯설게 흘러나오고 있었다. 뜻밖에 종군위안부들이 모여 사는 집이라는 안내판이 보였다. 그들이 일본대사관 앞에서 시위를 벌이는 광경을 보기도 했고,

여러 차례 신문에서 읽은 적도 있었다. 그런데 막상 그들이 모여 살고 있는 집이 그곳에 있으리라고는 예상조차 못 했었다. 함부로 들어가도 되겠느냐고 B는 멈칫거렸다.

"어쩨 으스스해."

전시장으로 꾸며진 건물은 입장료를 받게 되어 있는 듯싶었으나, 한참 동안 서성거려도 사람 그림자 하나 없었다. 하는 수 없이 안으로 들어가자 일제시대의 사진들과 함께 얼마 전 세상을 떠났다는 여자의 그림들이 걸려 있었다. 〈못다 핀 꽃〉 〈빼앗긴 순정〉 〈끌려감〉 같은 제목이 보였다. 꽃이 피어 있는 한반도를 뒤로하고 치마저고리의 처녀가 끌려가는 그림을 비롯하여, 완성도야 알 바 아니지만, 어떻든 간에 어두운 세월 속에 스러져간 소녀의 꿈과 그리움이 한(限)으로 맺히는 걸 그린 것이라고 나는 보았다. 선생이 '분노의 강' 그 어디선가 애틋하게 만났던 조선 여자의 이름이 무엇이었을까. 일본 이름은? 알았더라면 한번 탐문해볼 수도 있지 않을까, 당사자는 없다 하더라도 미얀마에 갔던 누군가를 알아볼 수도 있지 않을까, 하는 생각이 잠시 일었던 것 같았다. 부질없는, 쓸잘 데 없는 짓이다. 나는 곧 그 생각마저 누구에겐가 들킬세라 급히 거두었다. 그와 조선 여자가 맞닥뜨리는 장면에 관한 어떤 상상도 적

절치 않았다. 그녀가 살아서 돌아왔다는 증거도 없었다.

"이런 데가 여기 있었네."

나는 B에게 말했을 뿐이었다. 이층 건물을 둘러볼 동안 우리는 아무도 마주칠 수가 없었다. 숙연한 마음과 쫓기는 마음이 교차된 가운데 우리는 '나눔의 집'을 물러나왔다.

선생이 끌려갔던 버마는 언제부터인가 미얀마로 이름을 바꾸었다. 까닭을 군이 알 필요는 없을 것이다. 일본군을 물리친 연합국의 뜻이었는지, 혹은 독립을 얻은 뒤 민주화를 바라는 국민의 뜻을 누르고 권력을 잡은 군부의 뜻이었는지, 혹은 다른 뜻이었는지. 나로서는 그곳이라면 우선 '분노의 강'이고, 다른 건 그다음이었다. 황금과 보석이 어마어마하게 들어갔다는 쉐다곤 사원, 독립투사 아웅산을 기리는 국립묘지, 세계문화유산인 바간의 탑 벌판이고 따질 것 없이 다 마찬가지였다.

그러니까 내가 인사동의 길가 좌판에서 미얀마 운운한 배경에는 제법 확실한 근거가 있었다. 종군위안부로 일본군에 끌려 간 여자들이 미얀마로만 간 것은 아니었다. 태평양전쟁이라는 말부터가 그렇듯이 여러 나라, 여러 섬들까지 흩어져 들어갔다. 몇 해 전에는 캄보디아에서 한 여자가 뉴스에 오르내리며 귀국하기도 했다. 그러나 내 가까운 곳에서 선생이 '분노의 강'을 말했기에, 나는 다른 나라가 아니라 유독 미얀마를 마음에 새기고 있는 것이리라.

"보세요. 저, 여기요."

좌판을 떠나 몇 발짝 옮겼을 때, 뒤에서 부르는 말이 들려왔다. 나는 긴가민가 돌아보았다. 주인 남자였다.

"이게 있어요. 옆집에서 구했어요."

나는 그가 들고 있는 것을 보았다.

"미얀마 거?"

가로 30센티, 세로 10센티 정도 크기, 붉은 바탕에 금박으로 그려진 덩굴꽃 무늬가 눈에 들어왔다. 어디선가 본 적이 있는 경책(經冊)의 일종임을 알 수 있었다. 불경을 공부하는 티베트 승려들이 들추고 있는 경전도 그런 것이었다. 말했다시피 살 생각은 아니었는데, 얽혀 들어간다 싶었다. 표지를 들추자 부처의 일대기를 그린 것이라고 짐작되는 그림과 알 수 없는 글자들이 나타났다. 여섯 장으로 되어 있는 형태였으나, 전체가 종이 한 장으로 접혀 있는 책이었다. 저 알 수 없는 글자를 산스크리트 문자라고 하는지 팔리 문자라고 하는지조차 알 수 없었다. 보통 부처의 일대기를 그린 그림에는, 태어나자마자 몇 걸음 걸어가 '천상천하 유아독존'을 외치는 장면이 있건만, 그건 없었다. 부처가 나무 아래서 깨달음을 얻는 장면, 설법을 하는 장면, 그리고 마지막 열반에 드는 장면으로 여겨지는 그림들이 눈에 띄었다. 코끼리와 코브라도 있었다.

아무튼 본래 내 뜻과는 달리 나는 이상한 경전을 손에 쥐게 되었다. 살 생각이 없었던 만큼, 흥정하면서 가격이 대폭 낮춰진 것도 한몫을 했다. 그림들도 사실 유치한 수준의 것이었다. 아마도 일부러 그렇게 그림으로써 시대가 비교적 오래된 것처럼 꾸밀 속셈이었던 것 같았다. 언젠가 코엑스에서 열린 전시회에 갔다가 스리랑카 스님들이 와서 경전을 만드는 과정을 보여주는 걸 구경한 적이 있었다. 그것을 패엽경(貝葉經)이라고 했다. 하지만 내가 산 것은 그것과는 달랐다. 무엇보다도 패엽이 아닌, 그냥 종이로 만든 것이었다. 패엽이란 종이가 없던 시절에 나뭇잎을 베어 말려 종이처럼 쓴 데서 비롯된 말이며, 패엽경은 그 경전을 일컫는 말이었다. 조개 패(貝) 자는 왜 들어가 있을까. 히말라야 산맥이 아주 오래전에는 바다 밑이었고, 그래서 그 위에서 종종 조개껍데기가 발견된다던 사실과 무슨 연관이 될까, 했으나, 알고 보니 조개는 물론 히말라야 산맥은 더더구나 아무 관련이 없었다.

스리랑카 스님은 나뭇잎 종이 위에 송곳으로 글씨를 쓴 뒤

전체에 먹물을 묻혀 닦아내고 있었다. 글씨 부분만 먹물이 남게 되는 이치였다. 그리고 벽에 붙여놓은 사진에는 사람이 야자수에 올라 칼로 나뭇잎을 베어 내려오는 모습이 담겨 있었다. 패엽이라는 말은 별 게 아니라 산스크리트어 패트라(Pattra)의 소리를 한자로 옮겨 적은 패다라(貝多羅)에서 나온 것인데, 나뭇잎이라는 뜻에 지나지 않았다. 그렇게 써서 끈으로 매고 겉장을 양쪽에 대어 만든 것이 패엽경이었다. 이러한 본래의 패엽경 형식은 종이가 쓰인 뒤에도 없어지지 않고 남아 있다고 했다.

얼마 전에 조계사에 갔다가 '종군위안부를 위한 기도 삼천배'라는 안내문을 읽은 기억이 살아났다. 선생에 대한 추모는 미얀마와 종군위안부가 함께 어울려 새삼스럽게 내게 몰려오는 격이었다. 그리하여 나는 더욱 미얀마로 가야겠다는 생각을 굳혔던 것이다. 선생이 헤맸던 지역은 살윈 강과 시탕 강 주변, 샨족의 땅이었다. 그리로 가기 위해서는 만달레이를 거쳐야 했다.

"이곳이 마지막 왕도(王都)지요."

안내자를 따라 해자를 건너 들어간 왕궁에는 한때 일본군이 주둔한 흔적이 그대로 남아 있었다. 마지막 왕인 밍군왕의 옥

좌가 노여 있고, 왕은 사진으로만 남아 있었다. 딱한 노릇이었다. 선생에게서 만달레이에 대해 들은 이야기는 없었다. 아마도 왕도에 주둔할 만한 주력 부대에 속하지 못한 때문일 것이었다. 그러므로 나 역시 어서 빨리 목적지로 갔으면 싶었다. 그러나 왕궁을 나와 방문한 한 사원에서 불경의 마지막 결집(結集)이 이루어졌다는 이야기를 들은 것은 그런대로 소득이긴 했다. 사원의 경내에 수많은 작은 불탑 구조물이 세워져, 그 안에 무슨 글자들을 빼곡히 새긴 비석을 모시고 있었다. 불탑 구조물은 사각뿔 형태의 기본적인 모양이었다. 사면의 열린 구조에 철창이 굳게 닫히고 열쇠마저 채워져 있었다. 중요하게 여긴다는 뜻이었다.

"이 비석들이 경전입니다."

안내자가 손을 들어 가리켰다.

"돌에 새긴 경전……"

"그렇지요. 결집하여 남겨놓은 거랍니다. 결집, 아시죠?"

나는 무슨 말이라는 표정을 지었다. 안내자는 차근차근 설명하기 시작했다. 부처는 가르침을 글자로 남기지 않았다. 나중의 예수도 마찬가지였다. 위대한 성현의 길이기도 했다. 일컬어 '불립문자(不立文字) 이심전심(以心傳心)'의 세계. 문자 나부랭이로는 전할 수 없는 마음의 세계. 그러나 시간이 흐를수록 가르침의 참뜻이 자칫 잘못 전해질지 모를 위험이 따른다. 글자로 확정지어놓을 필요가 있다. 여기서 여러 제자들이 모여 부처의 말을 들은 대로 읊어 확인한 것이 결집이었다. '나는 이렇게 들었다(如是我聞)'는 말이 경전의 앞머리에 놓이게 되는 연유였다. 부처의 가르침을 읊어 확인했기에, 그쪽에서 결집은 암송과 같은 말뿌리를 갖고 있었다. 안내자의 말이 아니더라도, 왕사성에서 대가섭의 주재 아래 첫 번째 결집이 있은 이래 두 번인가 세 번의 결집이 있었다고 책에서 읽은 기억이 났다. 그런데 뒤늦게 미얀마에서 네 번째 결집이 있었다는 것이었다. 나아가 미얀마 사람들은 예전에 부처가 그 나라까지 왔었다고 믿는다는 설명이 뒤따랐다. 처음 듣는 말이었다. 알 길이 없었다. 확인할 길도 없었다. 다만 결집의 증거로 새겨놓았다는 비석들을 돌아보던 나는 선생이 '지옥가도'를 헤매며 외운 진언 한마디를 퍼뜩 머리에 떠올렸다. 그 뜻은 선생도 모른다고 했다. 전쟁터로 떠나기에 앞서 고향 동네 어른들이 적어준 대로 위태로울 때면 무턱대고 외었을 뿐인 한마디였다.

옴 아라나야 훔 바탁.

덕분에 그는 목숨을 부지했는가. 그럴 리는 없었다. 그래도 나는 오래전부터 그 뜻을 알아두려고 했었다. 그러나 그러지를 못했다. 내가 아는 진언이라고는 '옴 마니 밧 메 홈'이 고작이었다. 그것도 본뜻을 제대로 아는 건 아니었다. 내 게으름 탓이 컸다. 실은 기회야 얼마든지 있었다. 그렇다면 뜻을 굳이 캐지 않으려는 마음이 내게 있었다고 해야 한다. 그가 위기에 처해 기도로 외었다면 신음소리에 지나지 않을지라도 그것으로 그만이었다. 어찌됐든 비석들 사이에서 그가 내게 들려준 진언 한마디가 떠오른 사실이 더없이 고마웠다.

그로부터 나는 '옴 아라나야 홈 바탁'과 함께 이라와디 강을 건너 살윈 강 쪽으로 나아갔다. 나로서는 그 진언을 뭘 생각이 조금도 없었다. 그래도 그 진언은 내 뇌를 떠나지 않았다. 곳곳에 황토가 드러나고 나무들은 초록이 옅었다. 재스민꽃이 점점 드물어지는 땅이었다. 한쪽에는 새로이 금탑이 세워지고도 있었다. 권력자들은 여기저기 찬란한 금탑을 세움으로써 자신의 공덕을 널리 알리는 게 관례였다. 드디어 그 강에 이른 나는 비로소 약속을 지키는구나, 마음이 가라앉았다. 새벽에 호숫가의 호텔에서 잠이 깨어 닭울음을 들을 때부터 지극히 평온한 마음이었다. 우리로 치면 장급쯤 되는 호텔이었다. 여명 속에 커튼을 젖히고 내려다본 마을에는 닭이 울고 개가 어슬렁거렸다. 집들이 대부분 이층이어서 그렇지 우리의 예전 농촌과 진배없는 풍경이었다. 이곳이 '지옥가도'로 이어지는 전쟁터였던가, 믿기 어려웠다. 그럼에도 불구하고 나는 그 구석 어디엔가 깃들어 있는 죽음의 냄새, 죽음의 그림자를 좇고 있었다.

선생을 모시고 일본에 갔을 때가 생각났다. 버마 전선에서 살아 돌아온 상관을 인터뷰하려는 참이었다. 지방 신문사에까지 수소문을 해서 야마나시(山梨) 어디론가 찾아갔건만 그 사람은 옛일을 거의 잊고 있었다. 그곳 전쟁터에 갔었다는 것만은 분명히 알고 있었는데도 죽음 직전에 이른 순간들은 모른다고 대답했다. 그런 일이 있었느냐고 되묻기도 해서, 선생의 질문에 의심이 갈 지경이었다. 알고도 짐짓 모른다고 시치미를 떼는 태도는 결코 아니었다. 그 사람은 이제 까맣게 모르고 있었다. 아무리 자세히 상황을 들이대도 눈을 멀뚱멀뚱 뜰 뿐이었다. 선생은 여간 난감해하지 않았다.

"그때, 그때…… 이럴 수가, 이럴 수가."

선생보다 더 난감한 건 나였다. 나는 어쩔 바를 몰라 안절부절못했다. 둘이서 죽자 사자 넘은 여러 차례의 사선. 선생은 그때의 물웅덩이 하나까지, 물소 한 마리까지 묘사하는데, 그 사

람은 착각 아니냐는 반응이었다. 자기는 겪은 바 없다는 것이
었다. 왜 찾아갔는지조차 모를 상태가 되어 우리는 호텔로 돌
아왔다. 선생은 내내 머리를 내젓고만 있었다. 우리는 유황온
천에 몸을 담그고 나와, 로비에서 벌이는 중국 서커스의 접시
돌리기를 구경하며 어색한 시간을 보냈다. 달래질 허탈감이
아니었다. 일본에 헛걸음을 하고 돌아온 뒤, 그 일본인이 보인
태도가 의학적으로 증명된 하나의 증상임을 알기까지는 꽤 오
래 걸렸다. 견디기 어려운 혹독한 일을 당한 사람이 사실을 잊
으려 하고 또 실제로 없었다고 믿는 증상. 나는 그 의학 기사
를 충분히 수긍했다.

시골 마을의 풍경에서 마치 그 일본인의 증상을 본 것은 내
잘못일까. 선생과의 약속 때문에 내가 지나치게 과민 반응을
일으킨 것일까. 시골은 있는 그대로의 시골이었다. 그것은 망
각이 아니라 치유일 것이다. 어쩌면 전쟁이 피해 간 마을일 가
능성도 얼마든지 있었다. 그런데도 나는 전쟁이 휩쓸고 지나
간 엄청난 흔적을 보려 하고 있었다. 그 일본인의 증상은 내게
와서 또 하나의 다른 증상이 되고 만 듯했다. 이것이 선생과의
약속의 망령이라면…… 나는 혼자 머리를 절레절레 흔들었다.
그리고 망령을 떨쳐버리기라도 할 듯 밖으로 나와 마침 마을

어귀를 줄지어 가는 탁발승들의 뒤를 따랐다. 적갈색 가사를 입은 그들은 항아리를 들고 마을을 돌았다. 나도 그들처럼 살 수 있을까. 나는 무소유라는 것에 항상 두려움을 갖고 살아오지 않았던가. 현실의 나는 얼마만큼 곧이곧대로의 나일까. 나도 나를 받아들이지 못하는 증상에 시달리고 있음에 틀림없었다.

나는 한나절 동안 유람선을 타고 '분노의 강' 위에 있었다. 전쟁의 냄새나 그림자 따위는 이제 잊어야 한다. 선생과의 무언의 약속도 잊어야 한다. 약속은 애초부터 없었다고 단정해야 한다. 나는 흔들리는 뱃전에 앉아 캔맥주를 땄다. 우기를 맞이하려는지 하늘은 햇빛이 쨍쨍하다가도 어느새 비를 머금은 구름으로 덮였다. 나는 차라리 우기의 그곳 수렁을 겪으며 예전의 선생과 같은 시간을 보냈으면 했었다.

선생의 장례식장에도 B와 함께 갔었다. 그는 여전히 빈집의 방 안에 가물가물 누워 있고, 우리는 바깥을 겉돌고 있는 느낌이었다. 나는 국화꽃 한 송이를 영정 앞에 올리고 절을 하며 '계십니까?' 하고 문고리를 비틀고 있는 듯싶었다. 그는 어디로 갔단 말인가. 그는 아직도 일본인 상관과 어울려 강가의 논둑을 걷고 있었다. 일본에 다녀온 뒤로 그는 모든 일에 못 미더워했다. 교자상도, 머릿수건도 멀어져 있었다. 안타까운 일이었다.

"거기에 갔던 일이 허상인지 모르겠단 말야. 허허."

분명 그렇게 믿고 있지는 않는다는 어이없다는 반어투였다. 그러다가 우리의 방문을 맞이하지도 않고 세상을 떠나갔다. 그야말로 부운기, 부운멸이었다. 우리는 그날 쉽게 발길을 돌린 일이 아쉬워 늦게까지 술잔을 기울였다. 나는 그가 몇 번이나 되뇌던 '허상'이라는 말이 머리에서 떠나지를 않았다. 그의 체험은 허상일 수가 없었다. '옴 아라나야 훔 바탁'의 진언이 증언하고 있었다. 아니, 도대체 어떤 증언도 필요 없었다. 모든 게 사실이자 진실이었다. 그러나, 그러나, 그러나……

그러나, 나도 때때로 지난 세월의 어느 순간들이 허상이 아닐까 생각에 잠기는 순간이 없지 않은 것이다. 내가 겪었던 일들이 정말 내게 일어났을까. 아무도 증언해줄 사람이 없다면. 나는 어리둥절 혼란에 빠지곤 했다. 기시감이란 것이 끼어들수록 어리둥절함은 기승을 부린다. 게다가 또 하나의 불쾌한 낱말, 도플갱어. 도대체 저기 보이는 저 어떤 인간이 꼭 나를 닮았다니? 닮은 게 아니라 나라니?

"그 여자 있잖어, 왜."

다른 자리에 갔다 온 B가 불쑥 말을 꺼냈다.

"그 여자라니, 누구?"

별로 궁금하지도 않았으나, 나는 물었다. 우리는 적당히 취해 있었다.

"선생님 먼 친척. 그 여자도 죽었대. 교통사고래."

그가 말을 건넨 것은 내가 알고 있는 여자여서였다. 선생이 내게 소개해서 만난 적이 있었다. 결혼을 전제하고 있었으므로, 여의치 않아 불과 몇 번으로 끝난 만남이었다. 새삼스럽게 말이 나올 건더기는 어디에도 없었다. 장례식장이어서, 느닷없는 죽음이어서 나온 말일 듯했다.

"죽었군. 어쩐지."

나는 건성으로 대꾸했다. '어쩐지'라는 뒷말은 왜 붙였는지 나부터가 수상했다. 특별한 반응을 보일 만한 사이가 아니었다. 영화를 한 번 본 적은 있었다. 영화관이라곤 가지 않는 내게 이례적이라면 이례적이었다. 그뿐, 여자는 죽었다. 멀티미디어 운운하던 그 영화관도 문을 닫았다. 그동안 많은 이들을 보냈다. 어른도, 선배도, 친구도, 하물며 후배도 있었다. 죽음은 특별한 일이 아니었다. 나와 맺어지지 않은 그 여자는 다른 남자와의 결혼에 실패하고 신도시 어딘가에서 혼자 살고 있다고 들었었다. 만약 나와 맺어졌다면 죽지 않았을까, 속절없는 소리를 떠올리는 순간, 그뿐이었다. 그뿐, 하고 넘어가려는 순간, 가슴속에서 무엇인가가 북받쳐올랐다. 까닭 모를 슬픔이었다. 슬픔이 아닌지도 몰랐다. 그뿐인 감정, 그것의 다른 모습일 수도 있었다. 그게 '어쩐지'의 해답이라는 생각도 들었다. 무엇인지 모를 그것이 '계십니까?' 나를 부르고 있었다. 나는 웬일인지 꼼짝 못하고 입도 뗄 수가 없었다. 꿈속에서 뜻대로 안 돼 허우적거리는 꼴이었다. 계십니까? 나는 안타깝게 물고기처럼 소리 없이 입을 벌리려 애쓰기만 했다. 그런 순간, 나는 눈물을 주체할 길이 없었다. 이런 꼬락서니라니, 하면서도 나 자신을 추스를 마음은 아니었다. B가 여자의 죽음을 알린 게 단단히 잘못된 모양이라고 추측하여 열없어 하든 말든이었다.

장례식도 지나고, '분노의 강' 여행도 지났다. 내게는 한 권의 허술한 미안마 패엽경만 남았다. 앞에서도 밝혔듯이 패엽경은 아니었다. 그렇지만 나는 우기고 싶었다. 그리고 마치 새로운 결집을 하듯 패엽 한 장 한 장에 무엇인가 기록하여 암송하고 싶었다. 외지 못하는 건 결집하지 못하는 것일 테니까. 그런데 과연 무엇을?

과연 무엇이 암송할 만한 값어치가 있을까. 죽음을 앞둔 사람에게 필요한 것만이 암송할 만한 값어치가 있으리라. 그런

게 과연 있을까. 나는 패엽에 마지막 하루나마 새겨놓아야 한다. 태어났기 때문에 꿈틀거려야 한 자초지종을. 그러자면 송곳을 마련해야 한다. 붓이니 연필이니 볼펜이니, 다른 필기도구는 물론 컴퓨터도 패엽을 건드려서는 안 된다. 그럴 수도 없다. 송곳으로 긋는 글자만이 의미가 오롯하다. 모든 진상과 허상을 넘어, 모든 기시감과 도플갱어를 넘어, 내 모습을 남겨야 한다. 그런데 그게 과연 있을까.

무엇보다 진언 한마디를 만들자. 진언 밑에 동물과 식물, 그 가운데 내가 가장 좋아했던 것을 그리자. 동물; 인간의 남자와 여자, 날짐승과 들짐승 각 한 마리씩. 식물; 보랏빛꽃…… 겨우 여기까지 상상을 이어가던 나는 이미 머릿속이 텅 빈 것만 같다고, 허덕인다. 너무 추상적이다. 추상이 기시감 같은 걸 만들어내는 원흉임을 드디어 깨닫는다. 그럼, 구상은? 물론 구상은 추상을 만들어내는 원흉일 테다. 둘은 서로 짜고 뫼비우스 띠 같은 돼먹지 않은 놀이를 만들 테다. 삶을 진상과 허상으로 뒤섞어놓을 테다. 이쯤 되면 한눈팔지 말고 정신을 바짝 차려야 한다. 곰곰 되짚어야 한다. 나이 듦이란 온갖 기시감과 도플갱어를 확대재생산하며 자기위안, 자기변명을 위해 헛된 시간을 맞이하는 것. 이들 허깨비와 맞서야 한다. 싸워야 한다. '지옥가도'란 다른 곳이 아니다. 내가 살아온 길이다. '계십니까?'에 대답해야 한다. 나는 다시 힘을 내기로 한다.

삶을 그리자. 진정한 내 모습을 그리자. 사랑을 그리자. 송곳으로 글자를 새기고 먹물 대신 피를, 피를 묻히자. 한글을 쓰자. 컴퓨터 같은 놀이기구가 못할 작업으로 나의 하루, 인류의 하루를 한글로 남기자. 피의 향기를 내 지나온 삶 속 가장 암송할 만한 값어치의 향기로 남기자. 한 획 한 획 깊게 금 그어, 응고된 피가 핏빛 호박(琥珀)의 핏줄이 되도록 선혈 자국을 남기자.

나는 패엽 한 장을 무릎 위에 놓는다. 나도 모르는 사이에 패엽에 뜬구름이 그려진다. 그러므로 뜬구름 속에 패엽 한 장 떠 있다. 패엽 속에 누군가 떠올리는 글자. 부운멸, 너는 아느냐? 나는 복창, 암송한다. 갑자기 두려움이 몰려든다. 부운멸, 너는…… 너는……

'아느냐?'까지 가지도 못하고 나는 땅바닥의 내 그림자를 향해 고개를 숙인다. 마지막 물음표 달기. 물음표가 너무 무겁다고, 버겁다고 검은 숨을 내쉰다. 계십니까? 소리는 들려온다. 패엽은 아직 나의 한글을 기다린다. 아마도 영원히 기다려 온 공간인 것 같다. 빈 공간에 영원의 시간은 하루로 농축되어 있다. 공포의 시공(時空)에서 춤추는 허깨비들을 몰아내고 한글의 사랑을 새겨 넣어야 한다. 멈춰서는 안 된다.

나는 송곳을 거머잡는다. 물음표를 위한 마지막 순간이 다가오고 있다. 아느냐, 너는 아느냐? 한글의 한 획 한 획 속에 담아야 할 생명을 너는 아느냐?

차오양 거리의 길 찾기

아무리 생각해도 백남준 탓이었다. 그의 얼굴이 크게 벽화로 그려져 있는 건물이 대로변에 버티고 있는 한 길을 잃어버릴 수는 없다고 믿었음에 틀림없었다. 만약 길을 잃으면 그 건물을 찾기만 하면 되는 것이다. 찾는다는 말이 지나치다고 여겨질 정도로 그 건물은 '대로변에' 뚜렷했다. 어디로 가든, 아니, 어디로 잘못 가든 백남준의 얼굴만 다시 찾으면 된다.

"호텔 뒤로 나와서 길을 건너세요. 어떠세요. 제가 갈까요?"

전화 속에서 그녀의 목소리가 가늘게 들려왔다.

"갈 수 있어요. 곧 찾아갈게요."

염려할 것 없다고, 자신감을 가진 배경에 백남준 얼굴이 있었다. 온통 건물을 뒤덮고 있는 포인트가 있는데, 뭘. 나는 나를 다독였다. 그러나 내가 있는 곳은 베이징, 중국 땅 베이징. 게다가 그녀는 몇 시간 전에 처음 만나 인사를 나눈 여자였다. 다음 날 서울행 비행기표를 끊어놓은 상태에서, 달리 그녀와 만날 틈은 없었다. 그녀는 중국 악기인 얼후를 타는 조선족 여자였다. 그러나 문제는 그녀가 기다리겠다는 장소에 있는 것이 아니었다. 그녀를 만나야 하는 까닭에 있었다. 여간 부담스러운 게 아니었다.

백남준의 모습을 중국에서 보게 될 줄은 몰랐다. 헤아려보면 나는 십칠 년 전에 중국에 처음 갔었다. 해외여행이 자유화되고 나서였지만, 그곳을 직접 오갈 수는 없었다. 나는 일행과 함께 일본 후쿠오카로 가서 일본 비행기를 탔었다. 한국과 중국 사이를 직접 오가는 비행기가 없기 때문이었다. 서로 외교 관계를 맺지 않고 체제가 다른 국가들 사이는 그렇게 뜨악했다. 가령 미국에서 쿠바로 직접 들어갈 수 없어서 멕시코를 거쳐야 했던 것과 같은 것이다. 그러나 인천공항에서 두 시간쯤 날아가면 되는 사이. 베이징 공항에 닿으니, 마중 나온 사람들 틈에 내 이름을 써서 들고 있는 사람이 있었다.

그렇게 하여, 베이징의 한국문화원 개원 이 주년을 기념하는 행사에 참가하였다. 중국 작가 옌롄커와 함께 책 사인회를 하는 것이었다. 그는《인민을 위해 복무하라》라는 소설로 한국에 소개된 작가였다. 내 책은《둔황의 사랑》. 우리의 문학 행사는 젊은 화가들의 교류 전시를 하는 미술 행사, 우리 국립국악원 단원들이 연주하는 음악 행사와 함께 엮여 있었다. 예전에 학교 다닐 때 독일이니 프랑스니 문화원들을 몇 번 갔었던 기억이 떠올랐다. 중국 학생들이 많이 와서 행사에 참가하는 걸 보고, 다른 나라의 문화를 알고자 하는 젊은이들은 여전하구나 하는 생각이 들었다.

목련과 매화가 활짝 핀 화사함을 안고 예상보다 크게 변해 가고 있는 베이징을 나는 새롭게 바라보았다. 여기서 '새롭게'라는 말은 첨단적, 예술적이라는 말을 포함한다. 한국문화원의 건축도 만만치 않았다. 컴퓨터로 작동되는 내부 시설들에서도 그랬지만, 무엇보다 건물 전면을 가득 채운 세 명의 얼굴에서 나는 더욱 놀랐다. 사진작가 임영균이 만든 벽화 작품으로, 한국을 대표하는 비디오 아티스트인 백남준과 한·중 교류 홍보대사인 가수 장나라, 중국 예술가 수빙이라는 사람의 얼굴. 하여튼 백남준은 반가웠다. 뜻밖에 그를 다시 맞닥뜨린 것이었다. 몇 해 전에 독일의 한 미술관 골방에서 문득 그의 작품 〈촛불〉을 본 이후 나는 나만의 경험을 연장하려는 듯 그의 사십구재에 갔었고, 그리고 김금화의 굿으로 치러진 진혼제의 인사동 쌈지, 최근 세워진 용인 기념관까지 그 행적을 좇기도 했다. 그런 그를 베이징에서 다시 만날 줄이야. 그렇다면 그는 내게 어떤 의미로 작용하려는 것인가. 나 스스로 최면을 걸었는지도 모른다. 나는 낮에 입었던 옷을 부랴부랴 다시 걸치고 호텔을 나섰다. 로비의 자동문을 거치면서, 근거가 박약한 사람에게는 최면도 종교라고 누가 말했더라, 잠깐 기억을 더듬은 것 같기도 했다.

호텔 뒤로 나와서 길을 건너세요. 나는 그녀가 말한 대로 따랐다. 불과 일박 이 일의 일정을 내어 갔던 터라 다른 여러 곳을 '자유 여행' 할 여유가 없었다. 겨우 기웃거린 곳이 '유리창'이라는, 우리네 인사동 같은 동네와, 젊은 미술가들의 거리 '예술지구 798'이라는 지역이었다. 옛것이든 새것이든 미술에 관련된 곳들이었다. 그 밖에 물에 떠 있는 커다란 반구형, 혹은 알(卵)모양의 이색적인 대극장 건물 앞에서 사진도 찍었다. 빛에 반사되는 번쩍이는 건물을 빙 둘러 해자처럼 파고 물에 떠 있는 형태의 건축이었다. 미술은 보여준다는 점에서 도시의 인상을 결정짓는 요소가 된다. 그래서 세계의 여러 곳에서 새로운 보여주기의 시도로 사람들을 불러 모은다. 건축이며 설치가 중요한 것은 말할 나위가 없을 것이다.

　중국은 지금까지 내게 '죽(竹)의 장막'과 거대한 제국의 이미지로 압도해왔었다. 오래전에 나는 비단길을 알고 작품에서는 물론 실제 여행으로 여러 곳을 둘러보곤 하면서도 그 인상을 버릴 수가 없었다. 그 나라는 옛 황제들과 거대 조직의 땅이었다. 그 거석문화의 그늘에서 내가 찾고자 한 것은 개인의 모습이었다. 그래서 혼자 허름한 샤오치부(小吃部)의 낡은 탁자에 차이(菜) 접시를 놓고 한잔 술을 기울이는 외로운 내가 좋았다.

　그런데 이번 짧은 여행은 이제까지 볼 수 없었던 개인의 모습을 볼 빌미를 마련해준 듯하여 뜻깊었다. 말하자면 과거의 중국은 내게 역사지리부도 속의 중국이었다. 그것은 살아 있는 중국이 아니었다. 그러나 이번에 비로소 상투성을 깨고 역사에서 살아나온 모습을 본 듯했다. 아마도 이것이 '낯설게 하기'의 본보기일 것이다. 이것이야말로 예술의 역할이라고 생각되었다. 예술의 역할이라고 크게 뭉뚱그릴 것도 없이 무엇보다도 '장막'을 들치고 나온, 얼후를 타는 조선족 여자가 있다고 고백해야 할 것이다.

　낮에 그녀가 베이징 안내를 맡은 까닭을 안 것은 나중의 일이었다. 나는 혼자서 행사에 참여했어도, 우리 일행의 대부분은 국악에 관계된 사람들이었다. 그러니까 그녀는 여느 안내원이 아니라 음악을 하는 동료로서 안내를 맡은 것이었다. 우리 일행에 해금을 타는 사람이 있었고, 얼후는 중국의 해금과 같은 악기였다. 한자 표기에 '오랑캐 호(胡)' 자가 있는 걸 보면 북방에서 들어온 악기라고 짐작되었다.

"나무 울림통에 명주실을 현으로 쓰는 해금과 달리 얼후는 뱀 가죽으로 울림통을 만들고 강철 현을 써서 울림이 크고 독특하죠."

그녀는 내게 설명했다. 어디선가 보긴 본 악기라고, 기억을 더듬을 만큼은 어렴풋이 알고 있었다.

"뱀 가죽을요?"

"예. 구렁이…… 아시죠?"

구렁이 가죽 울림통에 강철 현. 뭔가 어려운 모습이구나, 여겨졌다. 그 모습은 그녀의 안내를 받는 내내 머리를 떠나지 않았다.

베이징에서 본 것은 단순한 현대화가 아니었다. 그것은 '옛것을 익혀 새것을 안다(溫故知新)'의 사례라고도 할 수 있다는 생각이었다. '예술지구 798'은 예전에는 공장지대였다고 했다.

과연 작은 공장 건물들이 줄지어 늘어선 골목 동네였다.

"저기를 보세요. 무기 만드는 기계가 그대로 있지요. 한국문화원에서도 여기서 전시를 했었습니다."

그녀는 일행을 이끌고 여기저기 보여주었다. 공장이었던 한 곳은 무기를 만드는 공작기계들이 그대로 놓여 있기도 했다. 그런 환경을 그대로 살려 예술지구로 바꾼 것이었다. 외국에 비슷한 예들이 없지 않으나, 소규모의 동네 공장 건물들을 그대로 보존한 채 예술을 하도록 만든 그 행위 자체가 예술이었다. 일행은 종종 흩어졌지만, 나는 그녀 옆에 다가붙어 착실하게 설명을 들으려 노력했다. 그리고 얼마 전에 만난 두 화가의 말이 머릿속에 떠올랐다.

J─서울 시청 앞에 논을 만들고 벼를 가득 심어 농사를 짓는다. 그것이 내가 하고 싶은 작품이다.
K─돈을 많이 벌어 한 동네를 사들인다. 그리고 모든 집을 헐고 그저 자연으로 만들고 싶다.

파리의 한 열차역을 개조하여 만든 미술관이 오르세였다. 프랑스 말을 모르는 나는, 오르세 앞에는 꼭 관사 'D'가 붙어 있는데 왜 도르세라고 부르지 않는지 누구에게 물어볼 기회가 오기를 기다렸다. 어쨌든 이처럼 서울역도 미술관이 되었다. 나는 두 화가의 말을 들으며 서울역 자리가 논이나 들로 변해 있는 풍경을 머릿속에 그렸었다. 나 역시 자연이 그리웠다. 어디를 가든 이렇게 자연이 모습을 잃어가서야 나중에 어쩔 것인가, 한숨이 나오기 일쑤였다. 하기야 내게 이제 남은 '나중'이 얼마나 보장되어 있는지 의문이기는 했다. 그러나 나뿐만 아니라 누군들 그럴 것이었다. 그러자 죽음이라는 말이 입속에 맴돌기 시작했다. 입속에 죽음이라는 말을 물고 '예술지구'를 둘러보는 내가 어릿광대 같아서, 내 발걸음은 밑을 헛디디고 있는 것만 같았다.

나는 호텔 뒤로 나와서 길을 건넜다. 전화 속 그녀의 말을 그대로 따른다는 생각이었다. 말했다시피 사실 그녀를 따로 만나는 일은 어떻게든 피하고 싶었다. 점심때 오리구이를 먹는 식당에서 그녀는 일부러 내 옆에 앉았었다. 한국에서, 서울에서 한번 연주하고 싶어요. 도와주실 수 있어요? 우리의 전통 악기가 아닌 얼후를 가지고 국악원 사람들에게 부탁하기란 쉽지 않은 때문인 듯싶었다. 글쎄…… 뭘 어떻게 해야 하는지 나로서는 막막했다. 하지만 나는 러시아의 우리 민족 화가를 도와 개인전을 열게 해준 적이 있었다. 부딪쳐보면 안 될 게 없는 이 사회였다. 그런데 그녀는 이제 따로 만나기를 제안하고 있는 것이었다. 따로 만나면 그녀의 부탁을 뿌리치지 못할 것임을 나는 알고 있었다. 나라는 인간은 도무지 감당 못할 일도 고개를 끄덕이고 만다……

길은 자전거 전용도로를 건너 다시 자동차 전용도로를 건너게 되어 있었다. 그녀가 얼후를 연주한다는 사실에서 나는 왜 얼마 전 디지털사진점에 갔다가 본 옛날 사진첩을 기억했을까. 여권은 만료 육 개월이 안 남아 있으면 다시 만들어야 하기에 사진점부터 들른 것이었다. 기다리는 동안 나는 탁자에 놓여 있는 옛 사진첩에 눈을 주었다. '빨랫방망이 쥐던 손으로 샤미센을 타네.' 무슨 뜻이지? 하는 순간 알아차렸다. 자못 선정적인 제목에, 우리나라가 일본에 합병되고 나서 얼마 지나지 않은 시절의 풍속을 찍은 사진들. 기모노를 입고 일본 악기 샤미센을 타고 있는 여자들. 우리 시골의 풍경도 곁들여 있었다. 뭔가 좋지 않은 의도가 깔려 있다고, 시시껄렁한 짓거리라고 여겨져서 덮어버릴까 하면서도 기어코 한 장 두 장 페이지를 넘겼다. 요즘은 빨랫방망이를 아는 젊은이조차 아마도 없을 것이다. 도대체 그런 걸 어디에 어떻게 쓰는지 알 길이 없

을지도 모른다. 그러나 예전 개울가나 우물가에서 빨래들을
빨랫돌 위에 올려놓고 빨랫방망이로 두드리던 여인네들의 모
습이 내게는 살아 있는 풍경이었다. 그녀들을 보고 싶었다. 서
울 한복판에서 그런 풍경을 볼 수만 있다면. 나는 숨을 휴우
몰아쉬었다. 사라진 풍경은 어디에서도 재현되지 않았다. 생명
을 스캔하면 본래 생명은 죽는다는 이상한 말을 들은 적이 있
었다. 어려운 말이었다. 스캔이 '복사하다'라는 뜻이라면, 생명
을 복사한다는 것은 무엇일까. 나는 어지러운 생각을 사진첩
속에 접어두고 그곳을 나왔다.

　'빨랫방망이 쥐던 손으로 샤미센을 타네'라는 제목은, 그녀
들이 하나같이 샤미센을 타게 되었다는 뜻을 품고 있다. 그렇
지는 않을 것이다. 애초에 틀린 말이다. 선정적인 데다가 선동
적이다. 하나의 사실을 꼬투리로 모든 걸 그렇다고 덧씌우는
수법이다. 그러나 사진첩은 그때의 우리 여인네들의 모습을
엿볼 수 있게 해주었다. 그녀들은 무릎 위의 샤미센에 손가락
을 올려놓고 줄을 튀기고 있었다. 아름다운 자태였다. 이 경우
의 아름다움이란 슬픔에 운율이 닿아 있다. 그러나 모든 아름
다움은 슬픔에 뿌리를 내리고 있다. 그런데 자전거 길을 건너
신호등이 바뀌기를 기다리는 동안 한 문장이 맴돌고 있음을

알았다. '빨랫방망이를 쥐던 손으로 얼후를 타네.'

　지금 나를 불러낸 여자는 백두산 밑 어디가 고향이라고 했다. 그쪽 지리라면 이도백하와 통화라는 지명밖에는 아는 것이 없었다. 중국에서 백하는 바이허, 통화는 퉁허. 중국말과 우리말이 뒤섞여 있는 이중 현실의 마을들. 그래도 간판들마다 씌어 있는 한글은 반가움 속에 자부심을 불러일으켰다. 지난해 나는 그곳들을 지나 백두산에 두 번째로 갔었다. 백두산으로 간다고 다 퉁허를 지나가는 것은 아니었다. 내가 택한 방법은 퉁허를 지나는 길이었다. 세월이 훌쩍 지났는데도 그 길은 여전히 그리 수월치가 않았다. 변함없이 '조선족 자치구'인 그곳까지 이제는 비행기 직항로가 열려 있어도 쉽게 비행기표를 구할 수 없다는 것이었다. 하필이면 '불법 체류자 귀국'이라는 정책 때문에 조선족들이 한꺼번에 귀국을 서두르기 때문이라고 했다. 예약이 밀려 있었다. 동포들이 고국에 온 게 왜 '불법'인지 나로서는 알 길이 없지만, 따라서 대한민국의 법과 정치를 알 길이 없지만, 하여튼 나는 먼 길을 돌아서 가야 했다. 아니, 실은 일부러라도 택하고 싶은 길이긴 했다. 다롄에서 다섯 시간 버스를 달리면 선양, 거기에서 또 다섯 시간 달려가 새벽 세 시 퉁허에 이르러 겨우 두 시간 쉬고 이어 다섯 시간을 더 달리는 길. 그러면 백두산 아래였다.

돌이켜보면, 예전에 어떻게 갔던가. 중국과 수교하지 않은 상태라고, 한국 국적 비행기가 직접 들어올 수 없다고, 엉뚱하게 일본으로 가서 일본 비행기를 타지 않으면 안 되었다. 그래서 일본 후쿠오카―중국 상하이―베이징―창춘―옌지로 릴레이를 하듯 갔던 것이다. 도무지 알 수 없는 길이었다.

두 번째여서인지, 퉁허에 이르니 그래도 거의 왔구나 싶었다. 그런데 문득 이곳이 옛 그곳이라고는 도무지 여겨지지 않았다. 십 년이면 강산이…… 과연 그랬다. 예전의 나는 그곳에서 왠지 서글프고 정겨워 울먹거리는 심정이었다. 잃어버린 고향에 돌아왔던 것 같았다. 그동안 나는 어디를 어떻게 헤매다니다가 돌아온 것일까. 어두운 저녁이어서 더 그랬는지 모른다. 알지 못할 음악과 냄새에 뒤섞여 낮게 깔리는 어둠. 흐린 불빛이 비쳐 나오는 낮은 지붕 가게를 찾아 들어가 나는 어렵게 서울로 전화를 걸지 않으면 안 되었다. 별 용건도 없이, 걸지 않아도 되는 전화를 어렵게 걸어 안부를 전하지 않으면 안 되었다. 지금 전화를 하는 나는 아주 옛날의 나라오…… 집들은 어두웠고, 사람들은 그림자처럼 보였다. 어디선가 우리말의 노랫소리가 들려왔다. 길거리 노천에 노래방 기기를 울려대

며 조선족들이 노래를 부르고 있었다. 나는 내가 아니라 나라
오……

　이제 그곳은 예전의 모습이 아니었다. 높은 빌딩들, 요란한
간판들, 휘황한 불빛들. 나는 배반이라도 당한 양 실망했다. 그
곳은 단지 대한민국의 어느 대도시에 지나지 않았다. 물론 그
곳은 여행의 목적지가 아니었다. 나는 백두산을 향하는 것이
다. 백두산에 올라 고산의 꽃들을 볼 요량이었다. 지난번 백두
산을 오른 길은 '북판'이라고 했다. 그 길에서는 볼 수 없는 풍
경이라기에 굳이 따라나선 것이었다. 그 김에 이젠 어디서도
찾지 못할 고향의 풍정을 퉁허에서 느낄 수 있기를 바란 것이
었다. 우리나라에는 이미 시골이란 존재하지 않는다. 모두가
서울이거나 서울의 아류인 것이다. 서울은 몰(沒) 문화의 대표
적인 날림 도시에 지나지 않는다. 프랜차이즈 체인점과 같은
이 도시, 이 나라에 누군들 지쳐서 숨 막히지 않으랴. 그 숨 막
힘을 풀어줄 예전 마을은 이제 이 세상에 없었다.

　나는 공연히 후줄근하게 되어 백두산에 이르렀다. 한 번 오
른 산이라 마냥 신비의 산은 아니건만 마음이 설레는 건 마찬
가지였다. 언제부터인가 백두산의 꽃들을 알게 된 뒤부터 나
는 꼭 그 자생지에 서고 싶었다. 우리의 자생화가 가치를 인정

받게 된 것은 그리 오래된 일이 아니다. 나 역시 우리 꽃의 아름다움에 홀려서 여기저기 글들을 쓴 결과, 한 권의 책도 갖게 되었다. 보통의 야생화와 고산의 야생화는 같은 종류라도 다른 모양, 때깔로 자라고 꽃핀다.

백두산의 밝고 맑은 꽃들은 여러 사람들에 의해 소개된 것을 감지덕지 보았을 뿐, 직접 볼 기회를 얻기가 좀체 힘들었다. 물론 백두산 것이라고 시중에 파는 몇 가지를 구해다가 심어보기는 했었다. 두메양귀비니 백산차니 만병초꽃 등등. 어쩐 노릇인지 생각처럼 잘 자라주지 않았다. '어쩐 노릇'이 아니라 제 풍토가 아니니 어련하랴 했지만, 안타까울 뿐이었다. 게다가 야생화란 군락을 이루어 한눈 가득히 피어 있는 것이 제대로의 풍경일 터였다.

한마디로 미리 말해, 나는 백두산의 꽃을 못 볼 수밖에 없었다. 순식간에 그곳의 가을은 이미 지나 있었다. 꽃들은 시들고 없었다. 있다고 해야 거의 마른 대궁에 가까웠다. 천지를 보려고 몇 번을 와서도 못 본 사람이 있다는데…… 나는 엉뚱하게 위로했다. 나는 두 번 와서 두 번 다 천지를 보고 가지 않는가. 호수와 꽃이 도대체 무슨 관계가 있는가, 하면서도, 헛걸음을 돌려야 한 나는 여행사를 원망할 여력도 없었다.

그러나 백두산 아래의 마을에는 꽃밭마다 과꽃, 맨드라미, 백일홍, 봉선화가 피어난다. 코스모스도 있고, 샐비어도 있다. 내 어릴 적 우리 꽃밭들과 꼭 닮아 있었다. 나는 고개가 갸우뚱거려졌다. 어릴 적 꽃밭 풍경은 이제 보기 어렵다. 서울 거리의 어디에도 다른 꽃들이다. 팬지, 금잔화 말고는 이름조차 모르는 서양 꽃들이 태반이다. 그런데 여기에는 옛 꽃밭들이다. 무슨 까닭일까. 꽃 책을 내고 나서, 왜 우리의 과꽃, 맨드라미, 백일홍, 봉선화 같은 꽃들은 다루지 않았느냐고 섭섭해하는 사람을 보았다. 나는 그것들이 비록 우리 꽃밭에서 우리와 친숙해졌다 하더라도 우리 땅에 들어온 지 오래된 것들은 아니라고 설명했다. 굴러온 돌이 박힌 돌을 뺀 꼴이라고.

그러니까 똑같은 일은 반복되고 있다는 생각이었다. 우리네 꽃밭은 그 꽃들과 다른 종류로 바뀌었을 뿐이다. 또 다른 돌이 굴러온 것이다. 꽃밭의 문화는 몇십 년의 터울을 두고 앞과 뒤의 질서를 이루고 있었다. 말했다시피, 퉁허는 물론 중국 조선족 자치주의 모든 도시들은 또 다른 서울을 지향한다. 텔레비전을 우리와 동시에 볼 수 있는 공동체인 때문이기도 하다. 그러므로 그네들의 꽃밭도 곧 우리네와 같아질 것이다.

이 사회를 부리나케 붙좇고 있는 조선족 사회에 미안한 마

음이었다. 이것은 결코 모범이 아니라고 외치고 싶어도 내게
는 그럴 힘이 없다. 백두산에서 산꽃을 보려던 희망이 깨진 채
서울로 돌아온 나는 심사가 편하질 않았다. 그런데 서울 거리
는 여기저기 정비한다고 온통 파헤쳐지고 있었다. 서울이 아
름다운 문화 도시가 될 수 있을까. 오래된 질문이었다. 청진동
을 지나며 공사장의 가림막을 바라본다. 세종로를 거쳐 광화
문을 돈다. 역시 가림막. 저쪽 숭례문도 그럴 것이다. 서울은
온통 건설공사장이 되어 있다. 그래서 나는 글 한 꼭지를 썼다.

　피맛골로 대표되는 청진동 뒷골목으로 내가 처음 갔던 것은
지난 세기의 60년대 후반 어느 날이었다. 시효가 지났을지도
모를 문학 지도를 꼬깃꼬깃 안주머니에 간직한 발걸음은 무교
동, 관철동으로 이어졌다. 시가 남루해지면 무협지 같은 시공
에 나를 맡기던, 참칭 일지매의 나날. 눈물 젖은 문학 지도는
독주병의 마개.

　내 문학에서 '서울 뒷골목'이 중요 무대가 된 것은 그런 까
닭에서였을 것이다. 내가 이곳들에서 내뿜었던 열기의 내용은
무엇이었을까. 기억되지도 않는 많은 '오만과 편견'들 속에서
나는 청춘을 보냈다. '말 탄 자여, 지나가라'는 누구의 묘비명

을 지키려는 듯 피맛골은 시대를 비웃거나 척진 이들의 은신처 같았다. 문학의 깃발을 들고 만났으나, 알맹이는 어디 가고 논의만 남는 것에 진저리 치기까지의 먼 우회로이기도 했다. 나, 알려고 하면 할수록 더 멀어지는 문학에 취해 수상한 가숙(假宿)에서 불확실한 미래를 바라보며 병마개에 적셔진 마지막 술을 짜 마신 적은 없었던가.

그 청진동 뒷골목이 사라지고 있다. 몇 년 전부터 예견된 바이기는 하지만, 이제는 가림막이 현실을 증명해준다. 그 속에서 과거는 가려진 채 사라지고 있다. 사라질 것은 사라져야 한다. 나는 애증의 두 눈으로 이 사라짐을 착잡하게 바라볼 수밖에 없다. 일찍이 폐허에 대해 쓴 바 있는 나로서는 두려워해서는 안 된다. 내게는 마지막 증언이 될지도 모를 일이다. 서울에서 옛것은 그나마 새로 세워진 고적과 왕궁뿐. 과거는 셀로판지에 싼 양과자 같은 모습으로 얼굴을 내민다. 건축다운 건축이 없는 도시가 급조된다. 생태계를 빼앗긴 추억의 마지막 거머리마저 내게 붙을 힘을 잃는다. 문학은 과거, 추억에 뿌리를 박고 사는 것. 나는 무뇌아처럼 빈 거리를 헤맨다. 어디서나 셀로판지 같은 얼굴의 사람들이 어느 나라 삼림을 베어 만든 하얀 종이로 고귀한 입을 닦으며 코를 닦으며 환경에 대해 이야기한다. 일회용 로봇과 사이보그의 연출이 눈부시다. 이런 풍경이 이른바 트렌드가 되어 골치 아픈 게 문학이라고 매도함으로써 자신의 무지를 슬쩍 확대 재생산한다. '문학이란 쓰고 버리는 소모품 같은 거야.'

서울이 안팎으로 달라지고 있다. 서울 사람도 이 변모에는 어리둥절하지 않을 수 없을 정도이다. 문화와 역사가 깃들어 있지 않은 곳으로는 좀체 발길이 향하지 않는 내 여행벽(癖)은 갈 곳이 없다. 나는 우주에서 떨어진 운석처럼 외롭게 던져져 있는가. 차라리 문학의 어떤 미기록종 물고기라도 되려면 이제 또다시 술병 마개로 쓸 문학 지도라도 한 장 있어야겠건만, 추억의 나무는 가림막 속에서 휴지로 변하고 있지나 않는지.

세종로 쪽으로 가다가 벤치에 앉아 책을 읽고 있는 사람을 만났다. 새로 만들어놓은 동상이었다. 누구인가. 정지용 시인이었다. 한 아가씨가 시인의 귀에 무슨 말을 속삭이듯 하며 사진을 찍고 있다. 사람들이 번갈아 차례를 기다리기까지 했다. 셀로판지 속에서 탄생하는 서울의 모습이 이처럼만 되어도, 하고 나는 희망해보았다. 시인은 사라짐의 '고향'을 노래한다. 그러므로 사라지게 할 건 사라지게 하더라도, 새로 탄생하는 아이들에게 문화의 과거를 간직하여 희망되게 하라.

빠르게 변해가고 있는 통화와 백하의 거리가 안타깝게 눈에 어른거린다. 아름다운 이름 백하(白河)의 하얀 물빛이 눈에 어른거린다.

지금의 나는 내가 아니라 나라오…… 무슨 뜻일까…… 나는 예전 통허의 어둑어둑한 거리를 어슬렁거리는 내가 되었으면 싶었다. 그렇지만 이제 나는 나랑 관계도 없는 부탁을 들어주러 베이징 거리를 걷고 있었다. 나라는 인간은…… 거절하는 일을 그렇게도 어려워하는 나라는 인간은…… 혀를 쯧쯧차면서 내 몰골을 보니 어느새 자동차 전용도로를 건너 어디론가 가고 있었다. 그녀가 서울에서의 얼후 연주를 말할 때, 나는 홍대 앞 카페를 생각해냈다. 그곳에서 인도의 카탁춤 공연과 '노름마치' 공연을 보았다. 카탁은 종아리에 감은 작은 장식 쇳조각들을 발걸음의 강약으로 울리게 하는 춤이었다. 그 춤꾼은 내게 인도의 라자스탄 지방으로 가서 춤 공연에 참여하지 않겠느냐고 했다. 그가 춤을 배울 때 머물렀던 지방이라고 했다. 많은 사람들이 구도자처럼 인도로 가서 기록을 남기는 게 유행이 된 지도 오래되었다. 이십오 년 전인가, 나는 그곳에 가서 불과 며칠을 묵었었다. 그런데 이번에는 라자스탄

사막에서 카탁춤을 추는 광경을 다큐멘터리로 찍는다는 것이
었다. 솔깃했다. 그는 홍대 앞 카페에서 일주일에 한 번씩 공연
하며, 그가 춤을 배워 온 인도로 다시 갈 계획에 골몰하고 있
었다. '노름마치'는 사물놀이를 하는 젊은이들이 만든 악단이
었다. 여러 연주 가운데 구음(口音)으로 하는 사물놀이는 자못
흥미로웠다. 사물이니 네 명이 나와 입으로 북, 징, 꽹과리, 장
구 소리를 흉내 낸다. 어려운 발상이었다. 이처럼 갖가지 소리
들과 몸짓들이 '싸구려 커피를 마신다'며 저마다 목청을 가다
듬는 그 카페들 어디서 얼후 소리가 난들 어떠랴.

하지만 그녀가 그걸 원할까. 좀 더 번듯한 무대를 원하지 않
을까. 하지만 그녀가 어떤 걸 원한들 무슨 소용이란 말인가. 내
게는 그쪽에 관한 아무런 경험이 없었다. 그 사실을 아는지 모
르는지 내게 접근해 온 그녀가 문제였다. 만나는 사람마다 습
관처럼 그렇게 들러붙었는지도 모른다. 그러나 한편으로 얼
후라는 악기에 대해, 또 그 악기를 타는 여자에 대해 호기심이
가시지 않는 걸 어쩔 수 없었다. 우리의 해금 비슷한 악기라는
점도 관심을 끌기에 충분했다. 우리 음악의 뿌리가 비단길의
도시 구자, 즉 오늘날의 쿠차에서 온 '구자악(龜玆樂)'에 있다
는 음악책을 읽고 그곳에 한번 가리라 벼른 것도 오래되었다.

해금, 얼후, 구자악이 한꺼번에 내 속으로 밀려들어오는 듯한 느낌이었다. 해금을 생각할 때 내 머릿속에는 먼저 사슴이 나타난다. 《용비어천가》에선가 읽은 구절이 너무 강렬하기 때문이었다.

'사슴이 짐대에 올라 해금을 혀나니.'

도대체 알 수 없는 구절이었다. 요컨대 사슴이 해금을 켠다는 것인데, 이때 사슴은 무엇이란 말인가. 곧이곧대로 사슴일 리는 없었다. 어떤 신묘한 사슴이라 해도 악기를 다룰 수는 없는 노릇이었다. 그 비유가 어디론가 나를 이끌어가기를 몇십 년, 나는 아직 해금의 언저리를 맴돌고 있었다. 해금은 내게는 비의(秘意)의 악기였다. 한때 내가 술에 빠져들었던 것을, 이런 미해결의 비유들이 품은 비의 때문이라고 해줄 수는 없을까.

얼후는 해금에 견주는 악기였다. 그래서 나는 관심을 보였고, 마침내는 그녀가 내 옆에 앉게까지 된 것이다. 좀 더 침착해야 했다. 용의주도해야 했다. 섣부른 관심으로 한가운데 끼어들어서는 낭패를 볼 수가 있다. 사는 동안 몇 번 전전긍긍하게 된 결과, 나는 늘 경계해왔다. 그저 북방 오랑캐가 쳐들어올 때면 피어난다고 해서 예전에는 오랑캐꽃이라고 불렀다지, 하는 투로 제비꽃 보듯 하는 정도면 족할 것이다. 얼후를 갖다 붙여 두 줄 오랑캐꽃이라고 이름 붙일까, 하는 여유로. 그러나 나는 그녀가 불러내는 말에 다르게 되고야 말았다. 이 무슨 불상사란 말인가. 조선족 사회는 사람이든 도시든 서울을 꿈꾸고 있다. 그녀는 서울에서의 연주를 꿈꾸고 있다. 서울에 살고 있는 나는 동족으로서 도와주지 않으면 안 된다. 예전부터 내게는 알팍한 의협심이 없지 않았다. '군자대로행(君子大路行)' 이나 '죽을 수는 있어도 꺾일 수는 없다'는 투의 말을 내뱉고 그걸 어기지 않으려는 가련한 나의 전전긍긍. 나는 고개를 숙이고 길을 건너고 있었다.

행사에 초청받았을 때, 나는 베이징 거리를 이곳저곳 돌아다니는 나를 연상하곤 했다. '자유 여행'이라고 신문 광고에서 보는 걸 나대로 해보고 싶었다. 여행이란 얼마나 설레는 일인가. 거기에 더군다나 '자유'란! 나는 흥분했다. 그러나 그건 말뿐이었다. 나는 주최 측에서 짠 계획대로 간단한 동선을 따라 움직였을 뿐이다. 나는 자유 여행을 하며, 혹 길거리에서 짝퉁 그림 한 장이라도 사면 재미있겠다고 생각했었다. 중국의 몇 화가들의 값이 높아지자 그 그림들의 짝퉁이 버젓이 팔리고 있다고 했다. 나는 위에민준이라는 화가의 이름을 알고 있었다. 그가 그린, 크게 웃는 얼굴의 서글픔도 섬뜩하게 보았었다. 그 밖에 알려진 화가들이 꽤 있었다. 냉소적이고 비판적이지만 비굴해 보이는 표정은 중국인뿐만 아니라 모든 현대인의 것이기도 했다. 몇억 원이나 하는 원화의 짝퉁은 그저 몇만 원이라고 했다. '중인환시리'에 하는 키스는 키스가 아니라는 듯이, 내놓고 짝퉁이라고 파는 건 짝퉁이 아니었다. 재미 삼아 그걸 사러 일부러 중국에 드나드는 사람도 있다는 것이었다. 낮에 '예술지구 798'의 골목을 돌면서도, 실은 그런 게 없나 두리번거렸었다.

어느샌가 나는 길을 잃었음을 알았다. 그러자 호텔을 나오고 곧 알았다는 생각이 들었다. 백남준을 믿었다는 것은 거짓일 수 있었다. 백남준이 무슨 내 삶의 대부라도 된단 말인가. 그러면, 가봤자 그 거리는 차오양(朝阳) 거리 아니겠는가, 하고 쉽게 여겼을까. 알 길은 없었다.

이제 나는 아무하고도 연락이 닿지 않는 이국의 거리에 버려진 것이다. 꺼진 휴대전화도 내게는 없었다. 웬일인지 안도감이 밀려들었다. 내 말을 들어줄 아무도 없는 것이다. 지나가는 누구를 불러 세워도 나는 말 한마디 할 수 없었다. 나는 마치 한국어를 쓰는 마지막 한 사람이라도 된 것처럼 나만을 의지해야 한다는 느낌이 들었다. 나는 내가 아니라 나라오, 하는 따위의 감상도 하찮은 것이었다. 나는 나일 뿐, 어떤 무엇도 끼어들 수 없었다. 나는 홀로 한국어를 가슴속에 염통처럼 간직한 채 나에게만 나를 말할 것이었다. 나는 귀머거리요, 당달봉사요, 벙어리였다.

그래도 멈추지 않고 나는 빌딩들 사이로 걸어갔다. 이러다 영영 미아가 되는 게 아닐까, 겁이 나기는 했다. 그러나 내 발길은 멈추지를 않았다. 차오양 거리는 상업지구라고 하더니 아닌 게 아니라 빌딩들만 무리지어 나타났다. 후퉁이라고 불리는, 좁고 후미진 뒷골목이야말로 중국의 속얼굴이라고 하지 않았던가. 그런 곳들이 서울에서처럼 사라지고 있는 듯했다. 나는 어디로 가는지, 가야 하는지 목적 없이 길을 건너고, 또 건넜다. 그러다 보면 무슨 수가 나겠지, 하는 막연한 희망만이 앞길을 희미하게 비추었다. 살아오는 동안 막연한 희망이 뜻밖에 강력한 자장이 되어 삶을 이끈 적이 여러 번이었다. 그래서 지구는 자장을 간직하고 있는 모양이었다. 자장은 자석에만 적용되는 게 아니었다. 그리고 나는 살아남곤 했다.

한자의 간체자들이 암호처럼 나타났다가 사라지고, 나타났다가 사라지곤 했다. 쉬운 글자를 만든다고 본래 글자의 획을 줄여 만들었다는데 도무지 쉽지 않았다. 한자는 한 획, 한 획이 역사를 말했다. 나는 맵다는 '辛' 자에 한 획만 그으면 행복하다는 '幸' 자가 된다는 사실을 되뇌던 시절이 떠올랐다.

　라면이 있으니까, 버텨보는 거지, 뭘.

　어렵사리 견디며 살아가겠다는 의지를 상투적으로 입에 달고 다니던 때였다. 그러나 말이 쉽지, 라면이 주식이 되는 데는 질리지 않을 수 없는 것이다. 모두가 떠나고 오로지 홀로 된 나는 다른 걸 해 먹을 재간이 없었다. 돈이나 솜씨는 그렇다 하더라도 마음조차 이 세상에 발을 붙이고 있을 기미를 보이지 않았다. 과연 내게 앞날이 있을까, 라면 봉지를 통해 세상을 내다보던 그 시절. 하지만 남들 말대로 목숨이란 모질었다. 나는 소주병과 라면 봉지가 나뒹구는 방에서 하루하루 연명할 수밖에 없었다. 그런 어느 날, '辛' 자에 한 획만 얹으면 '幸'이 된다는 글자 놀이를 하고 있는 나를 발견했다. '辛+一=幸'. 고된 생활을 이겨내고 행복에 이르는 것은 젓가락 한 짝만 덧붙여도 되는 일이었다. 한 획, 그 한 획이 얼마나 어려운가를 알고 극복하는 게 삶의 고갯길이었다. 결코 얕잡아볼 일이 아니었다. 컴퓨터를 모르던 때여서, '라면과 볼펜만 있으면 할 수 있는 게 문학'이라는 말도 강력한 자장의 하나였다. 나는 이제까지 늘 써오던 볼펜을 다시 생각했다. 삶이란 의미 부여라는 깨달음도 그때 얻은 것이었다. 나는 볼펜을 새로이 거머쥐었다. 모든 것은 볼펜으로 '幸' 자를 '幸' 자로 바꾸느냐 그러지 못하느냐에 달려 있었다. 지금도 그 시절은 글자 한 획의 자장 안에 살아 움직인다. 글자 한 획, 한 획이 목숨이라고 말하는 것이다.

빌딩들 사이가 분명한데도 나는 후통의 한 갈래길을 걸어 들어가고 있는 착각이 들었다. '유리창'의 '廠' 자는 '厂' 자로 변했고, 역사는 문자와 함께 뒤바뀌고 있었다. 그 역사의 뒤안 길에서 나는 뒷골목 피맛골을 골라 가는 사람이라고 자조했다. 지난해 티베트에서 일어난 유혈 시위의 일 주년을 맞아 중국은 긴장에 감싸여 있다고 했다. 승려들은, 티베트 불교의 주류인 겔룩 파의 창시자 총카파 대사가 십오 세기 초에 연 촨자오(穿鑿) 법회에 열중하고 있지만, 언제 분위기가 돌변할지는 알 수 없어서 군인들이 배치되었으며, 마치 '폭풍 전야 같은 느낌'이라고 신문은 전하고 있었다. 지난해 공교롭게도 나는 티베트를 생각하는 모임에 참석한 적이 있었다.

불현듯 중국 거리에 선 나는 당국의 눈을 피해 일부러 후통 속으로 숨어들고 있다는 생각이 들었다. 사진에서 본 아프리

카의 탕헤르 근처 좁은 골목길도 괜찮을 것이었다. 어느 집에서 어여쁜 샤오제(小姐)가 소리 죽여 훌쩍훌쩍 우는 소리가 들리는 듯하여 나는 귀를 기울였다. 아니면 강철 현의 얼후가 앵앵앵앵, 컁컁컁컁 우는 소리? 〈패왕별희〉에서 항우가 사랑하는 여인 우희의 죽음에 '우여, 우여' 우는 소리?

"선생님, 어딜 가시는 거예요?"

나는 놀랐다. 목소리는 뒤쪽에서 들려왔다. 분명히 우리말이었다. 한국말을 하는 마지막 사람인 나 말고 또 다른 누가 있단 말인가. 나는 뒤를 돌아보았다.

"저예요."

다가오는 그녀를 불빛에 확실히 보고 있으면서도 내 입은 열리지 않았다.

"찾아다녔어요. 호텔까지 갔었어요."

그녀는 내 옆으로 바싹 다가왔다. 그러고 보니 그녀는 내가 어디론가 몸을 피한 사람처럼 여기고 있는 모양이었다.

"여기가 어디요?"

나는 무엇을 수긍하는 뜻도 아니면서 고개를 끄덕거리며 물었다. 그녀가 내 얼굴을 살폈다.

"문화원이 멀지 않아요."

그러나 나는 그녀가 가리키는 쪽으로 눈길을 주지 않았다. 내가 향한 방향의 뒤쪽이었다. 꽤 걸은 것 같은데 실제로는 얼마 되지 않는 거리였나보았다. 아니, 줄곧 뒷골목을 빙빙 돌았는지도 모른다.

"문화원이…… 백남준이……"

백남준의 얼굴이 안 보이던 때부터 나는 길을 잃은 것이었다. 그는 사십구재의 영상에서 손을 흔들고 '페이드아웃'으로 사라져서는 늘 내 뒤쪽에 몸을 숨기고 있었다는 느낌이었다. 그가 음악가 겸 화가로서가 아니라 전자공학자로서 세상을 본 점에 내 눈은 크게 떠져서 감을 수조차 없었다. '회로(回路)'라는 단어는 내게 '절망에의 회로'로 바뀌놓아졌다. '가련한' 조이스는 책의 존재론 때문에 한 방향으로 글을 쓸 수밖에 없었다고, 그는 말했다. 하지만 그는 나란히 있는 열세 대의 텔레비전들에 여러 방향의 회로를 설치할 수 있었다. 그 움직임을 동시에 인식하려는 것이었다. 그것은 어쩌면 신비주의자들의 오랜 꿈을 실현한 것인지도 모른다는 말과 함께. 나는 저절로 으음 신음소리가 새어나왔다. 내가 언젠가 본 한 자루 촛불은 외로운 촛불이 아니었다. 그것은 회로를 찾아 빛을 뿜어내는 몸부림의 다른 모습이었다. 그러니까 촛불의 회로에는 외로움과 그리움이 동시에 인식되어야 한다. 어떤 사람이 그것을 음과 양으로 설명한들 누가 뭐라 하겠는가. 그가 피아노를 부숴버린 행위는 한 대의 피아노의 답답한 회로에 갇혀 있는 열세 대의 피아노의 목숨을 살려내는 일이기도 했다.

"아직 들은 적이 없다니, 얼후 연주를 들려드리고 싶어요."

그녀의 말도 회로에 갇혀 들려왔다. 그는 왜 열세 대의 텔레비전을 예로 들었을까. 이상의 13의 아해와 관계가 있는 걸까. 이상은 일본에 가서 느닷없이 '거동 수상자'라고 붙잡혔고, 곧 죽음을 맞이했다. 머리가 어질거렸다.

"저를 따라오세요."

나는 앞장서 가는 그녀의 뒤를 말없이 따랐다. 이제는 가는 데까지 가보는 수밖에 없었다. 나는 그녀의 부름에 응해 나왔던 것이다. 그녀가 어디로 가든 따라가보는 거였다. 서울에서의 공연을 이야기하는 것은 그다음 절차였다. 어려운 일이 저절로 해결되어, 미리 나서지 않기를 잘했다고 자신의 대응책에 고마워하는 경우가 종종 있었다. 구렁이 껍질로 울림통을 만들고 강철 현을 맨 악기의 소리를 듣고 싶었다. 뱀과 쇠가 만드는 회로를 가다 보면 뜻밖에 이상한 깨달음이 샘솟을지도 모른다. 악기를 부숴버릴 용기가 없는 자에게 나름대로 위안을 줄 소리가 내게는 필요할 것이다. 어디로 가느냐고 캐묻지 않는 것은 그래서였다.

우리는 많은 길을 건너서 쉬지 않고 가고 있었다. 후통과 피맛골을 지나 어디쯤일까. 풍경이 몇 번 바뀌고, 산을 넘고 내를 건너고 사막을 지났다. 멀리멀리 온 것이었다. 그래도 내 발길은 멈추지 않았다. 언제부터인가 그녀의 모습도 사라져버린 지 오래였다.

낙타들이 줄지어 가고 사막여우가 뾰족한 주둥이를 쑤시는 땅, 오랜 무덤 속에서 사람 몸에 닭대가리 형상이 사막가시풀을 뒤집어쓰고 걸어 나오는 땅, 지층 속 해골에 지네발 화석이 오글거리는 땅, 사슴이 해금을 켜고 잔나비가 공후를 켜는 땅. 그리하여 마침내 과거와 현재가 함께하며 모든 회로를 동시에 보는 순간, 모양이 모양 아님을 보게 되리라.

나는 홀로 그 땅을 향해 하염없이 가고 있었다.

나비의 소녀

올해도 나비들이 지난해처럼 모여들어 있을까. 골짜기로 접어들면서 나는 자못 긴장했다. 지난해 우연히 그 골짜기에 발을 들여놓았던 나는 깜짝 놀라지 않을 수 없었다. 그것은 엄청난 나비 떼였다. 그토록 많은 나비들을 한꺼번에 보리라고는 예상조차 하지 못한 일이었다. 아니, 한꺼번에 보았다는 말도 어림없는 표현이었다. 나비들은 길을 중심으로 시야를 덮으며 어지럽게 날고 있었다. 전체 빛깔이 검은색인 나비여서 그야말로 까맣게 날고 있다는 말은 그것을 위해 만든 말이라는 생각도 들었다.

　그 무렵 수첩을 잃어버리는 통에 그 안에 들어 있던 주민등록증까지 잃어버리게 되어 하는 수 없이 새로 만들려고 그곳

면사무소까지 갔던 길이었다. 나는 서울에 살면서 그곳에 주민등록을 올려놓고 있었다. 주민등록증은 발급된 곳에서만 재발급을 받을 수 있다는 것이었다. 술을 퍼마시고 나중에 기억도 없이 이리저리 헤매 다닌 끝에 잃어버린 수첩이 원망스러웠다. 그러나 그 김에 교외 바람이나 쐬리라 생각하니, 모든 것이 그만 느슨해졌다. 우선 분실 신고부터 해야 한다는 말에 간단히 몇 글자 적어 서류를 작성하고 요금 일만 원을 냄으로써 볼일은 싱겁게 끝나버렸다. 듣던 대로 관공서 일이 이토록 간편해졌구나 싶었다.

어떻게 한다? 이왕에 청량리에서 열차를 타고 서울을 떠나 한 시간이나 달려온 참이었다. 나는 면사무소를 걸어 나오며, 돌아가는 열차의 예약권을 주머니에서 꺼내 들여다보았다. 무려 세 시간의 여유가 있었다. 애초에 그 열차밖에 좌석이 남아 있지 않았지만, 한 시간 정도의 거리면 입석도 그리 무리는 아닐 텐데 나는 좌석을 고집했다. 말했던 대로 역시 그 김에 마냥 늑장을 부리며 하루를 유유자적하게 보낼 심사가 크게 작용했던 것이다. 하지만 막상 그렇게 되자 막막하기 그지없었다.

어떻게 한다?

점심을 먹기에도 이른 때였다. 그곳은 냉면이 유명해서 서울에서도 일부러들 찾는 곳이었다. 몇 해 전에는 동료 한 사람이 느닷없이 전화를 해서 그곳으로 냉면을 먹으러 가자는 약속을 해 왔었는데, 약속된 날을 이틀 앞두고 교통사고로 그만 세상을 떠난 거짓말 같은 일도 있었다. 그러자 그 일이 일어난 것도 늦은 봄, 같은 무렵의 일이었다고 불현듯 되새겨졌다. 그러나 그 일은 그리 쉽게 거론해서는 안 된다. 나는 속으로 내게 말했다. 그와의 만남의 역사가 나를 아프게 하기 때문이었다. 우두커니 서 있던 나는 마침 앞을 지나가는 택시를 향해 손을 들었다.

"어디 가볼 만한 곳이 없을까요?"

나는 타자마자 말을 건넸다.

"어떤 곳을 말입니까?"

기사는 나를 쳐다보았다.

"글쎄요."

나는 머뭇거릴 수밖에 없었다. 때는 오월 하순인데도 벌써 햇볕의 위세는 만만치 않았다. 교외 바람이고 뭐고 자칫 더위에 지치기 십상인 날씨였다. 순간 나는 깨달았다. 따지고 보면 내가 그리던 것은 막연한 자연이었다. 막연한 자연 속에 노닐겠다는 막연한 휴식과 막연한 평화를 꿈꾼 것이었다. 살아오면서 나는 그런 착각을 수없이 겪어왔었다. 내가 꿈꾸는 세계는 결국 어디에도 없는지 몰랐다. 세계는, 즉 우리의 삶은 그렇게 궁극적이지 못하다는 게 옳은 판단일 것이었다. 그러니까 옛사람이 이미 '몽유(夢遊)'라는 말을 붙였던 것이리라. '꿈속에서 노니는' 것밖에, 실제 우리가 겪는 것으로선 결코 얻을 수 없는 무엇을 우리는 어쭙잖게 바라는 게 아닐까…… 제길, 하고 나는 침을 꿀꺽 삼켰다. '가볼 만한 곳'은 그만두고라도 점심도 먹을 겸 단지 두세 시간을 보낼 만한 곳이 필요했다. 한참 만에 기사는 알았다면서 택시를 몰았다.

그리하여 닿은 곳이 그 골짜기였다. 골짜기 위로 절이 있고, 아래쪽으로는 가든이니 카페니 하는 이름의 업소들이 있는 곳이었다. 그런대로 몇 시간을 그럭저럭 보낼 수 있겠다는 생각은 들었다. 차가 절 입구까지 갈 수 있다는 기사의 말에 나는 절을 둘러본 다음 점심을 먹기로 작정했다. 택시는 골짜기를 오른쪽으로 끼고 숲이 우거진 길로 꺾어들었다. 그런 길을 혼자 택시를 타고 가는 것도 오랜만이었다. 나는 무슨 생각엔가 잠겨 있었다.

바로 그때였다. 택시가 작은 시멘트 다리를 건넜을 때였다. 갑자기 앞이 흐려지는가 싶더니, 차창으로 무슨 검은 날것들이 가득히 날아들었다. 전혀 예기치 못한 일이었다. 그것들은 어지럽고 분주하게 날아 눈앞을 온통 흐리게 하고 있었다.

"어, 이게 뭐지요?"

나는 꽤 높게 소리쳐 물었다. 나로서는 난생처음의 일이었다. 그것들이 무엇이며, 어디서 날아왔는지 도무지 감조차 잡을 길이 없었다.

"나방이 같은 건가봐요. 허참, 나도 처음인데요."

기사도 혀를 찼다. 그러나 그는 뭐 그럴 수도 있지 않느냐고 얼마쯤 담담했다. 어느 쪽이냐 하면, 신기하다기보다는 귀찮아하는 눈치였다. 그나마 나방이라는 말이 나왔으니 망정이지 나는 그만큼도 짐작하지 못했었다. 나는 갑자기 하늘에서 무슨 조화가 일어났으며, 그 조화의 일단으로 사방에 무엇인가가 자욱이 나타났다는 느낌부터 앞섰더랬다. 거기서도 내가 꽤 현실적인 사람은 아니라는 게 여지없이 드러나는 것이다. 나방이? 나는 자세히 보려고 애써 초점을 맞추었다. 하지만 나방이는 아닌 듯했다. 나방이는 나비에 비해 날개나 몸뚱이가 좀 통통하여 전체적으로 둔하게 보인다는 게 내 상식이었다. 그렇다면 나비? 그것도 쉽사리 단정할 수 없었다. 우선 너무 검은 데다 크기도 작았다. 나비가 아니고는 그 비슷한 어떤 곤충도 있을 리 없건만 나는 망설였다. 아무래도 바깥에서 직접 맞닥뜨려보아야 그것들의 정체를 확인할 수 있다는 생각부터 앞섰다.

택시는 검은 눈보라 사이를 뚫고 달려가는 듯싶었다. 택시가 달려 지나가자 그것들은 더욱 가맣게 날아올랐고, 여러 마리씩 차창에 부딪혀 떨어지기도 했다. 그래서인지 택시는 좁은 시골길 굽이를 돌 때마다 유난히 기우뚱거리는 것 같았다.

용문산(龍門山) 사나사(舍那寺).

택시에서 내려서야 나는 입구의 기둥에 씌어 있는 절 이름을 읽었다. 그리고 그곳에도 여전히 어지럽게 날고 있는 그것들이 나비라는 사실을 비로소 확인했다. 그렇게 많은 나비 떼가 과연 이 세상에 있을 것인가. 나는 마치 이 세상이 아닌 다른 어떤 곳에 와 있다고 여겨지기도 했다. 그러나 그것은 확실히 이 세상의 일이었다. 나비 떼는 계속 날아오르고 있었다.

나비 떼는 절의 경내에도 가맣게 날고 있었다. 어떤 무리는 땅바닥에 붙어 있다가 내가 가까이 감에 따라 날아오르곤 했다. 확실히 이 세상의 일임에는 틀림없다고 해도, 나는 뭔지 모를 세계로 걸어 들어간다는 환상이 곁들여지는 느낌이었다. 그것을 겪으려고 수첩을 잃어버렸으며, 또 늦은 열차표를 예매한 것이라는 생각이 들기도 했다.

"이 나비들이 웬일인가요?"

나는 나비 떼를 가리키며 스님에게 물었다.

"해마다 이맘때쯤은 그래요."

스님의 대답은 간단했다. 그러나 나는 그 대답에 만족할 수 없었다. 나는 내처 나비의 이름이 무엇이냐, 어디서 오느냐, 얼마 동안이나 이렇게 있느냐 물음을 던졌으나, 스님의 대답은 그때마다 간단하기만 했다. 이름은 모르며, 산에 많이 사는 나비이며, 며칠 동안 몰려들었다가 사라진다는 것이었다.

나는 땅에 떨어져 있는 나비 한 마리를 집어들었다. 죽은 나비인가 했더니 아직은 숨이 붙어 있어서 날개가 가냘프게 바르르 떨고 있었다. 날개는 검은 바탕에 아래쪽 가운데에 부정형의 주황색 무늬가 상감(象嵌)처럼 또렷하게 돋보였다. 온통 검게 보이던 나비에게 이렇게 밝은 무늬가 있다는 사실이 믿기지 않았다. 부전나비일까. 나는 이름을 짐작해보려고 했다. 하지만 나비에 대해 내가 가진 지식은 너무나 빈약하기 그지없었다. 부전나비, 배추흰나비, 호랑나비, 노랑나비…… 게다가 노랑나비는 이름이 아니라 그저 빛깔만을 말하는 것 같기도 했다. 나는 낙담했다.

그제야 나는 절 경내를 휘둘러보았다. 생전예재(生前豫修齋)
니 호마(胡摩) 기도니 낯선 글자들이 씌어 있는 플래카드가 걸
린 종무소 한옆으로 보리수나무 두 그루가 꽃을 피우고 서 있
었고, 뜰을 가로질러 맞은쪽으로 한눈에도 꽤 오래되었음 직
한 삼층 석탑과 타원형 모양의 부도탑 같은 것이 보였다. 나는
그쪽으로 나비 떼를 헤치며 걸어가서 안내판을 들여다보았다.
삼층 석탑은 고려시대의 것이었는데, 부도탑은 태고(太古) 보
우(普愚)의 것이었다. 부도탑 자체는 닳아 없어진 형태였지만,
그것을 기념하는 탑비에 그의 이름이 적혀 있다고 안내판은
설명하고 있었다.

태고 보우라…… 나는 뜻밖에 아는 사람의 이름을 보는구나
하는 마음이었다. 그러나 그에 관해 아는 것이라곤 아무것도
없이, 다만 직장 생활을 할 때 전남 승주의 선암사에 취재를
갔다가 그곳 스님이 '태고 보우에 의하면 선(禪)과 교(敎)가 둘
이 아니라고 했건만, 쯔쯧……' 하고 개탄하는 말 한마디만 머
리에 퍼뜩 떠오를 뿐이었다. 어려운 말이었다.

그러는 동안 시간은 흘러서 나는 서둘러 절을 떠났다. 그리
고 아래쪽까지 제법 걸어야 되는 거리를 내려와 무슨 가든이
라고 이름 붙여진 곳으로 들어가 된장찌개를 시켰다. 골짜기

를 끼고 자리 잡은 그 음식점은 주로 단체 손님을 받는 곳인 모양으로, 오리탕이 전문이었다. 이제 나비 떼는커녕 한 마리의 나비도 없었다. 그 무렵 오랜 가뭄으로 물을 마을의 논으로 빼는 통에 골짜기는 바짝 말라 있었다. 나는 마른 골짜기를 내려다보는 누대(樓臺) 모양의 집에서 혼자 된장찌개를 먹으면서도 검은 나비 떼의 환영에서 벗어날 수가 없었다.

그것들은 무슨 나비이며, 어디서 왔으며, 어디로 가는가. 왜 유독 그곳에만 엄청난 무리를 지어 모여 있는가.

생각 같아서는 나비 떼와 함께 며칠 동안 그곳에 머물고 싶었다. 어느 나라인지는 잊었어도 해마다 짝짓기 계절이 되면 희귀한 나비들이 떼를 지어 날아온다는 곳이 텔레비전에 소개된 적이 있었다. 그 나비들도 짝짓기를 위해 모여든 것일까. 나비가 어떻게 짝짓기를 하는지 모르는 나로서는 그것들이 그래서 모여든 것인지 어떤지 알 수 없었다.

그런 가운데 나는 그것이 기사의 말대로 나방이도 아니고 또 잠자리나 메뚜기나 어떤 곤충도 아닌 하필이면 나비일까 싶었다. 언제부터인가 '나비'는 내게 자연 속의 생물이라기보다는 상징에 속했다. 고등학교 때 어쭙잖게 나비를 제목에 등장시켜 시랍시고 써서 상장을 받은 것과, 대학교 때 《장자(莊

子)》시간에 나비 이야기를 배운 것이 함께 뭉뚱그려져 다가왔다. 장자가 꿈에 나비를 보다가 깨었는데, 사람으로서 나비를 꿈꾼 것인지 나비로서 사람을 꿈꾸는 것인지 알 수 없다고 한 그 구절이 오랜 진부함에도 불구하고 여전히 내 머리를 맴돌고 있다는 증거였다.

서울로 돌아와서도 나비는 쉽게 잊혀지지 않았다. 한번은 종로의 영풍문고에 갔다가 선 채로 《한국의 나비》라는 책을 들춰보기도 했지만, 웬일인지 그 나비를 짚어낼 재간이 없었다. 나비는 의외로 간단하게 모두 다섯 가지 과(科)로 나누어졌다. 호랑나비, 흰나비, 부전나비, 네발나비, 팔랑나비. 그 나비는 아무래도 네발나빗과(科)에 속하는 것 같긴 한데, 막상 딱 떨어지게 이거다 할 만한 게 없었다. 언젠가 신종 나비를 발견한 사람의 이야기가 신문에 난 적이 있다고는 하더라도 그 나비가 신종이리라고는 여겨지지 않았다. 그런 걸 발견하려고 눈에 불을 켜고 달겨드는 사람들에게 그렇게 큰 무리를 지어 나타나는 나비가 눈에 띄지 않았을 까닭은 없을 터였다. 그렇다면 '한국의 나비'가 아니라 다른 나라의 나비? 나비가 제주해협을 날아서 건넌다는 관찰도 있었으니만치 다른 어느 나라에서 떼를 지어 바다를 건너왔는지도 모른다? 아무래도 지나친 상상인 성싶었다.

그러면서 나비는 천천히 뇌리 뒤로 사라져갔다. 어쩌다 그 광경이 떠오를라치면 그 광경 속에 내가 들어가 있었다는 것도 꿈속의 일처럼 아득하기만 할 뿐이었다. 내가 석주명 같은 나비학자가 아닌 다음에야 그것을 붙들고 씨름을 할 계제도 아니었다. 이리저리 닥치는 일을 추스르느라 한가하게 나비 타령이나 하고 있을 틈도 없었다. 한국에서 산다는 시늉이나 하며 살아간다는 것은 눈코 뜰 새 없이 살아간다는 말에 다름 아니었다.

어느덧 한 해가 지나고 그 무렵이 되었다. 형식상의 주민등록지이나마 그래도 본인이 가야 되는 일이 생겨서 나는 다시 면사무소로 가게 되었고, 당연히 그 골짜기와 나비 떼를 머리에 떠올리지 않을 수 없었다. 대충 볼일을 마친 다음 나는 지난해처럼 택시를 몰아 그곳으로 향했다. 올해도 나비들이 지난해처럼 모여들어 있을까. 어쨌든 가보지 않으면 안 되었다.

골짜기 어귀에 택시를 세운 나는 거기서부터 걸어가기로 마음먹었다. 도중에 문득 상황을 맞닥뜨리는 것보다 처음부터 차근차근 겪어 나가고 싶었다. 나는 시냇물 위에 놓인 시멘트 다리를 건너 걸어갔다. 나비 떼가 없다면 그것도 다행이리라 싶었다. 그렇다면 나는 다시금 어떤 환상에 사로잡히지 않아도 좋을 것이기 때문이었다. 그렇지만, 말했다시피 나비가 내게는 상징이라는 데 문제의 해답은 있을 것이었다. 다시 말해서, 그 골짜기의 나비는 단순히 그냥 나비가 아니라 뭔가 내 삶에 의미를 던지는 나비로서 받아들여진다는 것이었다. 몹쓸 상징, 몹쓸 형이상학이었다.

얼마쯤 걸었을까.

새로 식목을 한 듯한 몇 그루의 잣나무들이 보이는가 하더니, 마치 검은 눈보라 같은 것이 분분히 앞으로 다가들었다. 나비 떼였다. 올해도 어김없이 나비들은 떼를 지어 모여들어 있었다. 긴장했던 마음이 풀어지며 나는 나도 모르게 아아 탄성을 내질렀다. 걸음을 옮길수록 나비 떼는 다시금 가맣게 앞길을 뒤덮었다. 갑자기 머리가 어지러웠다. 이것들은 무슨 나비이며, 어디서 왔는가. 왜 이곳에만 유독…… 나는 여전히 그렇게 묻고만 있었다. 나비 이름을 확인해봐야겠다던 것도 잊고 한 해를 보낸 것이었다. 지난 한 해 동안 무슨 일이 일어났던가. 아득하기만 했다. 나는 길바닥에 떨어져 있는 나비 한 마리를 집어들었다. 지난해 보았던 것처럼 검은 바탕에 주황색 무늬가 또렷했다. 무늬가 또렷한 만큼 내 머릿속은 더욱 흐리게 지워지는 느낌이었다.

지난 한 해 동안 내게 무슨 일이 일어났던가. 도무지 생각이 나지 않았다. 이런저런 일들이 전람회의 그림처럼 지나갔으나, 정작 내가 겪은 일은 아니라고 여겨졌다. 그러자 지나간 몇십 년의 시간도 모호하기만 했다. 지금 나는 어디에 있는가. 그것도 모르겠다는 생각이 들었다. 이것이 이 세상의 풍경인가. 도저히 확인할 길이 없었다. 나는 지난해보다 훨씬 더 환상 속으로 빠져든 것만 같았다. 아무것도 가늠할 수가 없었다.

여기가 어디이며, 나는 왜 여기에 있는가.

아득한 물음 속에 나는 휘청거리는 걸음을 간신히 옮겨놓고 있었다. 몇천, 몇만의 나비들이 눈앞을 가리며 가맣게 날아오르곤 날아오르곤 했다. 나는 사나사의 일주문을 지났다. 사나사에서 나누어준 전단에 의하면, 생전예수재는 살아생전에 수행과 공덕을 닦아 다음 생의 길에 잘못됨이 없게 준비하는 의식이며, 산스크리트 말의 'homa'의 소리를 그대로 옮겨온 낱말인 '호마'는 진리의 불로 번뇌의 나무를 태워버린다는 뜻이라고 했다. 보리수나무는 또 한 번 꽃을 피웠고, 보우스님의 부도탑은 묵묵히 그 자리에 앉아 풍화되고 있었다. 보우스님은 그 절을 중창한 스님이었다.

나는 지난해처럼 나비 떼 속에서 절의 경내를 둘러보고 '가든' 음식점으로 내려왔다. 변한 것은 아무것도 없었다. 지난해에는 눈여겨보지 못했는데 그 옆 카페의 이름 '애니 타임'이 새삼스럽게 눈에 들어왔다. 나는 주차장이기도 한 넓은 마당을 지나 골짜기를 내려다보는, 지난해의 그 자리로 올라가 앉아 다시 된장찌개를 시켰다.

"언젠가도 한 번 오셨었지요?"

주인 사내가 물음을 던졌다.

"기억력이 좋으시군요."

나는 웃음을 지어 보였다. 눈썰미가 상당한 사람임이 분명했다. 일 년 전에 와서, 그것도 오리탕이나 뭐 그럴듯한 음식 대신 된장찌개 한 그릇을 먹고 간 사람을 기억한다는 것은 쉬운 일이 아닐 것이었다. 그러자 그래서 기억했을 거라는 생각이 뒤를 따랐다. 이 골짜기에 누가 혼자 와서 된장찌개 한 그릇을 시켜놓고 소리 죽여 먹고 갈 것인가. 그는 어떤 슬픈 사연을 간직한, 진정 버림받은 사내가 아닐 것인가. 아닌 게 아니라 나 역시 지극히 비현실적이라는 점에서, 나는 속으로 쿡쿡 웃음을 머금었다. 하기야 외진 골짜기에서 혼자 된장찌개를 먹을 만큼의 슬픈 사연이야 내게도 많지 않았던가……

한참 동안 나는 골짜기에 졸졸 흘러내리는 물을 내려다보며 담배를 피우고 있었다. 그러는데 어느 순간 작은 소녀가 재떨이를 가지고 모습을 나타냈다. 지난해에는 재떨이 없이 누대의 난간 밖으로 재를 떨어버리며 담배를 피웠다는 기억이 났다. 그렇다면 내 기억력도 주인 사내 못지않다는 반증일 터이기도 했다. 나는 소녀를 보고 고맙다는 웃음을 지어 보였다. 대여섯 살쯤은 되었을까, 어린 소녀는 잠깐 내게 눈길을 던지고는 곧 뒤돌아섰다. 주인 사내가 시켰다고 보기에는 지나치게 스스럼이 없어서, 내가 담배를 피우는 걸 본 소녀가 스스로 재떨이를 가져온 것처럼 받아들여졌다. 나는 소녀의 뒷모습을 물끄러미 바라보았다. 걸음걸이마다 팔랑거리는 두 갈래머리. 팔랑거린다…… 그와 함께 나는 나비를 연상했다.

나비 같은 소녀로군……

나는 나도 모르게 읊조렸다. 그 소녀뿐만 아니라 모든 소녀들은 나비 같은 몸짓을 가졌다고도 생각되었다. 그리고 나는 어느덧 나비를 쫓아가는 소년이 되어 있었다. 나는 내 일생에 나타났던 소녀들을 머리에 그렸다. 이웃집 어린 소녀 세화가 먼저 있었다. 이름 모를 여러 소녀들, 아마도 패(佩), 경(璟), 옥(玉) 같은 이름들, 어디 가서 무얼 하는지도 모를 소녀들……

재떨이를 갖다준 소녀가 모습을 감추었는가 싶더니 어느새 먼 초원의 구릉을 넘어가고 있었다.

몽골의 초원에 가서 말을 타고 구릉을 넘어가던 어느 여름 날이 있었다. 그때, 처음 말을 타는 나를 위해 고삐를 끌어주게 된 것이 겨우 대여섯 살이나 먹었을까 싶은 소녀였다. 머리를 앙증맞게 두 갈래로 땋은 소녀는 말을 끌고 나풀나풀 초원의 구릉을 넘어가기 시작했다. 초원에는 여기저기 물싸리나 큰제비고깔이나 개양귀비 같은 꽃들이 피어 있었다. 어린 소녀가 말을 끌고 걷기에는 먼 길이었다. 구릉 위에 오르자 멀리 유목 민의 전통 가옥인 게르가 몇 채씩 모여 있는 광경이 눈에 들어 왔다. 초원의 땅은 왠지 움푹움푹 파여 있어서 걷기에 여간 불 편하지 않을 듯싶어도 소녀와 말은 잘도 걸었다. 나풀거리는 소녀의 모습이 나비 같았다.

순간 나는 '나비', 하고 생각을 멈추었다. 음식점 소녀가 실 제로 초원의 구릉을 넘어간 것일까. 아니었다. 그럼에도 불구 하고 나는 몽골 초원의 소녀와 음식점 소녀를 함께 보고 있는 것이었다. 나비 탓이 틀림없었다.

지난 한 해 동안 내게 무슨 일이 일어났던가. 나는 알고 있 었다. 그동안 그럭저럭 이어오던 일거리도 끊기고, 하는 일마

다 이른바 손재수가 뒤따랐다. 게다가 지방간은 위험 수치를
넘어 있었다. 몽골로 간 것은 그 어간이었다. 몽골의 수도 울란
바토르에서 사업을 벌이고 있는 웬만한 한국 사람들은 선교사
들 말고는 이런저런 이유로 한국에서 살기 어려워 온 사람들
이라고 했다. 외환 사태 때 부도를 낸 사람도 있지만, 돌아가는
사회 꼴에 역겨움을 느낀 사람도 여럿이라는 것이었다. 내가
비행기에 올라 펼쳐든 신문에서도 진보니 보수니, 개혁이니
퇴보니 서로 잡아먹기라도 할 듯 으르렁거리고들 있었다. '그
곳에는 어처구니들이 산다'는 어처구니없는 소설 제목을 절로
떠올리지 않을 수 없는 노릇이었다. 내 생활도 생활이려니와
골머리가 지끈거렸다. 나는 어디로든 떠나야만 했다.

　나는 말 위에 앉아 몽골의 광활한 산야를 바라보았다. 역겨
운 속을 비로소 게워내고, 흐린 눈을 말끔히 닦아낸 것 같았다.
눈부신 뭉게구름이 떠 있는 하늘 밑으로 먼 산들이 안겨들었
다. 골짜기를 흐르는 맑은 강을 건너 아득하게 말발굽 소리가
귓전을 울리는 초원이 펼쳐졌다. 세계 제국의 흔적은 어디에
서도 찾아보기 어렵다 하더라도, 광활한 자연에 스며들어 있
는 위대한 역사의 숨결은 가까웠다. 어디선가 모린 호르라는
현악기를 타는 소리가 들려왔다. 그 악기는 공명상자 위 자루

끝에 말대가리를 새겨 달고 네 줄의 현을 맨 것이었다. 길거리의 장사치가 그걸 들고 다가왔을 때 나는 이게 바로 그 마두금(馬頭琴)이라는 거였군, 하고 어느 책에서 읽은 기억을 되살려 냈다. 현에 활이 그어지고, 그리고 사람이 말을 부르는 소리인지 바람이 대지를 울리는 소리인지 분간하기 어려운 구음(口音) 노래인 호오미(Khomi)의 절절한 울림이 흘러퍼졌다. 외래어 표기법으로는 '호미'가 될지 몰라도 나는 그것을 '호오미'로 적어야 한다. 그런 순간, 말과 나와 소녀는 혼연일체가 되어 초원 속으로 묻히고 있었다.

　말을 타고 구릉을 다시 넘어와 숙소인 게르에 들어간 나는 침대에 걸터앉아 담배를 피워 물고 몽골 안내 책자를 뒤적였다. 울란바토르를 끼고 흐르는 톨 강은 칭기즈칸의 고향 마을에서 흘러내려 바이칼 호수로 가고 있었다. 그곳 신화에서 신으로 떠받들어지고 있는 바이칼은 삼백 개가 넘는 여러 강이 흘러들어 세계에서 가장 깊고 가장 많은 수량을 자랑하고 있는 호수인데, 그 물이 흘러나가는 것은 오직 하나 앙가라 강뿐이었다. 예니세이라는 청년을 사모했으나 아버지 바이칼의 반대에 부딪힌 딸 앙가라. 어느 날 아버지 모르게 예니세이를 찾아 집을 나섰다가 죽은 그녀. 그래서 지금도 앙가라가 흘리는 눈물이 강을 이루어 북극해로 흘러가는 예니세이 강에 합류한다는 그 전설이 다시 떠올랐다.

예니세이 강이라는 말에서 나는 머리를 들었다. 우리 민족은 본래 그곳에 뿌리를 두고 있다가 동쪽으로, 동쪽으로 이동해 왔다고 하지 않았던가. 비록 예니세이 강을 직접 보지는 못할지라도 그 강으로 '눈물'을 흘려보내는 앙가라 강의 신화를 곱씹어보지 않을 수 없었다.

그날 날이 어두워서였다. 누군가 게르의 문을 두드리는 소리에 나는 침대에서 몸을 일으켰다.

"누구요?"

나는 나무문을 밀어 열고 밖을 내다보았다. 어둠 속에 웬 여자가 나뭇단을 들고 서 있었다. 그제야 나는 여름인데도 밤이면 날씨가 추워져 난로에 불을 지필 거라는 말을 들었다는 기억이 났다. 나는 엉성한 나무 침대 위에 낙타 냄새 같은 냄새로 찌든 담요를 덮고 추위를 투덜대며 누워만 있었던 내가 우스꽝스러워졌다. 나는 여자가 안으로 들어오도록 몸을 비켰다. 그런데 여자를 뒤따르는 소녀가 있었다.

"이게 누구?"

나는 눈을 크게 떴다. 실상 내 한국말을 알아들을 수 있는 그네들이 아니었을뿐더러 그런 물음을 던질 필요도 없었다. 저녁에 내 말을 끌던 소녀였다. 그네들은 관광객을 위해 말을 태우거나 난로를 때주는 일을 맡아 하는 가족인 모양이었다. 내 말을 알아듣지 못했음이 분명한데, 소녀는 배시시 웃음을 띠었다. 소녀의 손에는 아마도 불쏘시개로 쓰일 기름칠한 검은 종이가 들려 있었다. 게르 한가운데 놓여 있는 철판 난로에 그네들이 불을 지피는 동안 나는 말없이 앉아만 있었다. 구릉을 넘어갔다 온 다음, 소녀는 한 손으로 말고삐를 꼭 그러잡은 채, 팁을 주는지 안 주는지 상기된 얼굴로 내 눈치를 살피고 있었다. 팁은 굳이 안 주어도 상관없다는 안내인의 설명이 있기는 했었다. 나는 그럴 때를 위해서 넣어둔 일 달러짜리를 소녀에게 건넸다. 소녀의 얼굴이 더욱 발갛게 물드는 걸 나는 보았다.

게르 안은 연기 냄새로 매캐했다. 그네들이 다른 게르로 가고 나서도 잠은 오지 않았다. 말안장에 닿았던 엉덩이가 얼얼했으나, 그 탓은 아니었다. 나는 전등을 끄고 침대에 누워 허공을 바라보았다. 나비 같은 소녀…… 구릉을 팔랑팔랑 넘어가는 모습이 눈에 어렸다. 그 모습이 옛날에 죽은 어린 세화를 닮았을까. 아니, 헤어진 어떤 여자를 닮았다는 생각도 들었다,.

몽골 사람들이 믿는 라마불교에서는 환생이 가장 중요한 요소로 꼽힌다고 했다. 소녀가 나와 관련이 있었던 여자의 환생일 수도 있다는 게 몽골식 사고방식일지도 모르겠다며, 나는 어둠 속에서도 피식 웃었다. 내가 몽골족의 일원이 맞다면 소녀는 혈연적으로 어떻게든 나와 닿아 있을 것이었다. 고비 사막에 내린 빗방울이 톨 강과 닿아 있듯이. 예니세이 강과 닿아 있듯이.

보통 훌륭한 스님들은 열반에 들어 물고기로 환생한다고도 했다. 그러므로 자나바르라는 스님이 몽골 국기에 그려놓은 문장인 '소욤보'에는 물고기 두 마리가 넣어져 있다는 것이었다. 라마불교의 절에서 그 자나바르의 불상 모습을 보면서, 그것이 몇 해 전 서울시립미술관에 전시되었을 때를 회상했다. 몽골과의 문화 교류의 상징으로 열린 전시회였다. 그때 나는 다 죽은 몸으로 다시 새로이 살아보겠다고 서울에 와 있었다. 경기도 안산으로 가서 몇 년 동안 술에 찌들어 이른바 자멸파(自滅派)로 악귀처럼 시간의 늪을 허우적거린 결과였다. 그리고 나는 폐쇄병동에 갇히기 위해 서울로 왔었다. 그래야만 실낱같이 붙어 있는 목숨을 건질 수 있다는 것이었다.

시인 박정만의 죽음은 나의 나날도 위태롭다는 사실을 새삼
일깨워주었다. 으음, 나는 신음소리와 함께 고통스럽게 하루하
루를 견디고 있었다. 환각 속에 나타나는 모든 사물이 지옥의
모습이었다. 내가 환생을 하든 말든, 내가 죽은 다음 일어날 일
은 이미 환각 속에 다 있었다. 하늘에 돌이 날고 죽은 승냥이
들이 떼를 지어 우짖는 사막, 과벽탄(科嬖灘)이라 불리는 사막,
거기서 물고기가 되어 바싹 말라간 것도 나였다. 나는 내가 꿈
꾸었던 모든 인물이 되었다. 손기정 같은 마라토너가 되어 우
주를 살별처럼 달리다가 별똥별이 되어 불에 탄 것도 나였고,
우장춘 같은 식물 육종학자가 되어 커다란 바오바브나무의 자
궁 속으로 기어들어가 몇백만 톤의 씨 없는 옥수수를 꺼낸 것
도 나였다. 나는 스님이자 손오공이었고, 날쌘돌이였고, 태권
V였고, 동방삭이었고, 홍길동이었고, 엉뚱하게도 가톨릭 사제
였다. 주몽이었고, 테무진이었고, 무당이었고, 이순신의 부장
(副將)이었고, 처용이었고, 마침내 비렁뱅이였다. 그리하여 시
화호의 썩어가는 갯벌을 마지막으로 기진맥진 기어가는 말뚝
망둥이 같은 물고기로 환생하는지도 몰랐다. 그런데 그만, 우
리 죽어서 도라지꽃으로 다시 태어나자는 여자에게 이끌려 서
울 땅으로 올라온 것이었다. 환생의 의미는 그럼으로써 뜻하

는 바와는 전혀 다른 데 있다고 해도 달리 할 말은 없겠다.

그렇게 게르에서 밤을 지새운 다음부터 소녀의 환영은 내 머리를 떠나지 않았다. 눈을 감으면, 어린 나이에 상기된 얼굴로 말고삐를 꼭 잡고 있는 모습이 어김없이 떠올랐다. 말을 타고 소녀에게 이끌려 구릉을 넘은 것은 테를지라는 곳에서의 일이었다. 그 뒤 브리야트 항공사의 작은 프로펠러 비행기를 타고 국경 너머 러시아 땅의 몽골족 자치구로 가서도 소녀의 모습은 나를 떠나지를 않았다. 귀 기울이고 있으면 소녀의 여릿여릿한 목소리가 호오미의 울림이 되어 초원과 사막을 가로질러 들려왔다. <u>으으으으으</u>…… 그 소리는 세상의 하늘 궁륭에 메아리쳐 울리는 소리였다. 나는 그 소리의 뜻을 명확히 알아들을 수 있다고 느꼈으나, 잊어버릴까봐 글로 옮겨 적고자 할 때는 도무지 되질 않았다. 그것을 무엇이라고 전해야 할 것인가.

"손님, 식사는 안 하세요?"

나는 소리 나는 쪽으로 퍼뜩 눈을 돌렸다. 주인 사내가 무엇이 혹시 잘못되었느냐는 투로 나를 쳐다보고 있었다. 나는 어느 결에 '가든'에 와 있는 것이었다. '어느 결'이 아니었다. 나는 점심 한 끼를 먹기 위해 그곳으로 벌써부터 와 있었다.

"아, 예."

나는 숟가락을 집어 들었다. 이제 소녀의 모습은 보이지 않았다. 나비 떼 속에 자취를 감추고 말았다는 터무니없는 공상이 머리를 스쳤다.

"지독한 나비 떼예요. 보셨어요?"

나는 주인 사내에게 말을 던졌다. 그가 돌아서려다 말고 머리를 끄덕였다. 그와 나 사이에 그 나비 떼를 서로 알고 있다는 은밀한 교감이 오가고 있음을 나는 간파했다. 그것이 왜 그토록 비밀스러운 느낌을 주는지 모를 일이었다.

"저도 여기 와서 처음 봤지요. 몇 해 전에 놀러 왔다가 그걸 보고 여기 자리를 잡은걸요. 맛있게 드세요."

안 물어보아도 나는 그의 행적을 짐작할 수 있었다. 직장 생활을 하다가 물러나와 뭘 해먹고 사나 물색하고 다닌 끝에 음식점을 차린 사내였다. 경제가 엉망진창이 된 뒤 흔히 보는 사례였다. 그런데 그 골짜기에 자리 잡은 것이 그 나비 때문이라면, 그것은 흔히 보는 사례가 아니었다. 그렇구나, 그렇게도 삶의 계기를 삼을 수 있겠구나, 나는 쉽사리 수긍했다.

나는 다른 손님이라곤 한 사람도 없는 마당가 누대에 앉아 밥을 먹었다. 앞에서도 '누대'라고 했건만, 흔히 원두막이라고들 말하는 그 위에 앉아 있는 나 자신이 여간 어설퍼 보이지 않았다. 사람들이 혼자 밥을 먹는 걸 무슨 외로움의 상징처럼 말하는 까닭을 비로소 알 것 같았다. 나는 너무나 오랫동안 혼자였다는 사실이 뒤늦게 사무쳐 왔다. 뼈가 시리다는 말이 이것이었을까. 나는 비록 '가든'의 누대에 앉아 된장찌개에 숟가락을 넣고 있지만, 사막 이리처럼 외롭게 골짜기를 헤매는 몸이었다. 환생의 의미는 이미 곳곳에서 얼굴을 들이대고 나타나게 마련이라고, 나는 머리를 주억거렸다. 공룡의 화석이 가장 많이 발견되는 게 몽골 땅이었다. 사막 이리의 울부짖음이 공룡의 뼈다귀를 통해 울려 그 골짜기를 따라 호오미 소리처럼 어룽지며 내 뼈를 시리게 하고 있었다. 그것은 내 목숨이 몇천만 년, 몇억 년을 환생을 거듭하며 이어온 것으로서 이 이승을 하루하루 늘 새로이 살아가지 않으면 안 된다는 울부짖음이기도 할 것이었다.

"나빌레야, 수박 좀 가져오너라."

주인 사내가 누대 옆으로 다가와 소리쳤다. 밥을 다 먹고도 우두커니 앉아 있는 내가 신경이 쓰인 모양이었다. 후식으로 수박을 내놓는 거야 그렇다 하더라도, 누군가를 뭐라고 부르는 소리는 귀에 설었다.

"뭐라고 불렀습니까?"

나는 묻지 않을 수 없었다.

"나빌레…… 저 아이의 이름이지요."

그는 어떻게 생각하느냐는 듯이 '나빌레'라는 이름을 들려주었다. 그리고 조지훈 시인의 시 〈승무(僧舞)〉에서 따왔다고 설명도 덧붙였다.

"아, 조지훈 시인의 시에서…… 나빌레라."

나는 감탄하지 않을 수 없었다. 조지훈 시인의 이름을 알아도 그만 몰라도 그만이라는 투로 말을 시작한 그는, 내가 '아, 나빌레라' 하고 아는 척을 하자 몹시 반갑고 흡족한 표정을 지었다. 한글로 이름을 짓는 것도 꽤 오래되기는 했건만…… 이렇게까지…… 나는 그렇구나 하고 고개를 끄덕였다. 박두진, 박목월, 조지훈, 이들 청록파의 3인의 시는 내게는 교과서이기도 했었다. 나빌레라…… 얇은 사(紗) 하이얀 고깔은 고이 접어서 나빌레라…… 나는 〈승무〉의 구절을 알고 있는 대로 낮게 읊조렸다.

"맞아요. 나빌레라. 거기서 나비 이미지가 느껴지지 않습니까?"

주인 사내가 내 반응을 살폈다. 예전에 들은 적이 있는 '나빌레라'의 뜻풀이는 잊었어도 나비가 느껴지는 건 당연했다.

그의 말이 아니더라도 〈승무〉가 아니더라도 '나빌레'는 곧이곧대로 '나비일레'가 될 수 있는 것이었다. 나는 윗몸을 숙여 보이며 그렇다는 표시를 해주었다.

"여기 온 첫해에 아이를 얻었지요. 절로 올라가다 보면 넓은 풀밭이 있어요. 거기 포대기에 싸여 누워 있더군요."

그는 별 대단한 일도 아니라는 듯 말하며 혼자 회상에 젖는 눈치였다. 처음에는 이름을 그냥 나비라고 지으려고 했다고 그는 말을 이었다. 아이를 절에 맡기려다가 순간적으로 안고 내려오고 말았는데, 그렇게 나비들이 떼를 지어 날더라는 것이었다. 나비도 좋은 이름이군요, 하고 나는 말해주었다. 내 말에 그는 나비를 한자로도 지었다고 받았다. '나'는 사나사의 '나(那)' 자를 가져왔고, '비'는 날아오른다는 날 '비(飛)' 자를 가져왔다는 것이었다. 그것은 또 '어찌 저리 날아오르는가' 하는 뜻이 된다고 풀이까지 했다. 한자가 어찌됐든, 그 뜻이 어찌됐든 나비는 아름다운 이름이라고, 나빌레는 더욱 아름다운 이름이라고 나는 받아들이고 있었다. 소녀가…… 그랬었구나…… 나는 멍하니 허공을 응시하고 있었다.

"나비…… 나빌레라……"

나는 꿈결 속에서인 듯 소리 내어보았다.

이윽고 소녀가 수박 두 쪽이 얹힌 작은 쟁반을 들고 아장아장 걸어왔다. 그러나 그 '아장아장'은 내게는 '나풀나풀'이자 '팔랑팔랑'이기도 했다. 그것은 먼 초원의 구릉을 넘어오는 발걸음이며 날갯짓이기도 했다.

게르에서 아이락(馬乳酒)을 기울이던 나는 소녀를 따라 초원으로 나갔다. 그리고 이름 모를 들꽃들이 여기저기 피어 있는 구릉을 말을 타고 가고 있었다. 머리 위로 나비들이 무수히 날고 있었다. 나비는 죽은 사람의 넋이라고 누가 말했던가. 아니었다. 나비는 죽은 사람의 넋이 아니었다. 만약에 환생이라는 게 있는 것이라면 나비는 소녀였고, 소녀는 나비였다. 나는 홀린 듯 소녀를 바라보았다. 초원으로 나를 이끌고 있는 몽골 소녀와 수박 쟁반을 들고 내게로 오고 있는 나빌레는 같은 소녀였다. 나는 내 머리가 뒤죽박죽되었다고는 결코 생각되지 않았다. 그것이 나비 떼가 내게 준 환각의 병증이라 할지라도, 나는 물리치고 싶지 않았다.

한국과 몽골의 두 소녀이자 한 소녀인 나빌레…… 나는 소녀의 이름을 부르며 사나사 골짜기이기도 하고 몽골 초원이기도 한 아득한 풍경 가운데의 나비 떼 속으로 가뭇없이 묻혀 들어가고 있었다.

작가의 말

향기로운 글의 책

벽에는 물고기 이름 도치와 망치가 써 붙어 있었다. 이런 물고기가 있었단 말인가, 나는 바다를 다시 바라보았다. '치'는 멸치, 꽁치, 갈치 등등 우리 물고기 이름에 흔히 붙어서 예전부터 친근함을 주고 있는데, 도치와 망치라니? 도치는 겨울에는 뼛속의 양분을 먹고 산다고 가르쳐준 그곳 출신 후배의 말이 귀에 남아 있었다. 그런데 이번에는 망치였다.

고갯길 아래 아늑한 마을이 있었고, 몇 해 전에 와보고는 하룻밤을 묵었으면 했었다. 나는 바닷가의 아름다운 옛 노래 〈헌화가〉의 여인네와 꽃의 향기에 젖어 있었는데 망치라니?

어릴 적 전쟁이 아직 끝나지 않았을 때 고향 북쪽의 작은 바닷가 마을에 살 무렵 아궁이에 불에 구워 먹던 양미리를 잊지 못한다. 도루묵도 끼어 있었다. 그리고 길게 매달려 큰 빨판을 벌쭉대던 문어. 한번은 길 밑으로 바다에 문어가 움직이는 걸 보다가 그 옆에 빠져 허우적거렸던 무서운 기억. 나는 아늑한 '망치마을'을 지나며 옛날 언젠가 우리 가족이 평화롭게 살던 마을이 아닐까 마음이 안온했다.

나는 바닷속에 내 방을 만들고 글을 쓰는 엉뚱한 상상에 빠져든다. 혼자 틀어박혀 있을 공간을 병적으로 탐하는 내 욕심은 언제 어디서나 변하지 않는다. 바닷속 내 공간에는 양미리며 도루묵이며 문어까지 함께 살고 있을 것이었다. 나는 그들 옆에 내 앉은뱅이책상을 놓고 앉는다. 내 글을 읽어줄 글친구들이었다. 아무리 요즘이 책을 멀리하는 세태라 해도 그들이 있는 한 걱정할 게 없었다. 난 양미리야, 난 도루묵이야, 난 문어야, 난 망치…… 나도 거기에 나오니? 그들이 다가와 묻는 망치마을 바닷속이야말로 내가 살아 있을 곳이 아니랴.

나는 상상한다. 바닷속에 산 지도 오랜 세월이 흘렀다. 드디어 한 권의 책을 써서 옆구리에 껴들고 나는 육지로 나와 눈부신 산천초목의 세상을 바라본다. 나와 함께 살던 사람들은 어느덧 아무도 없다. 뿐만 아니라 내가 쓴 바닷속 글자들을 읽을 수 있는 사람들도 없다. 사람들은 내가 쓴 글자들을 암호로 여긴다. 이제는 이 세상에서는 풀 수도 없는 글자 아닌 바닷속 글자인 때문이다. 하지만 나는 아무도 모르는 글자들의 책 한 권을 꼬옥 끌어안고 내 고향 길을 걸어간다.

마침 벼랑 위에 핀 꽃을 본 나는 아득한 그 옛날을 더듬어 누군가 꽃을 꺾어달라고 하던 부탁을 겨우 기억해낸다. 나는 벼랑을 기어올라간다. 그리고 꽃을 꺾어 책 앞에 놓는다. 바닷속에서 나온 여인을 위해 꽃을 꺾어 바친다는 생각이다.

그리하여 암호가 풀리는 소리가 들리고 글은 스스로 뜻을 들려주기 시작한다. 글 읽는 소리에서 옛날 그 여인에게 묻어나던 바닷속 향내가 전해지고 있는가. 누군가가 말한, 이 세상으로 가는 길인 한 권의 아름다운 책이란 그것이었을까. 그와 같은 한 권의 책을 쓰지 않으면 안 된다. 그래서 이 땅의 삶만이 아니라 바닷속의 삶까지 거쳐야 한다고 고향의 바닷가 길이 내게 가르치는 것이다. 한국의 길이 내게 가르치는 것이다. 한 권의 아름다운 책을 위해 나는 우리글의 '헌화'의 길을 걷는다고 내게 믿음을 보낸다.

2016년 여름

윤후명

작가 연보

1946년 강원도 강릉에서 태어났다.

1967년 《경향신문》 신춘문예에 시 〈빙하(氷河)의 새〉가 당선되며 시인으로 입신했다. 그로부터 신춘문예 당선 시인들의 모임인 《신춘시》에 작품을 발표하다가 시 동인지 《70년대》의 창간 동인으로 활동하면서 시인에의 길에 본격적으로 들어섰다.

1977년 그동안 여러 출판사들을 전전하며 써 모은 시들을 엮어 시집 《명궁(名弓)》을 문학과지성사에서 펴냈다. 개인적으로 문학적 성과이기도 한 이 시집은, 동시에 문학적 갈증을 유발시켰고, 그 무렵 밀어닥친 가정사의 문제와 뒤엉켜 소설에의 길을 모색하는 계기가 되었다.

1979년 《한국일보》 신춘문예에 단편소설 〈산역(山役)〉이 당선되며 소설가가 되었고, 이듬해에 다니던 출판사를 그만두고 소설가로서의 삶만을 살기로 결심했다.

1980년 소설 동인지 《작가》의 창간 동인이 되었다.

1983년 거제도 체류. 중편소설 〈돈황(敦煌)의 사랑〉으로 녹원문학상을 수상했고, 동명의 표제작으로 첫 소설집을 문학과지성사에서 펴냈다.

1984년 단편소설 〈누란(樓蘭)〉(뒤에 〈누란의 사랑〉으로 개작)으로 소설문학 작품상을 수상했다.

1985년 단편소설 〈엉겅퀴꽃〉과 〈투구게〉를 중편소설 〈섬〉으로 개작, 한국일보 문학상을 수상했다. 소설집 《부활하는 새》를 문학과지성사에서 펴냈다.

1986년 단편소설 〈팔색조〉(소설집에는 〈새의 초상〉으로 수록), MBC 베스트극장에서 드라마 방영.

1987년 산문집 《내 빛깔 내 소리로》를 작가정신에서, 중편소설 문고 《모든 별들은 음악소리를 낸다》를 고려원에서 펴냈다.

1988년 중편소설 〈높새의 집〉이 국제 펜 대회 기념 《한국 소설집》에 번역(서지문 옮김), 수록되었고, 〈모든 별들은 음악소리를 낸다〉가 무용가 김삼진에 의해 호암아트홀에서 공연되었다.

1989년 소설집 《원숭이는 없다》를 민음사에서 펴냈다.

1990년 장편소설 《별까지 우리가》를 도서출판 둥지에서, 산문집 《이 몹쓸 그리움은 것아》를 동서문학사에서, 장편소설 《약속 없는 세대》를 세계사에서, 문학선집 《알함브라궁전의 추억》을 도서출판 나남에서 펴냈다.

1992년 장편소설 《협궤열차》를 도서출판 창에서, 장편동화 《너도밤나무 나도밤나무》와 시집 《홀로 등불을 상처 위에 켜다》를 민음사에서 펴냈다.

1993년 《돈황의 사랑》이 프랑스 출판사 악트 쉬드(Actes Sud)에서 번역(최윤 옮김)되어 나왔다.

1994년 중편소설 〈별을 사랑하는 마음으로〉로 현대문학상을 수상했다.

1995년 중편소설 〈하얀 배〉로 이상문학상을 수상했다. 한국소설가협회 기획분과위원회 위원장에 선임되었다. 연세대학교, 동국대학교 국문학과 강사(~1997년).

1997년 소설집 《여우 사냥》을 문학과지성사에서, 산문집 《곰취처럼 살고 싶다》를 민족사에서 펴냈고, 한국소설학당을 설립했다.

1998년 추계예술대학교 강사(~2000년).

1999년 단편소설 〈원숭이는 없다〉가 독일에서 나온 《한국 소설집》에 번역(안소현 옮김), 수록되었다.

2000년 민족문학작가회의 이사로 선임되었다.

2001년 추계예술대학교 문예창작과 겸임교수가 되고(~2003년), 소설집 《가장 멀리 있는 나》를 문학과지성사에서 펴냈다. 한국소설가협회 이사, PEN 클럽 기획위원회 위원으로 선임되었다.

2002년 단편소설 〈나비의 전설〉로 이수문학상을 수상했다. 산문집 《그래도 사랑이다》를 늘푸른소나무 출판사에서 펴냈다. 중편 〈여우 사냥〉이 일본의 이와나미문고에서 나온 《현대한국단편선》에 번역(三枝壽勝 옮김), 수록되었다. 대한매일신보 명예논설위원, 연세대학교 동문회 상임이사(문화예술분과)로 위촉되었다.

2003년 산문집 《꽃》을 문학동네에서 펴냈다.

2004년 소설가협회 중앙위원이 되고, 2005년 독일 프랑크푸르트 도서박람회 주빈국(한국) 출품 도서 '한국의 책 100선'에 《돈황의 사랑》이 우리 소설 16편 중 하나로 선정되었다. 동화 《두부 도둑》을 자유지성사에서 펴냈다.

2005년 장편소설 《삼국유사 읽는 호텔》을 랜덤하우스중앙에서 펴냄과 함께 《돈황의 사랑》을 《둔황의 사랑》으로(문학과지성사), 《이별의 노래》를 《무지개를 오르는 발걸음》으로(일송북) 제목을 바꾸고 여러 곳 손을 보아 다시 펴냈다. 프랑크푸르트 도서전을 계기로 독일 순회 낭송회에 참가, 본 대학과 뒤셀도르프 영화박물관에서 작품을 낭송하고 해설하는 행사를 가졌다. 《The love of Dunhuang(둔황의 사랑)》(김경년 옮김)이 미국 CCC출판사에서 나왔다. 서울디지털대학교 초빙교수.

2006년 《敦煌之愛(둔황의 사랑)》(왕책우 옮김)이 중국에서 나왔다. 국민대학교 문예창작대학원 겸임교수(~현재). 시와 소설 그림집 《사랑의 마음, 등불 하나》를 랜덤하우스중앙에서 펴냈다.

2007년 단편소설 〈촛불 랩소디〉로 제12회 현대불교문학상을 수상했다. 소설집 《새의 말을 듣다》를 문학과지성사에서 펴내고, 이 책으로 제10회 동리문학상을 수상했다.

2008년 《21세기문학》 편집위원.

　　　　　미술; 「티베트의 길, 자유의 길 전」(헤이리 '마음등불')에 참여했다.

2009년 중국 베이징 주중 한국문화원 개원 2주년 기념행사 '한중작가 사인회'(장편 《인민을 위해 복무하라》의 중국작가 옌롄커(閻連科)와 미국 LA 한인문인협회 세미나에 참가(강연)했다. 문학 그림집 《지심도, 사랑을 품다》를 펴내고(교보문고), 전시회와 낭독회(거제도)를 가졌다.

　　　　　미술; 「독도 전」(전국순회전), 「어머니 전」(미술관 가는 길), 「구보, 청계천을 읽다 전」(청계천 광장, 부남미술관).

2010년 한국소설가협회 부이사장이 되고, 중국 난징(난징대학)과 타이완 타이베이(정치대학) '한국문학포럼'에 참가. 산문집 《나에게 꽃을 다오 시간이 흘린 눈물을 다오》를 중앙북스에서 펴냈다. 중편소설 〈하얀 배〉 〈모든 별들은 음악소리를 낸다〉 고등학교 교과서에 수록.

미술; '문인 자화상 전'(신세계갤러리), '한국의 길—제주 올레 전'(제주현대미술관. 포스터 채택), '이상, 그 이상을 그리다 전'(교보문고, 부남미술관선유도), '조국의 산하전'(헤이리 '마음등불'), '한국, 중국, 오스트리아 교류전'(헤이리 아트팩토리).

2011년 《한국소설》 편집주간을 겸임하고, '한국작가총서 문학나무 이 한 권의 책 001' 《사랑의 방법》을 '문학나무'에서 펴내고 문학교육센터(남산도서관)에서 낭독회를 열었다.

미술: 한일교류전(헤이리 한길아트), '아트로드77'전(헤이리 리앤박 갤러리), 조국의 산하전(광화문 '광' 갤러리)

2012년 육필시집 《먼지 같은 사랑》을 지식을만드는지식에서, 시집 《쇠물닭의 책》을 서정시학에서 펴냄. 제1회 부산 가마골소극장 문학콘서트를 열고, 소설집 《꽃의 말을 듣다》를 문학과지성사에서 펴냄과 함께 첫 개인 그림전시회 '꽃의 말을 듣다'(서울 인사아트센터) 개최. 장편소설 《협궤열차》를 다시 펴내고(책만드는집), 《돈황의 사랑》이 러시아에서 출간됨(박미하일 옮김). 제1회 고양행주문학상 수상.

2013년 세계인문문화축제 '실크로드 위의 인문학, 어제와 오늘'(교육부, 경상북도 주최)에서 '실크로드의 문학' 발표. 시집 《쇠물닭의 책》으로 제4회 만해님시인상 작품상 수상.

2014년 미술; 개인 초대전 '엉겅퀴 상자'(길담서원 갤러리).

2015년 서울대통일평화원 인권소설집 《국경을 넘는 그림자》에 단편 〈핀란드역의 소녀〉 발표. PEN 세계한글작가대회 강연, 강릉 문화작은도서관 명예관장, 토지문학제 명예대회장, 몽블랑 문화예술후원자상 심사위원, 수림문학상 심사위원장, 이상문학상, 산악문학상 외 각종 문학상 심사.

현재 문학비단길, 문학나무 고문, 강릉문화작은도서관 명예관장.

윤후명 소설전집 04

한국어의 시간

1판 1쇄 발행 2016년 9월 7일
1판 3쇄 발행 2022년 9월 26일

지은이 · 윤후명
펴낸이 · 주연선

(주)은행나무

04035 서울특별시 마포구 양화로11길 54
전화 · 02)3143-0651~3 │ 팩스 · 02)3143-0654
신고번호 · 제 1997-000168호(1997. 12. 12)
www.ehbook.co.kr
ehbook@ehbook.co.kr

ISBN 978-89-5660-624-8 04810
ISBN 978-89-5660-996-6 (세트)